U1016008

罕见的旅程

一名肯尼迪病患者的生命越野

刘期达 著

湘潭大学出版社
XIANGTAN UNIVERSITY PRESS

作者刘期达近影
（照片由北京病痛挑战公益基金会提供）

随“阿甘梦之队”自驾进藏，受到越野 e 族西藏大队朋友们的热烈欢迎

独自驾车穿越呼伦贝尔大草原

纳木措的迷人风光

独自驾车进藏，抵达珠穆朗玛峰脚下并展示罕见病宣传旗帜

在北京组织召开第一届全国肯尼迪病友及专家交流会

参加在湖南省常德市桃源县举行的结对助学活动爱心见面会

受邀开办心理辅导讲座，与青年学生分享人生经历和感悟

作者的父亲和母亲

作者与妻子

世界上只有一种真正的英雄主义，就是看清生活的真相后，依然热爱生活。

——〔法〕罗曼·罗兰

我的人生，就是一场越野

喜欢上越野的那年，我还没有生病。

回首望去，这像一个隐喻。

我的人生，注定就是一场越野。

作为汽车运动的越野，在这个短视频勃兴的年代，有被“妖魔化”的倾向，一些不当开展越野活动的场景，特别是极个别越野车发生骇人事故的视频经过“病毒式”传播，给人们造成了一种越野人鲁莽、冲动的错误认知。实际上，汽车越野是一种融合了装备、胆气、智慧、毅力、机械知识、驾驶技术、团队协作等要素的活动，激励人们克服困难、探索未知、挑战极限、超越自我。

更为重要的是，这些爱好越野的热血汉子，用一道道在戈壁大漠拉起的漫天烟尘，一次次你追我赶、激情四射的赛场角逐，一幕幕不抛弃、不放弃的接力救援，一趟趟跋山涉水、踏冰碾雪的自驾穿越，一轮轮令人血脉偾张的陡坡攀爬……在阴柔萎靡的娱乐文化曾经大行其道的岁月里，以自己独特的方式，保留了一颗雄性文化的种子。

初识越野是在2007年。我在网上“冲浪”时，无意中进入了“越野e族”网站。点开一个帖子，看到图片中一辆方方正正的车行驶在雪后初晴的公路上，它瞬间击中了我的心脏——这才是男人应该开的车！我也牢牢地记住了它的名字：切诺基。

网站论坛里海量的帖子，全都是关于怎样改装越野车、怎样玩越野，以及自驾旅行的故事。我迫不及待地注册，加入了“湖南大队”，然后近乎疯狂地回帖、发帖，在湖南越野人中混了个脸熟，甚至一度成为论坛“贵宾”。

2008年，我出现了四肢肌肉无力的症状，经过辗转求诊，被确诊患有肯尼迪病。这是一种患病率仅有1/100000—2/100000的罕见病，患者全身的肌肉都将逐渐萎缩无力。我抓紧时间考取了驾驶证，如愿以偿地入手一辆14岁“高龄”的小切诺基。

然而，如果我自诩为“越野人”，恐怕很多越野高手要在心里偷笑。

在越野圈混迹多年，我这个典型的文科生，也算是搞清楚了HT轮胎、AT轮胎、STT轮胎、MT轮胎，什么叫负值轮毂，什么叫法兰；了解了托森差速器、摩擦片式自锁差速器、滑块凸轮式差速器和黏性联轴器式差速器；知道了分时四驱、全时四驱、超选四驱，机械锁、气动锁；整明白了绞盘、猴爬杆、涉水喉……

但是，我的越野经历实在太过单薄。作为居住在长株潭区域的湖南越野人，应该经常开着越野车在大光洞的河沟中洗洗脚，在月亮岛的水塘里泡泡澡，桃花岭的绝望坡只是家常菜，岳麓山的防火带就当是夜宵，对全省各地的越野“圣地”了如指掌，还时不时下到比赛场地跑一跑。

而这些年里，从犁头嘴裸露的河滩上顺着陡峭的坡道冲上岸堤，开着小切诺基在湘大周边的工地上玩玩泥巴，参加安化茶马古道和绥宁黄桑花瑶的穿越活动，以及多次参加湖南大队的年会，独自开车自驾西藏、新疆、内蒙古、东北三省，就是我越野生活的全部。

但是，有限的越野活动体验，却给了我非常宝贵的经验和启迪。有些人的一生，是一条高速公路，只需要提防走错路口和违章；有些人的一生，是一条国道，宽阔平坦，但难免遇到各种状况；有些人的一生，是山间小道，虽然狭窄而曲折，却也平稳从容。而我的人生，注定是一条越野道路，遍布泥泞、乱石、滑坡、暗冰、“炮弹坑”、深水坑、单边桥、“搓板路”、大驼峰、小驼峰……来路已是坎坷，前路更为险恶。

于我来说，对生活永不止息的热爱就是马力强劲的发动机，绝不放弃的信念就是“低速四驱 + 差速锁”，它们的密切配合，可以爆发出源源不断的推动力，帮助我在泥泞崎岖的人生路上坚定前行。

但是，再强大的越野车也有陷入泥潭、无法自拔的时候。怎么办?

我们越野人常说一句话：“无兄弟，不越野。”在艰难的越野路上，不管遇到什么情况，我们都不会抛弃任何一个队友，而是会群策群力，帮助队友脱困。在漫漫人生路上，我的亲人、朋友、同事，我爱过的人、爱过我的人，我暗恋过的人、暗恋过我的人，甚至很多未曾谋面的陌生人，都给了我无私的爱。在我消沉的时候、悲伤的时候、准备放弃自己的时候，他们陪着我、推着我、拽着我，让我重新鼓起前行的勇气。越山中野易，越心中野难。

没有亲人和朋友们的支持帮助，我不会这样坚定和勇敢。

这本书，是我个人微信公众号发表的文字的合集，也是我前半程人生越野路的经历和感悟的汇总。2020 年，我创建了公众号，开始“抢救性的讲述”，也就是趁着还能比较灵活地打字、比较流利地说话，把自己的故事讲给大家听。3 年来，陆续积攒了 80 余篇文字。不管我写什么主题，其实目的都只有一个，那就是宣传肯尼迪病和罕见病知识，引起社会公众对于罕见病群体的关注和帮助。

在朋友的鼓励下，我终于鼓起勇气将这些文字结集出版。对于遴选出的已发布的文字，我做了反复修改，个别篇目修改幅度比较大；根据结构的需要，专门写作了 10 余篇文字。全书讲述了肯尼迪病带来的深刻苦难以及我和病友们不屈的抗争，也记录了我独自旅行领略过的壮美山河和独特感悟，更展现了包围和支撑着我的各种情——父子情、母子情、夫妻情、母校情、故土情、兄弟情等等。

感谢湘潭大学出版社领导和编校人员专业而出色的工作，让这本书得以呈现在读者朋友们的面前。由于水平有限，这本书或许没有多少文学价值，唯有期待每一位读到这本书的朋友，能从中感受到我对于生活的赤诚，对于朋友的真诚；如果从我的故事中能够汲取一丝力量、获得些许启发，那就是我最大的幸福。

刘期达

2023 年 8 月于湘潭大学

目 录

CONTENTS

上篇 迷途：山重水复疑无路

中篇 勘路：八千里路云和月

下篇 悟道：人间正道是沧桑

上篇　迷途：山重水复疑无路

肯尼迪病，家庭顶梁柱的偷袭者①

2007 年，是我参加工作的第 7 个年头。

工作异常忙碌，生活单调平淡。我在不经意中发现，那段时间好像特别容易疲劳，爬楼梯越来越吃力，脚步越来越沉重。周末好不容易腾出点时间去打个篮球，发现那些新进教师和青年学生一个个跑得飞快，自己在他们面前简直就是根木桩，我叉着腰暗想："唉，难道我真的老啦?"接着又安慰自己："应该没什么吧，就是这段时间加班太多了点，熬了几次夜，可能调整一下就好了!"

没想到的是，这些情况越来越严重。我终于决定去看医生，到了医院，却发现不知道该挂哪个科室的号。我找到骨科，医生判断可能是腰椎间盘突出，压迫了神经导致腰腿无力，让我做了一段时间的理疗，但没有任何效果。去看老中医，被告知是脾肾两虚，得补补，吃了 3 个多月的中药，状况还是没有改善。我下定决心到省城的医院去检查，有的说是多发性肌炎，差点就用上

① 本文中关于肯尼迪病的相关知识，主要来源于鲁明：《肯尼迪病：鲁明 2017 观点》，科学技术文献出版社 2017 年版。

激素；有的说是进行性肌营养不良，但是做了基因检测后再次排除。医生摇摇头说："要不，你去北京看看吧……"出现症状4年多之后，在首都医科大学宣武医院，我拿到了"终审判决书"：肯尼迪病。

我确诊的过程，是一个肯尼迪病患者寻求确诊的典型故事。2019年，中国罕见病联盟、北京协和医院、北京病痛挑战公益基金会、香港中文大学联合开展了一项面向多种罕见病的患者群体的调查研究，根据对国内214名肯尼迪病患者的调查研究，肯尼迪病患者从发病到确诊所需的平均年限为2.55年；如果剔除当年就得到确诊的患者，患者则平均需要5.01年才能得到确诊。肯尼迪病的这种发病方式，在医学上有个名词，叫"起病隐袭"。肯尼迪病常在30—50岁之间的男性中发病，这个年龄段的男性，上有老，下有小，他们兢兢业业地经营着来之不易的事业，或者勤勤恳恳地做着本职工作，努力支撑着自己的家庭，他们就是人们常说的"家庭顶梁柱"。因此，我把肯尼迪病叫作"家庭顶梁柱的偷袭者"。

肯尼迪病（Kennedy's Disease，简称为KD），学名为"脊髓延髓肌萎缩症"（Spinal and Bulbar Muscular Atrophy，简称为SBMA），因美国神经科医生威廉·肯尼迪（William R. Kennedy）于1968年首次报告病例而得名。患病率为1/100000—2/100000，是一种公认的罕见病，我国估计有患者2万人左右，但目前绝大部分患者没有得到确诊，已知患者仅数百人。

它是一种遗传性神经系统变性疾病，只在男性中发病，下运动神经元、感觉神经和内分泌系统均可受累，是一种累及全身的疾病。临床表现以舌肌、面部肌肉和肢体肌肉的萎缩、无力为主；

随着病情发展，患者将逐渐失去语言能力、自主吞咽和呼吸能力；晚期生活不能自理，最终常因球体神经坏死，导致呼吸衰竭或吸入性肺炎而死亡。糖尿病等内分泌异常引起的疾病在 KD 患者中的发病率高于正常人群；患者通常存在脂质代谢紊乱，尤以甘油三酯增高为明显，血尿酸增高也较为常见。

研究表明，肯尼迪病的病因非常明确，为位于 Xq11－12 的雄激素受体（Androgen Receptor，AR）基因第一外显子一段 CAG 重复序列异常延长。健康人群 CAG 重复序列的数目为 9—36 次，而 KD 患者均超过 38 次。在与我国相邻的日本，健康人群 CAG 重复数为 14—32 次，而 KD 患者 CAG 重复数为 44—50 次。因此，肯尼迪病诊断的“黄金标准”就是基因测量，测定病人的 CAG 重复数即可判断是否患有肯尼迪病。

肯尼迪病的发病机制还不完全清楚，针对核内包涵体的形成及其对细胞的影响，学界已提出多种假说。有学者认为，谷氨酰胺是谷氨酰胺转移酶的作用靶位点，多聚谷氨酰胺链（polyglutaminetract，polyQ）增多后，突变的 AR 成为谷氨酰胺供体，脑中谷氨酰胺转移酶与之形成不可降解的结合蛋白，从而对神经元产生毒性。还有学者认为，扩增的 polyQ 通过氢离子形成环绕的 b 键，继而允许转录因子间的非特异性结合而形成不可降解的包涵体，对神经元产生毒性。但不管哪种假说，都认为 KD 的发病与 AR 的配体——雄激素有密切关系，运动神经元与骨骼肌细胞的损害都是因为雄激素与突变后产生毒性的 AR 结合导致的。

目前，肯尼迪病在全世界范围内尚无明确有效的治疗办法。近年来有多种化合物进行了动物模型试验以及人体临床试验，但都因为没有取得预期效果而宣告失败。一般治疗包括肢体功能的锻炼、康复等。尽管生存期较长，但在疾病早期患者即可因日常生活能力恶化导致生活质量明显下降。

和我一样，把诊断书藏进抽屉的深处，肯尼迪病病友们继续勤勤恳恳，甚至更加卖力地工作，因为他们知道，自己不能“躺平”，更不能倒下，整个家庭还需要自己负重前行。

但偶尔，站在讲台面对空荡荡的教室，刚刚送走一个重要客户，安排妥一天的生产任务，赶完一个紧急材料，或者从矿井下爬上来，巡视完粮食仓库，完成一台手术，修理好一辆汽车，刨完一垄地……他们会抬起头，陷入片刻的迷失——

今后的路，该怎么走？

说，还是不说，这是一个问题

拿到“肯尼迪病”的诊断书后，每一位病人都面临着一个问题：说，还是不说？

疾病信息属于患者的隐私，是否对外界透露，是患者个人的权利。在我接触过的病友中，大多数人选择了不说。他们都有各自的顾虑：如果单位知道了真实病情，会危害事业发展，甚至面临失业威胁；如果家人知道了病情，会影响家庭关系，可能引发相互指责；如果外人知道了病情，会戴着有色眼镜看你，可能影响子女婚恋……他们的这些顾虑，我完全理解和尊重。

在生病之后的两年多时间里，我也选择了不说。

我倒没有那么多顾虑，只是觉得，生病是很私人的事情，没必要弄得全世界都知道，当时的身体状态也允许自己在健康人群中继续“潜伏”。于是，碰到熟人关心，我就说自己腰椎间盘突出；遇到陌生人询问，就说最近痛风。上楼梯的时候碰到人，掏出手机假装看一个信息；赶路的时候碰到人，又掏出手机假装打电话；单位组织去爬山，就借口家里有事；朋友邀请晚上小聚，想到餐厅高耸的楼梯，就说“谢谢啊，我已经有了别的安排”……就这样，活得战战兢兢畏畏缩缩却不自知。

直到有一天，我恍然大悟：生病是不幸的事情，得了罕见病更是不幸中的不幸，但并不是什么丢脸的事情，为什么不能跟别人说呢？于是，我陆续跟朋友、同事坦陈了自己的病情，让我感到意外的是，大家除了震惊、惋惜，还纷纷对我表示了钦佩、祝福。走在校园中，再也不用躲躲闪闪；在需要帮助时，也可以坦然地向他人求助。我的眼神由忧郁、游离重新变得清澈、坚定。我失去了枷锁，得到了自在。

罕见病又称“孤儿病”，是众多患病率极低的疾病的统称，罕见病患者主要面临着三个方面的困境：诊断难，误诊、漏诊率高，患者通常需要数年的时间才能得到确诊；治疗难，全世界只有不到10%的已知罕见病有治疗药物；支付难，多数罕见病检测方法复杂，设备、试剂昂贵，药物研发成本非常高，患者每年所需的治疗费用从数十万到数百万元不等。面对重重困境，如果患者自己都不去宣传、不去呐喊，又能指望谁来关心我们的命运呢？自助者天助，我决定通过自己的方式把肯尼迪病和罕见病群体面临的困境告诉社会公众。

2012年8月，一群爱好越野的朋友组成的“阿甘梦之队”，帮助我实现了自驾去西藏的梦想。抵达拉萨的当天，西藏电视台、《西藏商报》对我进行了采访报道，我第一次代表肯尼迪病患者群体向外界发声。

2013年5月，新华社湖南分社视频总监范军威先生和两位同事来到湘大，对我进行了采访、拍摄，后收录到新华社《中国梦寻——100个普通人的“中国梦”》系列纪录片之中。多年以来，他和团队一直在追踪拍摄我的故事。

2016年，经亦师亦友的金辉先生推荐，在永晓先生的支持下，我前往北京通过“Health Talk”健康科普平台作了一个关于肯尼迪病的分享，视频发布在今日头条、优酷、腾讯等社交媒体平台，全网累计播放量超过150万次。

十余年里，很多传统媒体和新媒体报道了我的故事，宣传科普肯尼迪病。包括“罕见病信息网”“青视界”“越玩越野”“豌豆sir”“知识分子”“湘大百事通”等公众号，“腾讯公益”“自在星辰”“越野e族”“凤凰网”“澎湃新闻”“湘潭在线”等网站，《游遍天下·越野e族会员杂志》《越玩越野》等杂志，以及湖南经济电视台等电视媒体。转载报道的网站也有很多，无法一一统计。除此之外，我还应湘潭大学心理健康教育与咨询中心、图书馆以及多个学院、广州大学公共管理学院、湘潭理工学院的邀请，通过真人图书馆、心理辅导报告、励志讲座、特殊党课、特殊团课等形式，与青年学生进行交流，同时宣传罕见病。

2020年，我创建了个人微信公众号“罕见病阿甘在路上”，目前已发布推文80余篇，累计阅读量超过30万次。

2022年，湘潭大学官方微信公众号以《刘期达，“罕见”人生也精彩!》为题，讲述了我的故事，得到光明网、新湖南、《三湘都市报》、红网时刻等媒体的跟进报道。

我不但自己勇敢地大声说，还鼓励肯尼迪病病友们一起发声。我创建了病友QQ群、微信群和病友会网站，这三个平台已经成为中国肯尼迪病患者最重要的精神家园。在这里，大家可以卸下面具，畅所欲言。2015年，我们举办了第一届全国肯尼迪病病友及专家交流会，得到了6家新闻媒体的报道，央广网、人民网、网易、搜狐、丁香园、北京晨报网、潇湘晨报网等30多家门户网站及专业医学网站给予了转载。

近年来，党和国家对于罕见病患者群体越来越重视。2018年，国家卫生健康委员会等5部门联合制定了《第一批罕见病目录》，肯尼迪病列入其中，序号为109。这是众多政府工作人员、医学专家、罕见病组织、患者、志愿者……长期共同努力推动的结果。我很自豪，在肯尼迪病和罕见病逐渐被公众认知、被国家重视的过程中，曾经发出过自己的声音。虽然我的声音很微弱，但正是每个人微弱的发声，汇成了罕见病群体有力的呐喊。

偶尔会有朋友跟我开玩笑说：阿甘，你出名啦，是公众人物啦，是“网红”啦……我总是付之淡淡一笑。其实，我生来内向，秉性淡泊，喜欢独处，不爱抛头露面。如果没有患上罕见病，我更愿意默默无闻地度过自己的一生，用心工作，做做公益，打球读书，挈妇将雏，时不时跟朋友们去露营、玩玩越野，或者来一次长途自驾旅行。这才是我梦想的生活。有多少人知道阿甘，这不重要；有更多的人知道罕见病和肯尼迪病，这很重要。

对于自己的病，我跟谁都可以说，只有两个人除外，那就是我的老爸老妈。我像守护襁褓中的婴儿一样，小心翼翼地对他们保守着这个秘密。父亲双目几近失明，母亲不识字，于是在这个信息爆炸的年代，我竟然成功地瞒了他们十多年。在他们心里，可能还相信着我最初找的托词——“肌肉不能很好地吸收营养”；他们对于心爱儿子病情的想象，可能也止于拄拐杖、坐轮椅，而不会想到更可怕的情形。两位老人像是处于风暴眼之中，那狂风呼号中最平静的所在。

我希望，他们一辈子也不知道“肯尼迪病”，这四个听起来怪怪的字眼。

岁月是捧好饲料，KD 是把无情刻刀

我一直不认为自己长得帅。

作为一个出生于 20 世纪 70 年代末的老男孩，对于两性的审美有着明确的、近乎刻板的观念。虽然“帅哥”一词早已沦为男性的代称，但我始终认为，要称得上“帅”的男子，必须五官俊朗、体形匀称、肌肉结实，浑身散发着浓郁的阳刚之美。原谅我无法欣赏曾经大行其道的“花样美男”。

就我来说，或许可以用长相清秀、五官端正、气质儒雅之类的词来描述，但是谈不上“帅”。从青春期一直到现在，我都不够结实挺拔，缺少了些许阳刚之气。

让我们回到正题。这篇文字不是一篇讨论男性颜值的“八卦”文字，而是想为您讲述肯尼迪病如何改变了患者的外形，以及他们的生活。

有一句流行的话很“扎心”：“如果管理不好自己的身材，如何管理好自己的人生?”对于健康人来说，管理身材更多是与自律、毅力等有关；但肯尼迪病患者想要管理好身材，是一项几乎不可能完成的任务。

我于 1996 年 9 月跨入大学校门，当时的体检数据是身高 171.5 厘米，体重 51 千克，看上去简直就是一根豆芽菜！入校后，

同县的老乡一起在校门口合影，我下意识地用手提着腰带，以免外裤滑下去。毕业留校工作的时候，我的体测数据增长到身高173.5厘米，体重54千克。

工作后，随着营养水平的快速提升，我的体重有了明显增长。但由于长期坚持打篮球，运动量有保证，所以能够控制好体形，发病之前，体重多年保持在62千克左右。而发病后，我的体重峰值达到72千克。这个数字并不算大，但考虑到肌肉萎缩，增长的主要是脂肪，那就很吓人了。

我决心瘦身。

控制体形不外乎两个途径：管住嘴，迈开腿。我减少了碳水化合物的摄入量，中餐和晚餐只吃一小坨米饭，多吃蔬菜和肉、蛋、鱼；尽量不到外面应酬；夜宵、零食更是彻底戒掉；每天要求自己走5000—7000步。所以在2018年之前，我的体重没有失控，保持在66—69千克之间，体重变化呈现出一条正弦曲线——冬天和春天运动量较小，体重上扬；夏天和秋天方便运动，身体状态也相对较好，体重又会降下来。但随着病情的持续发展，每天行走的步数逐年降低。到了2019年夏天，我沮丧地发现，每天累计行走的步数很难再超过4000步，甚至无法通过运动让自己出汗。那条正弦曲线，终于画不下去了。

肯尼迪病患者都是成年发病，多发于30—50岁之间。这个年龄段的男人，基础代谢变慢，营养水平又比较好，很容易“发福”，体形走样。对于患者来说，叠加了运动量不足的问题，无法甩掉卡路里，更加容易形成大肚腩。肯尼迪病人的体形大多是这样：四肢由于肌肉萎缩变得纤细；三角肌萎缩，导致溜肩；唯独一个“将军肚”分外打眼。

肯尼迪病对于体形的影响让人烦恼，但还能够接受，毕竟满大街走着“中年油腻男”，我们挺着个大肚腩也无伤大雅。它对容貌的影响却让患者深受困扰。

这个病的邪恶之处，是会影响全身的骨骼肌，一块都不放过。虽然在初期和中期受累最明显的是双腿，但面部肌肉也会逐渐萎缩、无力。在与他人交流的时候，这会带来两个问题：一是面部的小肌肉轻微而迅速地颤动，特别是下眼睑下方的肌肉、苹果肌、嘴唇周边的小肌肉。另一个就是表情“不正确”，因为表情归根到底是肌肉的组合运动。如果是小幅度的表情，比如微笑，我们还能够勉强应付；如果是较大幅度的表情，比如要表现兴奋、喜悦、意外等等，我们的脸上就跟紧急集合似的，兵荒马乱，扭曲狰狞。最要命的是，无论是肌肉颤动，还是表情不正确，都无法自主控制，没有规律可循。

2016年6月，我参加了江浙沪皖四省（市）的切诺基车友聚会，由于我远道而来，爱好摄影的车友抓拍了好些我的照片，并且发给我收藏留念。虽然我早就意识到了自己的表情问题，但这是第一次通过高清图片看到自己面部的“现场直播”。肯尼迪病像一把无情刻刀，改变了我的模样——这不是正常的衰老、沧桑，而是直接把一张好好的脸庞划得乱七八糟。那个有着温暖笑容的阿甘，再也回不来了……

表情是除了语言、眼神、肢体动作之外，沟通感情、思想的重要方式，在心理学上还有“微表情”的概念。但是，肯尼迪病患者完全做不到“表情管理”，因为绝大多数患者还在坚持工作，我们中的大多数又没有公开自己的病情，所以这个问题给社交带来了很大的困扰。

我们特别害怕两种情形：一是与人面对面单独交流，特别是长时间谈话。因为在整个过程中，表情必须根据谈话的进展不断切换，这相当于跟随健康人的节奏长途跋涉，面部肌肉很快就会疲劳不堪。二是跟一群朋友兴高采烈地谈话。如果完全不控制，就会笑得比哭还难看；如果刻意控制表情幅度，又会与整个氛围格格不入。

由于腿脚越来越无力，出入一些场所不方便，肯尼迪病人逐渐减少了外出活动；而因为表情管理问题，我们进一步收缩了自己的社交。

据说，“看破不说破”是成年人的社交准则之一。那么，孩子的反馈就最为真实。2017 年的某一天，我请朋友和她的孩子吃饭。聊天的时候，自我感觉表情控制得还不错。回到家之后，朋友通过微信给我发了一段话：“我犹豫了好久才给你发这条信息。在吃完饭回来的路上，喆喆问我：‘达叔叔的脸怎么变形啦?’童言无忌，你别在意哈。多保重!”

从 2019 年年底开始，突如其来的新冠疫情搅乱了大家的生活。为了阻断病毒的传播，大家被要求在公共场合戴上口罩。刚开始的时候，我也很抵触，感觉呼吸不畅，戴一阵子之后还有股难闻的气味。但没过几天，我就发现了戴口罩的一个妙处：口罩遮住了大半张脸，只露出额头和眼睛。都说眼睛是心灵的窗户，我的这个窗户倒是跟心灵一样，又大又亮，所有的情绪都可以通过语言和眼睛准确地传达。在“不要脸”的情况下，跟他人交流起来反而特别顺畅、自在，不用担心自己的表情传达错误的信息。

花了很长时间，我才逐渐接受了被肯尼迪病“毁容”的事实。因为它不光困扰了我，想来也困扰了我的朋友们。

但我终于想通了。长得帅固然很重要，或许，活得帅更重要。

做有尊严的人，还是做有尊严的男人

“你总得做点儿什么吧?”

这是肯尼迪病患者确诊之后，常常听到的一句话。与这句话相对应的，是医生在给出诊断后的嘱咐:“目前，这个病在世界范围内还没有确切有效的治疗办法。回家之后，注意调整心态，做好自我保健，加强营养。”从医院回来后，文章开头的那句话就会经常灌入患者的耳中，这句话可能来自父母、兄弟姐妹、亲戚，也可能来自好朋友、领导、同事，甚至未曾谋面的网友。

于是，绝大多数肯尼迪病患者，都有一长串或严肃或荒唐的“治疗”故事。这些故事里，往往飘荡着中药神秘的香气，摇曳着闪闪发亮的银针，甚至闪现着巫婆神汉的狂乱身影……

既然西医没有办法，那就求助中医吧。中医有独特的思想体系、独到的治疗方法和效果，对于某些疾病的治疗，西医确实难以匹敌，在调理身体方面也颇有效果。但是，对于有病因的肯尼迪病，中医没有确切的治疗作用。

15 年来，我陆续看过 10 多位中医，有男医生也有女医生，年龄从 30 来岁到 70 多岁不等；既有湖南省甚至国家级名老中医，也有隐于小镇、在当地小有名气的医生。虽然他们的诊病方式颇有不同，处方抓药也各有特色，但归结起来有两种思路：一是把我的病归为“痿症”，处方中通常包括熟地、山药、杜仲、茯苓、五味子、白术、人参、当归、苁蓉等中药材；一是归为“脾胃不和”，因为脾主肌肉，处方中通常包括党参、炙甘草、生麦芽、枳实、厚朴、半夏、丹参、砂仁壳等中药材，具体配伍和剂量大同小异。这些中药，时间最短的吃过一个多月，最长的吃过半年。毫无例外的，没有任何作用。

在很多人的观念里，中医讲究缘分。我吃了几乎可以装满小面包车的中药，之所以没有起到作用，是因为缘分没到，还没有碰到好的医生，或者说样本不够。但是截至目前，我已经联系到800多名病友，在跟他们的交流中获悉，大多数病友都看过中医，数量从几位到几十位不等，加起来是数千名医生，这个样本应该足够大了。

我也尝试过针灸。湘潭市一家知名的针灸诊所，对于治疗面瘫、神经损伤、肩周炎以及辅助减肥都有很好的口碑，甚至治疗过重症肌无力的患者，据说颇有疗效。我心中不免燃起了一丝希望。治疗方案是每天针灸40分钟，配合吃中药。针灸时，在头部、手臂、腰部、腿部共取6—8个穴位，插入银针，然后接上电极加强效果。我坚持了两个月，完全没有看到效果，反而因为每天奔波，又没有午休，导致了身体机能的下降。

如果说吃中药、扎银针还属于常规方法，那么有些方法则让我感到恐惧、恶心和后怕。

有一次，一位好友带着我到一个据说很“灵验”的寺庙“求药”。庙里的老和尚示意我从写着“伤药”的签筒中随机摇出一支签，然后拿起一本有些破旧的、厚厚的书，找到签对应的那一页，吩咐小和尚按照上面的药方给我抓药。我顿时目瞪口呆：我的身体，竟然要交给一支随机蹦出来的签?!

还有一次，父亲的一个远房堂弟专程从老家赶过来，说要给我“看病”。父母病急乱投医，欣喜地答应了。只见这位叔叔洗净双手，焚烧纸钱，然后用一根钢针串起三片“符”，点燃，烧成灰烬，再捋到事先泡好的茶水中，混合成黑乎乎的浆水，嘱我连水带灰全部喝完。我的胃中波涛汹涌，但竭力保持着平静。为了不辜负父母心中微弱又热切的希望，我端起茶水，隐蔽而急促地做了一次深呼吸，然后一饮而尽。

10 多年来，除了寻求中医治疗，我也做了一些其他尝试。比如服用左卡尼丁口服液、甲钴胺、维生素 E 等，用于营养神经；辅酶 Q10，用于保护心脏；姜黄素胶囊，在小鼠试验中有很好的效果，但人体试验却宣告失败；啤酒花胶囊，据说可以阻止肌肉萎缩。但这些药物和保健品均没有治疗作用。

按照目前的主流学说，肯尼迪病的发病机制是，雄激素受体（AR）发生了病变，产生了毒性，导致神经元细胞的死亡，进而导致肌肉萎缩和无力。肯尼迪病患者的雄性激素水平是正常的，但雄性激素恰恰是致病的“原料”。在没有办法改造病变的 AR 之前，减少雄性激素的分泌就成了一个治疗思路。

近年来，部分关注肯尼迪病的神经内科医生推荐一种叫“亮丙瑞林”的药物，目的就是减少雄性激素的分泌。这个药物由日本的医药公司研制生产，临床上常用于子宫内膜异位症、子宫肌瘤、前列腺癌等病症，日本的医生也用于肯尼迪病的治疗，但欧美医学界并不推崇此药。它有一系列的副作用，包括出现烦躁、心慌、出汗、乏力、耳鸣等更年期症状，以及骨质疏松、骨痛等；

但对于男性来说，最明显的副作用是引起性欲和性功能减退，也就是通俗说的“化学阉割”，虽然这一过程是可逆的，停药后可以恢复。医生向我推荐了几次，但我认为这个方法太不人道，表示绝不会选择。但也有少数病友，在经过痛苦的思想斗争后，选择注射亮丙瑞林。

做一个有尊严的人，还是做一个有尊严的男人？对于一名成年男子来说，这可能是除了活着还是死去之外，最艰难的选择。

我不知道，读者朋友们看到这里，会是怎样的感觉，但我相信一定有发自内心的悲悯。我能够想象，那些选择注射亮丙瑞林的病友们，他们的恐惧、挣扎和悲愤，在这些复杂的情绪中，夹杂着或强烈或微弱的期待……

然而不幸的是，近年来先后有 100 多名病友尝试注射亮丙瑞林，从他们的反馈来看，除了出现程度不一的副作用，起到的正向效果几乎无法评估。只有一名用药 10 年以上的病友的病情得到了较为明显的延缓。

我不由得想到了网络上那句带有戏谑意味的话：“欲练此功，必先自宫；即便自宫，未必成功。”

这个幽默，未免过于黑色。

被剥夺的自由和被赋予的自由

自由，一个多么诱人的词语，很多人甚至把它看得比生命更重要。

我喜欢听、也喜欢唱许巍的那首《蓝莲花》，多个社交媒体账号的个性签名都是：“没有什么能够阻挡，我对自由的向往。”对于人到中年的朋友们来说，裴多菲的那首小诗肯定能倒背如流：“生命诚可贵，爱情价更高。若为自由故，两者皆可抛。”中国共产党郑重地把“自由”与“平等、公正、法治”一道，列为社会主义核心价值观的内容，人的全面自由的发展，是社会主义区别于其他社会形态的本质规定；自由是马克思主义的终极追求，也是社会主义的内在逻辑。

因为患有肯尼迪病，我被逐渐剥夺了一种自由，却又被赋予了一种自由。

随着病情的发展，我被逐渐剥夺了自如行动的自由。

由于这些年我喋喋不休地诉说，很多朋友都知道我得了一种叫“肯尼迪病”的罕见病，全身的肌肉都会逐渐萎缩无力。但有趣的是，即使是我最要好的朋友，也并不完全了解我的身体受到束缚的状况。

我最先失去的，是奔跑和跳跃的能力。大概是在 2006 年，打篮球的时候，发现自己跑动很慢，跟朋友们比起来，我跑动起来就像是慢动作，经常追不上球，只能眼睁睁地看着篮球滚出边线。当时百思不得其解，也尝试过在散场后加练跑步，但没有任何改善。从 2008 年开始，我就再也无法奔跑，也跳不起来。

接下来失去的是蹲起能力。在 2009 年之前，我蹲下去之后，可以用正常的动作站起来，虽然比健康人慢一些；渐渐地，需要用双手撑着膝盖起身，动作也更加费劲。从 2012 年开始，需要用类似于“走你”的动作起来，也就是右小腿垂直于地面作为支撑，左腿伸直，双手撑着膝盖发力站起。2016 年之后，开始用更奇特的姿势起身——双膝跪地，双手撑地，然后腰腿协同发力，让身体逐渐呈“弓”形，最后双手离地，慢慢站直。大概一年以后，我再也无法自己站起来。从 2020 年年底以来，就连蹲下去都成了问题：自身的体重压迫肌肉萎缩的大小腿，导致疼痛难忍；膝关节由于得不到肌肉的有力支撑，也感到剧烈的疼痛。

蹲下去无法自行站起，严重影响了独自出行的信心。因为一旦我摔倒在地，恐怕很难获得帮助——从旁人看来，我正当壮年、四肢健全，怎么看都是一个企图“碰瓷儿”的混蛋。

在目前还能做到的动作中，上台阶是受影响最大的。大概在 2007 年，我就曾偶尔出现上楼梯费劲的情况。到了 2010 年，爬楼梯的速度越来越慢，只能一个台阶、一个台阶地往上走。2015 年左右，动作的稳定性开始出现问题，在上行的过程中必须扶着楼梯的扶手，以保持身体平衡。2017 年之后，腿部力量进一步下降，必须右手拽着扶手助力，才能艰难地上楼。2019 年以来，情况更加糟糕，必须右手紧紧地抓着扶手，先以右脚和右手作为支点，把左脚迈上去；然后以左脚和右手为支点，把右脚迈上去。从 1 楼爬到 3 楼，往往需要十几分钟，中途休息三四次。如果没有可供支撑的物体，一个 10 来厘米的台阶，对于我来说就是天堑。

步行是目前保持得最好的功能，但是“续航”能力也下滑得很厉害。2009 年之前，一口气可以走两三千米；到了 2016 年，步行 1000 步左右（每步 50 厘米）就必须原地休息一会儿；而到了 2020 年，连续步行距离已经减退到 400 步左右。因为腿部肌肉严重萎缩，对身体的精准控制能力下降，如果地面有微小的起伏，或者踢到花生米大小的石子，我都可能双腿一软蹲坐在地上。每次出现这种情况，我常常不怒反笑，心里暗骂一句：我的天！怎么会这样?!

我喜欢唱歌，想当年，在学校北门外休闲一条街的简陋 KTV 里跟小伙伴们聚会，拿起麦克风，我也算得上是一个“歌神”。由于喉部肌肉逐渐萎缩，对声带的控制力减退，曾经悦耳的男中音变得暗哑，唱高音时容易破音。不灌下去两瓶啤酒，《飞得更高》《爱不爱我》《蓝莲花》的副歌部分都吼不上去……

到目前为止，对于我来说，最难做到的不是走路、爬楼，这两件事情，咬咬牙还是能做到。唯一不能靠咬牙办到的事情是：拔牙。

这几年，去医院做过好几次牙齿治疗。由于负责张嘴的咬肌、颞肌、翼内肌和翼外肌等萎缩无力，我无法长时间大张开嘴，坚持几分钟就需要休息一会儿，因此治疗时间常常是健康人的 3—4 倍。

然而，这一切只是序曲，远非终章。如果没有有效的治疗药物，或者研制出了药物却支付不起，我大概率要拄腋下拐、坐轮椅，甚至长期卧床，最终，全身所有的肌肉都失去功能，只剩下一根手指能够活动，或者眼球能够活动，无法说话，无法自主吞咽和呼吸，在意识完全清醒的状态下，慢慢走向死亡。

但奇妙的是，在逐渐被剥夺行动自由的同时，我又被赋予了一种自由。

“期达，你很优秀！”这是我从小到大常常听到的赞语，不管是读书期间还是工作以后，哪怕是在我生病之后，仍然不时有人这样称赞我。肯尼迪病像一根柔韧的绳索，将我越缚越紧，终至动弹不得；但同时，它也像一面网眼粗大的筛子，将我的缺点悉数筛掉，只剩下那些个闪闪发亮、叫做“优点”的大颗粒。

我或许曾表现出一些优秀的特质，却并没有完全兑现过自己的优秀。或者说，我的优秀没有经受过严格的考验——我从来没有成为某种资源的分配者；我没有独当一面处置过急难险重任务；我的工作一直具有从属、被动、辅助的特点；我从来没有带领一个团队达成一个了不起的目标……权力和压力，是两柄高倍率的放大镜，透过它们，一个人的优点和缺点都会被放到很大。而且优点和缺点常常相伴而生，就拿我来说，温润则偏于优柔，善良则易于轻信，忠厚则弱于权谋，平易则亏于威严，随性则失于刚毅。即使没有生病，我能取得多大的成就也未可知。

而因为生病，我被赋予了一项自由——免予优秀的自由。文山会海，案牍劳形，四处奔波，通宵加班，迎来送往……一个世俗意义上的优秀人士的状态，现在想想都觉得很累，虽然我曾经应付裕如，甚至乐在其中。现在，我的工作强度减轻了许多，生活远没有那么精彩，甚至显得有些单调，却乐得自在。如今，优秀对于我不再是一种压力、一种责任——在过滤了优秀中关于成功、卓越、杰出的成分后，我反而可以努力追寻和培养另一些优秀的品质，譬如：勇敢、乐观、正直、善良、包容、坚强……我很享受这种状态。

一上车就是超人，一下车就是残疾人

我是什么时候成为残疾人的?

这个问题，可能跟“我是什么时候发病的?”一样，无从考证。因为肯尼迪病“起病隐袭”的特点，导致患者逐渐残障，所以二者都没有一个确切的时间节点。

一

我酷爱驾驶，而且是霸着方向盘不撒手那种。一坐进驾驶室，我就化身为快意驰骋的“超人”。如果你没有体会过步行时速 1.2 千米的煎熬，你就很难想象时速 120 千米给心灵带来的快乐。

2009 年，在身体出现力量减退的情况一年之后，我迫不及待地考取了驾驶证。这些年来，累计驾驶里程超过 15 万千米。

我对驾驶的耐受能力超过很多健康人。

单次自驾旅行，我的里程纪录是 12500 余千米，历时 28 天。2013 年，我开着自己的手动挡小切诺基，从湖南出发，经甘肃，赴青海，跨内蒙古，穿东北，越华北，然后平安回家。那是属于我一个人的长征。

单天自驾旅行，我的里程纪录是 1200 多千米，耗时 15 个小时。那是2014年，完成环北疆的旅行后，我开着自动挡大切诺基准备返回湖南，清晨从吐鲁番出发，深夜抵达张掖。

我有个特点，越开越精神，不像有些朋友把驾驶当做负担，刚开上两三个小时就会感觉疲倦——当然，我也会有意识地停车休息，杜绝疲劳驾驶。我不犯“饭困”，很多人吃了午饭后一定要打个盹儿，而我吃完饭立马可以出发。

随着肌肉力量的持续下降，我驾驶的“续航”能力也不断缩水，但目前仍然保持了较好的水平。2021年五一假期，我陪老妈和妻子回老家省亲、散心，全程427千米都是我一个人开，耗时5个多小时，中途只在隆回服务区休息了10分钟。目前，如果需要的话，我一天还能驾驶超过300千米。

经常有朋友对我开车表示担心，其实完全没有必要。因为刹车、转向都有助力装置，驾驶车辆只需要很小的力量，疾病对我的反应能力也完全没有影响。同时，我养成了良好的驾驶习惯，注重预判和防御性驾驶，既不主动肇事，也不给别人伤害我的机会。我的驾驶风格激情而不激进、沉稳而不沉闷、谨慎而不紧张、规矩而不死板。取得驾驶证10多年来，只发生过一次微小刮擦事故，违章总共计6分。

我曾经想过，假如有一天不能安全驾驶了，我会怎么样？或许我会很消沉，可能还会伤心流泪。但哪怕是坐上轮椅，我也要坐越野轮椅，继续做一个最酷的游侠。

二

但是，只要一下了车，我就是一个如假包换的残疾人，只能蹒跚而行。跑步已经是很遥远的记忆，上楼必须借助扶手，一旦蹲下就起不来，连走路也是摇摇摆摆，活像一只胖乎乎的企鹅。

2017 年 4 月的某一天，我们学院的书记跟我说，人事处领导托她问问，我愿不愿意办理残疾人证？言语间颇有些小心翼翼，或许是怕伤害我的自尊。

根据《残疾人就业保障金征收使用管理办法》的有关规定，各类企事业单位都应按比例安排残疾人就业。没有足额安排的，需缴纳相应数额的残疾人就业保障金。我向来是个百无禁忌的人，并不避讳自己的状况，所以很爽快地答应了。在社区服务中心领取了残疾人证申请表，然后前往湘潭市雨湖区残联指定的湘潭江麓医院体检。

但是肯尼迪病患者的情况有点特殊。大多数残疾人的残障肉眼可见，比如肢体缺失；或者容易测量，比如听力残障和视力残障。但我们的残障有点“隐性”，乍看上去跟健康人没什么区别；绝大多数医生对于“肯尼迪病”毫无了解。因为出行不便，为了避免白跑一趟，我得想办法让医生“看见”我的残障。我专门在网上购买了一副腋下拐杖，拄着拐去体检。医生看了一下病历资料，叫我放下双拐走两步。我放好拐杖，装作很小心的样子往前走了两小步。说时迟那时快，我朝着医生的方向凌空虚抓一把，好像马上就要摔倒在地。医生赶紧抓住我的双臂，扶着我坐下。体检结束了。那一刻，一定是我生涯“演技”的巅峰。5 月中旬，湘潭市雨湖区残联打来电话，让我去领残疾人证。拿到手一看，肢体残疾，三级。从此，咱就是持证的残疾人了！

三

很多朋友可能不知道，我国共有约 8500 万名残疾人。根据第七次全国人口普查结果，我国总人口约为14亿。也就是说，每17个人里就有1个残疾人。但实际上，我们在公共场所与170个，甚至1700个人擦肩而过，可能都难以碰到一个残疾人。

之所以出现这种现象，除了部分残疾人由于自己的身心状态不佳，不愿意或不适合出门之外，更多是因为我们社会中无障碍理念的缺位、无障碍文化的淡薄、无障碍设施的缺失。虽然这些年来已经有很大的进步，但仍然远远不够。在发病之前，我就比较关心无障碍设施建设问题。在成为残疾人之后，随着自己有越来越多的需求，我对无障碍设施就更加关注。往后余生，这都将是我的重大关切。

作为一个利益相关者，我不会采取过激的行为去表达诉求，但会执着地主张自己的权利。如果这些权益我们自己都不去争取，怎么能奢望他人主动来关心呢？在公共场所遇到无障碍设施方面的问题，比如无障碍洗手间被锁住、占用或锁具损坏，无障碍坡道设置不合理，垂直电梯无法使用……我都会拨打责任单位的电话或者市民服务热线，反映情况，要求整改。

当我们是少数时，可以考验自己的勇气；当我们是多数时，可以考验自己的善良。如果有一天，残疾人可以自如地出入各种公共场所，健康人不再以异样或怜悯的眼光看待他们，大家平等、自在地相处，那标志着我们社会的文明程度有了进一步的提升。

肯尼迪病人的“大号”焦虑

一

在日常生活中，我们常常面临各种焦虑。

从小学开始，就有考分焦虑；到了小升初、初升高、考大学时，有升学焦虑。毕业的时候，有就业焦虑；再大上几岁，又有婚姻焦虑。长相一般的，有容貌焦虑；天生丽质的，有衰老焦虑。

混得好的，有发展焦虑；混得一般的，有生存焦虑。当老板的，有战略焦虑；“天选打工人”，有业绩焦虑。干实体的，有客源焦虑；开网店的，有差评焦虑。买了房的，有还贷焦虑；买不起房的，有涨租焦虑。

买了新能源汽车的，有续航焦虑；开传统动力汽车的，有油价焦虑。生了孩子的，有育儿焦虑；做丁克夫妻的，有孤独焦虑。人到中年，有价值焦虑；临近退休，又冒出健康焦虑……

这种状态，固然跟个人的理念和心态有关，似乎又是任何一个追赶式发展、加速迈向现代化的社会无可避免的状态。

二

肯尼迪病患者大多在30—50岁之间发病，正是“上有老下有小”、爬坡过坎负重前行的年纪，因此，健康人通常有的焦虑，肯尼迪病患者也无法避免。除此之外，他们还有一种“另类”焦虑，那就是——便溺焦虑。准确地说，是“大号”焦虑。

相对来说，小便比较容易解决。但“大号”就不一样，大多数生活场景中能找到的卫生间，都只有蹲位没有马桶，更别说无障碍厕所。如此一来，就会状况频出。

有没有“大号”焦虑，与蹲起能力密切相关。以我为例，2012 年之前，我蹲下去之后可以用正常动作站起来，或者手撑着膝盖起身，虽然慢一点，但无需焦虑。渐渐地，这种姿势不再奏效，必须借助额外的力量。于是，在各式各样的厕所里，我习惯了观察地形，充分利用一切可以支撑或者拉拽借力的物件儿——门上的挂钩，地上的板凳，伸出来的龙头，厕所冲水的阀门，墙壁上明装的水管，甚至是安装比较结实的不锈钢纸巾盒，倒扣过来的硬塑料垃圾桶……这些东西常常能够起到作用，帮助我在尝试若干次之后成功起身。但常人用两秒钟就能完成的蹲起动作，我需要几分钟甚至十几分钟。

不过，也不是每一次都能成功。有好几次，我想尽了一切办法，就是起不来。万般无奈之下，只好祭出“杀手锏”——用卷筒纸把地面尽量擦干净，然后双膝跪地、双手撑地，腰、腿、胳膊协同发力，身体弓起，渐渐呈桥拱的形状，最后双手离地，一点点站直。

大概从 2017 年下半年开始，我的肌肉力量进一步减退。以上方法的成功率越来越低，依赖他人帮助的频率越来越高。

在湖南省肿瘤医院 4 楼手术室外等候术中的父亲时，我突然感觉便急，赶紧找到楼层卫生间解决问题，完事之后怎么也站不起来。犹豫很久，只能打开隔间的门，恳请陌生人将我扶起。

跟着猛哥和巍哥到长沙参加一个应酬，中途去卫生间，完事后折腾 10 多分钟，硬是起不来。只好打电话请猛哥过来，把我拦腰抱起。

单位组织去岳阳检查合作单位的教学情况，同时开展主题党日活动。参观完革命教育基地后，大家前往一个农家乐用中餐。突然想上厕所，完事之后，又起不来了。无奈之下，只好打电话给办公室主任文胜大哥，请他把我拦腰抱起来。也是因为这次状况，文胜大哥向院长立新大哥汇报，在服务大楼 3 楼的男卫生间辟出一个隔间，安装了马桶和扶手，解决了我的老大难问题。

…………

在这一次次状况中，无一例外的，我都光着屁股，外裤和内裤落在脚踝处——当一个人处于蹲着的状态，几乎不可能把裤子搂起来并且顺利穿好。虽然平复情绪所需的时间越来越短，但每次出现状况，心里还是不由得波涛起伏。

目前，绝大多数肯尼迪病患者还在坚持工作。因为工作和生活的需要，难免要参加一些社交活动，出入各种场所。但人有三急，上“大号”这事儿没办法规划和克服。因此，对于“大号”的焦虑困扰着很多病友。一位北京病友切除胆囊后导致习惯性腹泻，他羡慕我游走四方，却不敢轻易离开熟悉的生活地界。有位病友因为行动不便，已经 3 年没有下楼，所有活动都在家中。

三

这些年来，有不少熟悉我、关心我的朋友向我表达过钦佩，夸我“坚强”“了不起”。

或许，朋友们的赞语更多的是基于我患病前后生活境况的巨大落差。在患病之前，那个阳光上进、谦逊和善的年轻人曾经拥有光明的未来，人生有着许多可能性。曾经的阿甘（达达）有多美好，现在的我就让朋友们有多心疼。从希望的巅峰猛然跌入绝望的谷底，这种巨大的落差可能不是每一个人都能坦然接受的。

但其实，这并不是我所要面对的最艰难的问题。借用一个医学术语，这是个“一过性”的情况。当一个人真正面对并且接受现实——自己已经被甩出了熟悉的轨道，必须重新规划今后的生活——这种落差就不再是很大的困扰。虽然这个过程并不容易，虽然心头偶尔仍会浮起一丝不甘。

真正的挑战是，在朋友们看不到的地方，我一次次地被命运击倒在地；每一次，我都挣扎着站起来，然后微笑着面对日复一日的生活。这可能是我有一点点了不起的地方。

四

外出的时候，除了无障碍卫生间的稀缺，还要经常面对设备损坏或管理不善的问题。

2020 年，在湘潭某医院陪护住院的父亲。走廊地面上有“无障碍卫生间”的贴纸，但顺着贴纸走到跟前一看，卫生间已被改造成了医护人员休息间。2021 年，我和漫子陪她的小儿子凯凯去株洲方特欢乐世界玩儿，我在入口处的长凳上等他们。突然感觉便急，顺着指示牌找过去，倒是有残疾人卫生间，但门锁是坏的！在那几分钟里，我的脑海中回荡着龚琳娜老师的名曲《忐忑》，生怕突然有人闯进来。

改变，也在悄然地发生。近年来，国家深入推进“厕所革命”。2016年12月，国家旅游局办公室（现文化和旅游部）印发《关于加快推进第三卫生间（家庭卫生间）建设的通知》，要求各地做好第三卫生间建设与保障工作。相对于无障碍卫生间，“第三卫生间”是一种更加人性化的设计。它独立于男、女卫生间之外，供行为障碍者使用，或方便家属协助行动不能自理的亲人（尤其是异性亲属）使用，可以有效解决特殊人群如厕不便的问题，惠及残障人士、受伤人士、老年人及婴幼儿。

据“湘潭在线”公众号2020年11月16日报道，湘潭当年新建30座公厕，除了设有男、女卫生间外，还配备了第三卫生间、母婴室和保洁员工作间。

高铁站候车室和高速公路的很多服务区都建有第三卫生间。回通道老家，需要驱车400多千米，途径沪昆、武靖、包茂等多条高速，我曾经在宝庆服务区、邵阳服务区享受过第三卫生间的便利。让人欣慰的是，这个设计在城步这种规模较小的服务区也没有缺席。这两年回家，先后3次在城步服务区卸下“包袱”，轻装前行。

五

对待陌生人的态度，常常可以折射出一个人的文明程度。

对待外地人的态度，常常可以折射出一个地域的文明程度。

对待小群体的态度，常常可以折射出一个国家的文明程度。

虽然近年来，包括第三卫生间在内的无障碍设施建设有了长足进步，但这项工作依然任重道远。从我的体验来看，湘潭市的万达广场、步步高商业广场等大型商业建筑里都没有无障碍卫生间，各医院的相关设施也很不完善，更不用说其他体量更小的建筑物了。

希望政府部门进一步推动无障碍设施的建设。除了公厕之外，在政府办公大楼、公立医院等大型公用建筑和商场、酒店等大型商业建筑，强制性要求建设无障碍卫生间或第三卫生间；倡导其他有条件的建筑和单位建设无障碍卫生间，并标识在通用的 App（如各类导航软件）或者专门的 App 上，方便需要的人查找和使用。通过人性化设计，让上“大号”这个原本简单的事情不再成为特殊群体的焦虑。

罕见病群体的觉醒年代

2021 年最受欢迎的电视剧是哪一部？相信很多人会把票投给《觉醒年代》。

这部剧以 1915 年《青年杂志》问世到 1921 年《新青年》成为中国共产党机关刊物为时间线，展现了从新文化运动、五四运动到中国共产党建立这幅波澜壮阔的历史画卷，讲述了觉醒年代的社会风情和百态人生。它艺术地再现了 100 年前中国的先进分子和热血青年追求真理、激荡理想的澎湃岁月，受到广大观众包括很多年轻人的欢迎。

但是，或许很少有人意识到，我们正在经历罕见病群体的觉醒年代。

10 多年前，“罕见病”一词还鲜为人知，更别提这个词背后沉默的罕见病群体；而今天，“罕见病”这个概念已经家喻户晓，罕见病防治工作也方兴未艾。

回望这段激情燃烧的岁月，不能不提到两位领军人物：王奕鸥女士，黄如方先生。

王奕鸥女士是成骨不全症（俗称“瓷娃娃”）患者，10 多年来，致力于瓷娃娃及其他罕见病社群的服务工作。2007 年联合创立“瓷娃娃关爱协会”，4 年后注册成立“瓷娃娃罕见病关爱中心”。2014 年，瓷娃娃承担“冰桶挑战”中国项目，通过微博等社交媒体广泛传播，让“渐冻症”（肌萎缩侧索硬化症）及罕见病成为热门话题。2016 年 2 月 29 日，北京病痛挑战公益基金会成立，她担任秘书长。从 2019 年开始，组织召开中国罕见病合作交流会，迄今已举办 5 届。

黄如方先生是假性软骨发育不全症患者，大学期间即投身公益，毕业后长期服务罕见病患者及其组织。2011 年 6 月，召开首次罕见病组织能力建设培训并发起成立“中国罕见病组织发展网络”，迄今已举办培训 18 次。2012 年 2 月 29 日，组织召开了首届中国罕见病高峰论坛，迄今已举办 12 届。2013 年 6 月，发起成立罕见病发展中心（CORD，2020 年 2 月更名为蔻德罕见病中心）。2020 年 11 月，蔻德罕见病中心在长沙发布《湖南省罕见病患者生存状况及疾病负担调研报告》。此后，浙江、福建、广东等省的调研报告相继发布。

在罕见病群体觉醒的过程中，王奕鸥女士和黄如方先生花开两朵，各自精彩；奋力前行，殊途同归。虽然工作思路和方式有所不同，但他们都专注于连接各方，共同构建罕见病良性生态圈；努力为各种罕见病的患者和病友组织赋能助力。更直观的印象是，他们同样是，小小的个子，大大的能量。

在他们的号召和鼓励下，患者和病人家属行动起来了！除了“知名度”比较高的肌萎缩侧索硬化症、成骨不全症、重症肌无力、白化病、血友病，一些公众之前闻所未闻的罕见病的患者或者家属也纷纷发起成立病友组织，比如：脊髓延髓肌萎缩症（肯尼迪病）、脊髓性肌萎缩症（SMA）、脊髓小脑性共济失调、Alport

综合征、自毁容貌综合征、白塞病、杜氏肌营养不良症、卡尔曼综合征、朗格汉斯组织细胞增生症、黏多糖贮积症、雷特综合征、多发性硬化、尼曼－匹克病……不管是否注册，有没有经费、场地、专职工作人员，都不妨碍他们满怀热情地开展工作。

他们利用 QQ 群、微信群、微博、抖音、小红书、微信公众号等社交平台，为病友传递最新的研究资讯，提供心理支持和情感交流；参与或者发起各种活动，自驾旅行，长距离徒步，橙子微笑挑战……想方设法宣传罕见病；他们召开病友大会或者医患交流会，开展学术研讨、康复辅导；通过“99 公益日”等途径获得资金支持，积极开展病友救助或者赋能培训；他们主动与医生取得联系，开辟绿色通道，推动建立诊疗协作网；面对记者的镜头，讲述自己的故事；与国际病友组织以及专科医生取得联系，开展国际合作……他们全力以赴，不辞辛劳，千方百计地让世界“看见”自己。

罕见病诊疗医生行动起来了！作为一名医生，没有什么比面对罕见病患者更让人感觉无力和无助。尽管如此，他们没有迟疑和退缩。他们开设罕见病专科门诊，建立罕见病数据库和随访制度，举行学术论坛和学术沙龙，推动所在医院成立面向罕见病患者的多学科诊疗中心，建立跨医院甚至跨省区的诊疗协作网……哪怕治愈依然遥远，帮助和安慰却从未缺席，探索和碰撞也不休不止。

各路媒体朋友来了！从最初的地方性电视台、报纸、小网站，到后来的中央电视台、新华社、主流纸媒、门户网站、“大 V”自媒体；从最初的猎奇性报道、豆腐块文章，到后来的深度采访、专业性科普，通过媒体的镜头和笔触，罕见病群体被越来越多的人“看见”。在百度搜索框中输入“罕见病”，显示相关结果约100000000个。

医药公司的高管来了！他们既带着对“孤儿药”这片浩瀚“蓝海”市场的渴望，也带着对罕见病群体的真切关爱，深入探讨药物研发的可能性，积极筹划开辟药物研发管线。

保险公司的经理来了！他们从自己的专业角度，探索高值罕见病药物多方共付的解决方案。

公益人士和志愿者来了！他们发挥自己的特长，调动自己的资源，为罕见病群体提供无微不至的服务。

…………

病有所医，医有所药，药有所保，这是每一名罕见病患者和家属的期盼。民有所呼，国有所应，各级政府对于罕见病群体的吁求作出了积极回应。

从 2011 年开始，上海、北京、广东、浙江、天津、黑龙江、江苏、重庆等省（市）医学会先后成立罕见病学分会；2012 年，青岛市明确将罕见病纳入大病医疗保障体系；2019 年，浙江省建立国内第一个省级罕见病专项基金。

2016 年，中共中央、国务院印发《“健康中国 2030”规划纲要》，明确提出“完善罕见病用药保障政策”。

2018 年，国家卫健委等 5 部委发布《第一批罕见病目录》，共涉及 121 种罕见病。

2019 年，国家卫健委办公厅发布《关于建立全国罕见病诊疗协作网的通知》，首批纳入全国 324 家医院。

2021 年，国家卫健委发布《中国罕见病防治与保障事业发展》白皮书。在当年的国家医保目录药品谈判中，全民目睹了一场“灵魂砍价”。触动泪点的，不只是脊髓性肌萎缩症患者年度自费金额有望从数十万元降到数万元，还有国家医保局谈判代表那句温和却坚定的话语——“每一个小群体都不应该被放弃”。

春风拂面，春潮涌动。那些长期投身罕见病防治事业的人，更知道这一切来之不易。

我们常常以为，蝴蝶只要轻轻地扇动一下翅膀，就能引发千里之外的龙卷风；但其实，在雪崩发生之前，每一片雪花都使出了浑身的气力；而那呼啸而来的春潮里，包裹着每一滴水珠声嘶力竭的呐喊。

是的，这是罕见病群体的觉醒年代。他们深刻地感知着自己的苦难和困境，也逐渐意识到了自己的权利和责任。他们从单纯的被医治者、被服务者、被资助者、被帮助者，转变为研发参与者、方案共创者、资源开拓者、自助助人者。

正是他们的觉醒，带动了社会各界的关注和帮助。这支由患者、病人家属、医学人士、官员、媒体人士、保险经理、志愿者、爱心人士汇聚而成的浩浩荡荡的队伍，向着共同的敌人——罕见病——毅然决然地进发，只争朝夕，风雨兼程。

由于罕见病发病机制复杂，药物研发前期投入巨大，医药公司研发动力不足，目前90%以上的已知罕见病仍然没有有效治疗办法；与此同时，很多罕见病病情凶险，预后较差，预期寿命短。这意味着，很大一部分参与罕见病防治工作的患者，在有生之年，也许等不到治疗方法和药物。

但是，他们仍然忘我地工作。因为知道，身后是中国两千万名罕见病患者。即使自己无法得到治愈，也会有无数的后来者从自己的工作中受益。他们因焦灼而产生了动力，因动力而采取了行动，因行动而萌发了使命感。

从2015年开始，王奕鸥又领着一帮小伙伴玩起了摇滚。乐队的名字叫做“8772”，化自“病痛挑战”的首字母“BTTZ”。他们受邀在很多场合演唱，还出版了专辑《从不罕见》。他们的歌唱，以最直观的方式表达出：命运以痛吻我，我要报之以歌。

100年后——考虑到技术迭代惊人的加速度，或许不需要这么久——一个青年在云端搜索资料，偶然看到一个叫做《中国罕见病防治工作史》的数据库。他好奇地点进去，感觉进入了一个陌生的世界——原来在数十年之前，竟然有那么多“罕见”的病，曾经有那么多人因之挣扎、奔走、奋斗。

其中有一张合影，由于存储介质及技术的原因，照片模糊不清，隐约能看到“2021年”“罕见病”的字样。照片中的人物男女各异，高矮不一，有的穿着制服，有的身着便装，还有几个坐在轮椅上；但可以看出，他们的脸上，都有一种对于未来的热切期待。

沉默良久之后，青年的右手凌空做了一个动作，关闭了照片。

他在心里轻轻地说：这无罕盛世，正如你所愿。

（**注：**“无罕”盛世，并非是指不会再产生罕见病，罕见病是人类进化过程中的必然现象；而是指医学技术、社会治理体系和治理能力高度发达，罕见病患者能尽快得到诊治和照护，不用长年忍受困扰甚至折磨。）

罕见病防治事业：草根的，精英的？

2012 年，我进入罕见病公益圈。

10 年来，见证了中国罕见病防治事业以惊人的速度向前发展，但也曾有过疑惑：罕见病防治事业，到底是草根的，还是精英的？如今，这个问题的答案越来越清晰。

一

在最初的阶段，这项工作当然是属于草根的（患者、家属）。他们是罕见病及病情所致苦难的承受者，没有谁比他们更有动力推动罕见病防治工作的开展。

他们召开病友大会或者医患交流会，组织病友抱团取暖，积极开展赋能培训、病友援助；他们给有关部门一封接一封地写信，试图推动有利于罕见病群体的政策出台；他们一家一家医院地跑，一个一个医生地拜访，推动医生诊疗水平的提高；他们面对记者的镜头讲述自己的故事，参与或者发起各种活动，在街头“摆摊设点”发放宣传资料，千方百计地让世界“看见”自己；他们与国际病友组织以及专科医生取得联系，开展国际合作……

不管是在各种会议上、活动中，还是在各类媒体的镜头前、文字里，又或者是抖音、微博、微信等各类社交平台上，都能强烈地感受到他们的焦灼和无力，以及对于活下去的强烈渴望。正是他们年复一年、一点一滴的努力，推动了罕见病防治事业的起步和开展。

2021 年，罕见病领域影响最大的草根事件，莫过于“徐伟自制药救儿”。徐伟的儿子被确诊患有罕见的 Menkes 综合征（又称卷发综合征，下称 Menkes），这是一种罕见的先天性铜代谢异常疾病。典型 Menkes 病患儿出生时可正常，多在 2—4 个月开始出现严重的神经系统退化表现，且通常在 3 岁之前死亡。

由于国内购买不到相关制剂，只有高中学历的徐伟通过自学，在自家车库里建成了一个简易“实验室”，在许多专业人士的帮助下，合成了用于缓解症状的组氨酸铜和伊利司莫铜，注射进自己孩子的身体，并在一定程度上缓解了病情的发展。徐伟的故事经由媒体报道后，不断发酵，引起了社会公众的极大关注。

二

但是，由于罕见病发病机制复杂、患病人数稀少、诊断治疗困难、研发费用高昂，决定了罕见病防治工作是一个知识密集型、专业融合型、资源投入型的领域。同时，罕见病虽然属于医学范畴，但具有明显的社会属性，涉及临床医学、医政管理、药物研发、科技创新、卫生经济、政策法规、社会保障、社会建设等一系列领域。这些都决定了，罕见病防治工作是一个精英密集的领域。

由于罕见病群体自身的觉醒，影响和带动了越来越多的精英人士进入罕见病领域。各级政府的官员、各类专业的医生、各路媒体的记者、各种医药公司的高管、各个保险公司的经理……纷纷投身其中，探讨罕见病防治和患者群体保障的对策。一时间，在关于罕见病的各种会议和活动中，冠盖满座，制服如云。

作为罕见病患者及家属，我们应该高举双手，热烈欢迎精英们的入场。或者换句话说，我们之前所做的工作，归根到底就是为了精英们的加入。草根的努力，更像是第一张或前几张多米诺骨牌。如果说还有什么不足的话，那就是目前“精英化”的程度仍然不够高，我们热切地期盼更多领域、更大数量、更高层级的精英加入罕见病防治工作的队伍。

三

为什么要提出这个命题呢?

因为，在改革进入深水区、全面向现代化转型的当今中国社会，草根和精英的矛盾是社会的一个显著现象。在很多领域——包括但不限于金融、房产、教育、社会改革——都存在着草根和精英的割裂、背离甚至对立。

保持精英和草根的平衡，让精英保持领导力，让草根保持影响力，这是一种理想的状态。但现实的情况是，精英往往觉得草根认知肤浅、冥顽不化，觉得自己被误会、被曲解甚至被妖魔化，心里充满委屈；而草根常常觉得精英傲慢无礼、自私自利，觉得自己被无视、被利用甚至被收割，胸中充满愤怒。双方的态度和行为取向不仅难以重合，而且似乎渐行渐远。

但是在罕见病领域，不存在这种矛盾。在这里，精英保持着谦卑的姿态，俯下身子，与草根充分共情，倾听他们的声音，抚慰他们的心灵，帮助解决他们的困难。而草根也充分信任精英，在他们的指引下勇敢前行。罕见病领域里精英与草根的良性互动和密切合作，闪耀着最美好的人性光辉。

当然，我们也观察到两种现象：一是草根的精英化。一些患者和家属通过不断学习，成为某个领域的专业人士。我们常常发现，“资深”患者和家属对某种罕见病的了解，甚至比很多专科医生更加全面、深入和准确。二是精英的草根化，本来属于精英阶层的人士，由于自己或家人确诊罕见病，生活陷入困顿甚至绝望。京东集团原副总裁蔡磊患上“渐冻症”就是一个典型的不幸事件。

所以，在重大疾病特别是罕见病面前，哪里分什么草根、精英，我们都是一根脆弱的芦苇。只不过，我们是会思想的芦苇。生而为人，我们并不是一个个不相关联的孤岛，而是在看似风平浪静的海面下，通过复杂而神秘的 DNA 紧紧相连。这是健康向度上的人类命运共同体。

罕见病是人类繁衍、进化过程中基因缺陷的外显。我们很难预知谁会患上罕见病。而对于罕见病的研究，虽然难度高、投入大，却不但具有人道主义意义，也包含现实的价值：一旦研究成功，相关的理论、路径、药物对于常见病、多发病可能会实现“降维打击”。从这个意义上来说，对于罕见病群体的关心，就是对人类自身、对我们自己的关心。

四

无论你洞若观火还是毫无察觉，欢欣鼓舞或是踌躇观望，罕见病防治事业，已经由 1.0 时代悄然迈入 2.0 时代：从单兵进攻，转变为联合作战；从自发开展活动，转变为统筹实施项目；从主要由底层推动，转变为主要由顶层驱动；从主要关注药物研发，转变为多方施策、综合治理；从主要用故事说话，转变为主要用数据说话；从孤独而低效地挑战壁垒，转变为合规有效地开展政策倡导。

不管是精英还是草根，都要主动适应这一变化，调整自己的工作模式，顺应潮流，推动潮流。只有齐心协力、密切合作，才能实现罕见病“病有所医、医有所药、药有所保”的美好愿景。

对于精英来说，需要克服自身的理性主义倾向，既看到森林，也看到树木——在关照罕见病患者群体的同时，也要多关照病患个体；在各种会议和活动开展思想碰撞和头脑风暴时，要注意给患者（家属）和病友组织多一些发声的机会，倾听他们真实的需求和感受；在制定罕见病相关政策的时候，不应将罕见病患者、家属、病友组织排除在外，而应该吸纳他们中的代表参与其中；同时，随着罕见病防治事业的蓬勃发展，还要警惕官僚主义和形式主义的陷阱。

对于草根来说，也需要调整和创新。虽然中国的罕见病防治事业坚持“以患者为中心”，但在很多具体场景中，患者（家属）、病友组织可能不再是在聚光灯下和舞台的中央。无需迷惘和失落，而是应该更加有效地组织起来，在继续讲好故事的同时，更加专业地开展工作。

当然，在罕见病防治事业 2.0 时代，草根的行动仍然具有巨大而独特的价值。在罕见病防治事业的发展过程中，难免遇到理念上、操作上、体制机制上的“堵点”，在这种时候，能够推动工作的，不一定是专业的阐述、精彩的 PPT，而是草根“虽千难万险，吾往矣”的行动。

我们相信：人类的某些悲欢始终相通。在人类发展的历史长卷中，最能够打动人心的，往往是普通人的孤勇。

肾结石，疼得好结实

“老婆，好痛……”

2022 年 9 月 11 日是我的生日，但叫醒我的，不是闹钟，不是兴奋，也不是梦想。凌晨 3 点 27 分，剧烈的疼痛把我从睡梦中硬生生地拖出来。而这已经是我忍受肾结石疼痛的第 5 天。

9 月 6 日，是我和妻子结婚 3 周年纪念日。我给妻子买了一个铂金吊坠，一束鲜花；妻子做了几个拿手菜，晚餐我们喝了点红酒，边吃边聊，很开心。10 点多钟，我洗完澡，上床休息，突然觉得后腰的右侧有些酸痛。

在红酒的作用下，妻子已经睡着了。我在床上烙了一会儿饼，酸痛越来越明显，为了不打扰妻子休息，干脆悄悄起身，来到客厅，吃了一粒芬必得。沉闷的疼痛越来越强烈，像是有一个粗鲁的暴徒藏在身体里，挥着木槌，一刻不停地朝外砸我的腰，咚，咚，咚……我坐立不安，躺着也难受，没法儿保持同一个姿势两分钟以上。凌晨 1 点左右，大汗淋漓，感觉恶心，抱着垃圾桶就呕吐起来。后来我才知道，这叫做肾绞痛。

凌晨 2 点，我终于扛不住了，叫醒妻子，打车前往医院看急诊。做了彩超后，确定是右肾结石脱落到输尿管中，导致尿潴留，并引发剧烈疼痛。但因为马上就是中秋小长假，节前无法安排手术，只能开点止痛和排石的药，节后再入院手术。

肾结石、胆结石是我的老毛病。不知道是体质问题，还是因为身患肯尼迪病不能跑、跳，虽然我拼命抵挡动物内脏的诱惑，不吃菠菜，不喝浓茶，喝很多水，但结石还是我行我素地长大。从健康的角度看，人生就像一列按照既定的运行图行驶的火车。这趟火车的列车长是基因，乘务长是生活习惯，乘务员有体质、性格、运气……如果运行图没有被修改，火车总会在那些预定的站台停靠，甚至终点站也已经设定。对于我来说，肯尼迪病、肾结石、胆结石，都是躲不过的站台。

伟大的止痛药！伟大的化学！一粒不到两厘米长、中性笔芯粗细的止痛药，通过肛门塞入——虽然在那几秒钟里有被侵犯的感觉，但半个小时不到，药效就显现出来，犹如惊涛骇浪的疼痛渐渐退去，此前狂暴的大海安静得像一个熟睡的婴儿。

人是多么奇怪的生物啊！在身体无恙的时候，幸福有很多指标：出生在什么家庭，过生日收到什么礼物，上哪个幼儿园，读哪个小学/中学/大学，男朋友/女朋友颜值如何，娶一个什么样的妻子或者嫁一个什么样的丈夫，在哪儿工作，住什么房，开什么车，挎什么包，戴什么表，穿什么牌子的衣服，到哪个馆子吃饭，甚至墓地买在哪里……而当你的身体疼得厉害的时候，幸福就变得简单很多，那就是：不疼。

生日的后一天，我一大早就赶到医院，办理了入院手续。头两天照例是输液，消炎止痛，扩张输尿管，为尿道镜手术做准备。除了痛苦，医院生活最大的问题是无聊。“躺平”当然很舒服，只要不是在医院。手术安排在周五上午。在病房里等到 11 点半，手术室还没安排人来接，我开始有点焦躁。对于终将到来的糟糕事儿，不管是做手术，还是被执刑，诸如此类，最折磨人的往往不是那个终点，而是等待的过程。

12 点左右，一个戴着口罩、穿绿色手术服的阿姨前来接我。签署了交接文件，随着阿姨走出病房，遵嘱躺在推床上，盖好被子。床开始被推动，阿姨在我的左侧，妻子在我的右侧。病区走廊吊顶上嵌着的带反光瓦的节能灯、消防烟雾感应器，交替着扑入我的眼帘。

我突然发觉，这种接送手术病人的推床是一个很有意思的设计。床很窄，刚好够一个成年人躺下，甚至转动头部都不方便，病人的视野被局限在正上方。人在站着或坐着的时候，视角可以达到 100 度以上，加上头部往左右转动，可以看得很宽，获取很多信息。但当一个人只能看着正上方的时候，他便在刹那间失去了对生活的掌控感，只能把自己的身体、尊严暂时让渡给接人的阿姨以及在手术室等候的医生们。

经过长长的走廊，进入手术专用电梯，我被推进手术室的大门。我曾经在不同的手术室门口，目送过父亲、母亲、二姐、好友被推进大门，并在心里默默为他们祈福。但这一次，是我自己被推进去。经过两次停顿、交接，我终于进入了手术室。墙壁是雪白的，不锈钢门和铝扣板吊顶是银色的，连房间里的设备也是白色的，给人冷冰冰的感觉。这种配色无助于病人放松心态，但或许有利于医生保持专注吧。

几个年轻医生把我转移到手术台上，身体平躺，头部略微下沉。我的右腿似乎被套上了一个什么袋子，然后搁在一个带 U 型腿托的支架上。躺在那里很无聊，我开始观察室内环境。手术台左边靠墙壁有一排办公桌，年轻医生在电脑前整理上一台手术的记录；右边是几个一米来高的银灰色置物架，其中一个上面放着大显示屏。最引人注目的，是我的前上方，从天花板上垂下两个粗壮的支臂，末端是一大一小两盏无影灯。

之前在影视作品中也看到过无影灯，但从来没有从下方仰视过。原来，无影灯是在一个白色的圆盘中，镶嵌着许多个小灯碗，形状就像是盛蛋挞的、锡箔纸做的小碗；不知道哪个贪吃的家伙把蛋挞吃得一干二净，然后在每个碗里放上一块长条形、像是凤梨酥的灯泡——想到这里，我突然有点饿了，才想起自己从昨天晚上 8 点开始，就没有进食任何东西。因为实在无聊，我又把两盏灯里的小碗数了一遍，大灯里有 54 个碗，小灯里是 30 个。

麻醉师让我侧躺，开始注射麻醉剂。我可以感觉到注射器的针头缓缓插入脊柱部位，略微有些胀。最开始有感觉的是双脚，像冬天用热水泡脚，暖乎乎的还怪舒服。过了一分钟左右，双腿、臀部、腹部就变得麻酥酥的。我的两条腿都被搁在一个带 U 型腿托的支架上，叉开成 60 度。病人尊严的让渡，在手术室里达到了顶峰。病人四仰八叉地躺在一群有男有女的陌生人面前，把自己的私密部位毫无保留地呈现给医生。

我身下的这个手术台，一定躺过达官富贾，也躺过贩夫走卒；躺过鸿儒高知，也躺过市井白丁。但不管你是显贵还是卑微，睿智或者愚笨，有趣抑或无趣，此时的你，只有一个身份，那就是：病人。一个经受着病痛折磨的肉体凡胎，一具安放着缥缈灵魂的沉重皮囊。在手术的这段时间里，众生实现了短暂的平等。

手术终于开始了。胡主任提示我看头部左后方的屏幕。尿道镜在输尿管中快速行进，像是穿过一条暗红色的隧道。不一会儿，就看到了卡在输尿管中的那块石头。因为有体液流过，它就像是沉睡在海底的一块金属，通体铁锈色，夹杂着铜绿、灰白等颜色，呈现一种诡异的观感。

石头是长条形，之前 CT 检查时判断直径大约是 5 毫米，这样看来，估计长度在 15 毫米左右。今年 1 月份时体检，它的尺寸是 16 毫米 ×13 毫米。不知道它经历了什么，变小之后，从肾脏掉到了输尿管里。但从瘦身效果来看，它比我成功啊——过完年我就立志瘦身，那时是 68 千克，大半年过去，效果还是有的，如今我已经 71. 5 千克了。

胡主任开始发射激光，石头先被打成两截，接着成了 3 段，然后变成更小的碎块。我看着屏幕上的画面，心里说不出的痛快：结石啊结石，你害得我好苦，你也有今天啊！有三四个碎块被激光的冲击力赶到了肾脏里，胡主任马上操作尿道镜乘胜追击。几个碎块像被大鱼撵到礁石死角里的小鱼，惊慌失措，却又无路可逃。每次发射激光的时候，就像“大鱼”发起攻击，“小鱼”们一阵颤抖，腾起一片浑浊；片刻之后尘沙落定，就又是一次攻击。如果只看屏幕，会以为在观摩一部手术教学片；但这些影像正在自己的身体里发生，观看“直播”的感觉，很奇妙。

手术后，我被推进监护室，心肺功能监测仪、血压计、血氧仪、导尿袋、氧气的各种管线缠在身上，人不再是单纯的人，而是变成了一台连接着各种终端的主机。观察一天后，我被转回原来的病房。撤掉了那些乱七八糟的管线，只剩下一根导尿管，感觉轻松了很多。

晚上，正准备睡觉，突然感觉两肋下方疼得厉害，半个小时后仍然没有缓解，跟上次胆结石发作的感觉是一样的。那可是一颗 50 毫米 ×22 毫米的大石头！我叫妻子给我塞了颗止痛药，疼痛减轻后，迷迷糊糊地睡去。

我感觉，人生列车的下一站或许快要到了……

阿甘，成了阿廿

一语成谶。

在之前那篇《肾结石，疼得好结实》中，我把身体注定出现的状况比喻成列车运行中的“站台”，并在结尾写道：“我感觉，人生列车的下一站或许快到了……”

只是，没想到这一站来得这么快。

2022 年 10 月 16 日，我遵照医嘱到医院取 DJ 管，这是尿道镜手术结束时放置在膀胱至肾盂之间的一根管子，便于细小结石排出，跟那些打碟很帅的红男绿女没有关系。这是个很简单的操作，在门诊手术室就能做，但因为要施行短时间的全身麻醉，为安全起见，也需要办理住院手续——头天上午入院，下午拔管，在医院观察一晚，第二天上午就可以出院回家，结束愉快的医院“一日游”。

下午 3 点左右进入手术室，一位女医生走过来，嘱咐我：“躺上去，把一边裤子脱掉。”经历了上次的尿道镜手术后，我已经没有了初次的羞涩。我褪下左腿的裤子，然后乖乖地躺好。医生通过留置针推注了一些麻醉剂，不一会儿，我就昏睡了过去。也不知过了多久，那位女医生把我叫醒，我恋恋不舍地醒来——说实话，已经很多年没有睡得这么香了。

医生搀着我下了手术台，我的身子微微晃了一下，就像喝到了8成醉、散席时起身的感觉。回到病房，没有任何不舒服。吃过晚饭，我催妻子回家去，第二天上午来接我出院就是。

11点左右，睡意袭来，我躺平准备睡觉。突然，一阵熟悉的疼痛从两肋下沿的位置传来，我顿时睡意全无。疼痛越来越强烈。半个小时以后，我已经无法静卧，于是双手拽着病床左侧的栏杆艰难地起身。但过了一会儿，坚持不住，只能躺下。在此后的一个小时里，我不断地重复这两个动作，躺不住了就坐起来，坐不住了又躺几分钟。

12点半左右，我再也无法忍受疼痛。同病房的病友都已经睡熟，我担心使用呼叫铃会打扰他们，于是下床，一步一步地挪到护士站，报告了这个情况。值班医生给我做了查体，一时也无法判断疼痛的原因。在我的要求下，开了一盒止痛栓剂，护士帮我往肛门里塞了一颗。我躺在床上，等着止痛药发挥作用。

根据之前的经验，半个小时左右幸福就会到来。然而，半个小时过去了，四十分钟过去了，一个小时过去了……疼痛仍然像太平洋的浪涛一样，一波还未平息，一波又来侵袭。护士又给我打了一针止痛的屁股针，还是没一点效果。整个晚上，我只重复两个动作：躺下，坐起来；躺下，坐起来……一秒钟都没有合眼。

第二天一早，妻子来接我出院。看到我如同白纸、憔悴不堪的脸，吓了一大跳。跟医生汇报之后，只能继续住院治疗、观察。接下来的4天是我有生以来最痛苦的时光，除了剧烈的疼痛，还反复发高烧。虽然我自己认定是胆结石引起的疼痛，但医生的处方必须建立在检查和会诊的基础上，消炎药物的使用也有一个摸索的过程，所以头两天里剧烈的疼痛一直持续；从 17 日起开始发烧，体温不知不觉就升到 39 度以上。医生开了布洛芬混悬液，每当体温超过 38 度 5，就喝半瓶盖，出一身大汗，把体温降下来。如此循环往复，每天多达三四次。我坐在体温的过山车上，昏昏沉沉，了无生趣。直到 21 日下午，疼痛感才彻底消失，也不再发烧。

医生会诊的意见是，消炎之后回家休息半个月，再入院评估胆囊功能，决定是否切除。我的第一反应是，如果胆切掉了，我嗜之如命的辣椒炒肉、梅菜扣肉、石门肥肠、红烧猪脚、麻辣小龙虾……还能不能吃？偶尔跟朋友聚餐的时候，还能不能小酌两杯？经过对几位熟悉的“无胆英雄”们的调研，我悬着的一颗心这才放到了肚子里。

这次住院，由“一日游”升级为“十日游”，加量又加价。唯一的收获是，我又瘦了！上次做输尿管结石手术后，瘦了 5 斤多；这次又瘦了 7 斤多。瘦身技术哪家强？住院必须“南渤湾”（NO. 1）！

出院后，我变得很虚弱。在老妈和老婆的“合谋”之下，我进入了“坐月子”模式，什么花旗参炖鸡，平菇炖排骨，蘑菇炖猪脚……变着花样来，吃得我直想吐。

调养了 20 来天后，11 月 21 日，我再次入院，这已经是下半年的“三进宫”了。抽血化验，拍 X 光片，做心脏彩超，肺功能评估，腹部彩超……经过评估，医生说已经具有手术指征，如果不切除，很可能胆囊炎会反复发作；长此以往，甚至有癌变可能。

24 日手术。刚在手术台上躺好，一个女医生突然惊奇地说：“哎，你不就是那个什么……肯尼迪吗？”我有点意外：“你认识我吗？”她说：“上次你做手术，我也参与了。”就在这时，上次负责给我施行麻醉的医生也走进来，他的嗓门跟他的热情一样高亢：“怎么又是你?！做手术上瘾了啊?”冷冰冰的手术室里顿时充满了快活的空气。

我被注射了麻醉剂。只过了一两分钟，周围的一切就模糊起来，我昏睡了过去。等我再次睁开眼睛，感觉自己仿佛被孙悟空施了定身法，一动也不能动。我的头略微向左偏着，看到墙上有一个牌匾。眼睛经过好几次对焦，才看清上面的字：麻醉剂恢复室平面图。更糟糕的是，嘴里塞着一个坚硬的东西，直至喉咙深处，非常难受。我拼命挣扎，想腾出手把那个东西拔出来，身体却纹丝不动。

又过了几分钟，头似乎可以微微转动了。一个声音响起：“又醒了一个!”穿着绿色手术服的女医生走过来，拔掉塞在我口中的东西，顿时轻松了许多。她又给我戴上一个面罩，我一呼气，面罩就向上方“扑哧扑哧”地喷出雾气，好像老妈炖牛腩时高压锅冒出的蒸汽——我又没出息地饿了。女医生让我摇摇头，我照做了；又问我感觉怎么样？我回答：“感觉好饿!”医生不由得发出了“咯咯咯”的笑声。

也曾有朋友建议我不要切除胆囊，采取“保胆取石”的手术方式。但经过分析，并不适合我。所谓的“保胆取石”手术要符合很多要求，术后复发结石的概率非常大。而随着我身体状况的下滑，对手术的耐受力肯定会越来越差。罢了，罢了！“割”以“永治”。只不过，从今往后，阿甘可就成了阿廿。

术后恢复还算顺利，最大的问题是痰多。对于健康人来说，咳痰是个简单的事情。但由于肯尼迪病导致胸部、喉部肌肉力量明显下降，我咳痰比健康人困难得多，原本简单的咳痰变成了一场“狩猎”。我把它分为3个阶段：一是搜索阶段。先轻咳两三声，感觉到“猎物”的存在。二是追逐阶段。偏着头，用力地咳10多次，把“猎物”逐渐驱赶到喉头位置。三是“猎杀”阶段。奋力地咳四五次，直至痰液出来。一口痰往往需要咳嗽二三十次，还不一定成功。整个过程撕心裂肺，摧肝断肠，泪水滂沱。最讨厌的是，这个“猎物”常常昼伏夜出，白天偃旗息鼓，晚上跳出来作祟，到了凌晨更是兴风作浪，术后头三天晚上基本没睡着觉。

另一种痛苦是术后恢复。这种小手术本身并不痛苦，但对于肯尼迪病人来说，术后恢复却很痛苦。双腿本来就无力，加上术后虚弱，又拖着一个引流袋，所以下床活动的时间很短，绝大部分时间只能待在床上。因为手术对腹直肌有一定的伤害，医生叮嘱不要自己发力坐起。这样一来，每天24小时的姿势就两个：一是躺着，时间久了腰酸背痛，还不能左右翻身；二是把床摇起来坐着，但坐久了臀部肌肉又酸痛异常。更可怕的是，当妻子不在身边或者她晚上在陪床上睡熟之后，我就会被“固定”在一个姿势里，动弹不得。想想在肯尼迪病程的晚期，身体被“固定”将是我生活的常态，真是让人不寒而栗。

29日，阿甘——哦不，阿廿——终于出院了。术后恢复良好，只是呼吸时胸部会发出“呼哧呼哧”的声音，活像一个风箱。所以，医生在出院小结上加了一句：“必要时到呼吸科就诊。”这让我有点抓狂。为什么我每次出院，医生都会温馨提示：感谢您的光临！出门右转，还可以到某某楼看某某科哦！

连续3个月，每个月都住一次院，并不是一件令人愉快的事情。我祈祷，自己下一次住院——先别急着催我说“呸呸呸”——是入院治疗肯尼迪病。

当罕见病遇上癌症

癌胚抗原，22.07。

看着化验单上那个陌生的词组和远超正常范围的数字，我清晰地听到自己的脑袋里传来“嗡”的一声：“老爸……得了癌症?!”

那一天，是2017年6月14日。

为了确诊，根据医生的建议，又做了肠镜。切片化验单显示：乙状结肠癌。我站在湘潭市中心医院4楼的走廊上，泪水滚滚而下——老天啊，你对我父亲太不公平!!

在综合考虑各种因素后，我们三姐弟决定向父母隐瞒父亲的病情，只是告诉二老，父亲的肠子里长了息肉，必须手术切除，否则可能会恶化。父亲患有罕见眼疾，已近乎失明，我们担心他知道真实病情后放弃治疗。我们陪着父亲到湖南省肿瘤医院做了手术，手术很成功。

大姐在广东工作，二姐虽然就在长沙上班，但工作很忙，因此，术后照顾父亲的担子就落在了我和母亲的身上。

出院回家后，父亲需要卧床静养，没料到，母亲也突然倒下了。母亲有腰椎间盘突出的老毛病，父亲住院期间，她在医院陪护了一晚，导致腰椎病情突然加重，出院后第二天，母亲也卧床不起。那段时间真是难熬啊！我每天要接医生来给母亲做针灸和理疗，骑着电动车到菜市场买柴鱼、乳鸽给父亲炖汤，到食堂买饭菜，然后回家伺候父母吃饭。几天下来，本来就无力的身体更加虚弱。一天上午，不小心摔了一跤，磕破了右膝盖；下午出门的时候，膝盖一软，再次跪倒在粗糙的水泥地上，左膝盖也磕破了。我拽着防盗网艰难地爬起来，感受到了久违的崩溃。

出院后将近两年的时间里，父亲的精神状态和身体状况都很好。每隔3个月，我就拖着两条腿陪着父亲去医院复查，做血检、增强CT，检查结果都很好，仿佛癌症从来没有出现过。我们甚至觉得：父亲是不是特别幸运的那一个？

2019年7月，父亲突然高烧不退，我陪他到医院看病，一检查，癌症复发并可能伴随转移。父亲再次入院，接受化疗。他在湘潭市中心医院、湘雅附属一医院先后做了10个周期的化疗，并且使用了靶向药物，中途多次更换化疗方案，肿瘤却仍然一点点地长大。

因为母亲身体不好，加上不识字，所以每次住院都由我陪护。虽然我的行动能力已经很糟糕，但也只能咬着牙应付。有朋友曾劝我找一个护工，但是把双目几近失明的父亲托付给一个陌生人，我怎么能放心？我也想趁着这个机会，报答父亲的养育之恩。我拖着两条腿，扶着父亲去洗漱，到走廊上购买饭菜，牵着他到别的楼栋做检查，为他准备抹澡的热水，把卫生间的折叠椅打开放稳，服侍他上床睡觉……拼尽自己的全力照顾父亲。

2020年1月，湖南省肿瘤医院为父亲组织了多科室会诊，父亲的状况无法满足做放疗和介入治疗的条件，基因检测表明也不适合免疫治疗，已没有治疗价值。从医院出来，我和二姐开着车在长沙市里胡乱地走，一边凄惶地往道路两旁张望，仿佛每一个挂着红十字、写着中医字眼的门洞里都藏着父亲的救命稻草……

2020 年 4 月，考虑到父亲右肾积液比较严重，医生建议在输尿管中放入支架，帮助尿液下行。手术中途，医生把我叫进手术室，说肿瘤严重压迫输尿管，无法实施手术。父亲被推进了观察室。看着父亲慢慢苏醒，我赶紧到原来的病房去找吸管，方便喂父亲喝水。等我回到观察室，父亲的情绪突然变得激动。他一开始只是嘟哝着抱怨，渐渐地火气越来越大，厉声咒骂起来。我不明就里，只好温言相劝。出乎意料的是，父亲突然开始用力拉扯缠在身上的各种管线，由于他双目近乎失明，动作显得更为可怖。我大吃一惊，试图阻止狂怒的父亲，但根本做不到。我扶着病床的栏杆防止摔倒，哭着哀求他："老爸，你不要这样咯……崽辛辛苦苦照顾你，也不容易啊……"直到护士闻声赶过来安抚，父亲的情绪才慢慢平静下来。后来，我悄悄地问观察室另一位病人的家属才知道，就在我离开的那几分钟里，主治医生进去询问父亲的情况，告诉了他手术没有成功的消息。

从 2020 年 5 月开始，父亲就拒绝再接受任何治疗，只是口服药物止痛。一开始服用布洛芬颗粒就能有所缓解，到了后来，必须使用盐酸烃考酮缓释片，并且剂量逐渐加大。即便如此，仍然不能完全止住疼痛。不管是站、坐、躺，都无法坚持太长时间，必须不断变换姿势。父亲从早到晚不可遏止地呻吟。

2021 年 1 月 25 日清晨，父亲突然口吐白沫、意识模糊，不停地抽搐。我们拨打 120 叫来了救护车，把父亲送进了急救中心，紧急处置后转入普通病房。二姐从长沙赶过来一起陪护，我们做了分工，我负责前半夜，二姐守后半夜。由于父亲处在无意识状态，每过20来分钟，他就“忽”地坐起来，我只好艰难地撑着床尾，从陪床上站起身，过去照料他。反复10多次之后，我筋疲力尽。

父亲出院后第二天早上，我从衣柜里取了件外套，准备穿戴整齐去上班。突然，我的身体直挺挺地向右前方倒去，摔倒在地，从左腿膝关节传来钻心的疼痛，右小腿和右肘也擦破了一大块皮。之前我也经常摔跤，但都是膝盖一软蹲下去，或者一屁股坐在地上，这是第一次像木桩一样直挺挺地摔倒。一种深刻的恐惧涌上心头，我知道，自己的身体已经到了崩溃的边缘。

陪伴重病的父亲走向生命的终点，是一件残酷的事情。命运的漩涡裹挟着父亲，把他拖向黑暗的时空深处。而我除了眼睁睁地看着他在漩涡中挣扎浮沉，什么都做不了。

从2021年2月20日开始，父亲完全卧床，吃喝拉撒都只能在床上进行。除了上班、吃饭和睡觉，我都坐在床边陪伴着他。我看着他花白的头发，脸庞上星星点点的老年斑，岁月刻下的密密麻麻的皱纹，因为牙齿缺失而凹陷的双颊……看着看着，泪水就模糊了眼睛。我多想抚摸他，亲吻他，拥抱他，但又不敢。因为父亲似乎不喜欢我这样做。

偶尔，父亲神志非常清楚，他的双眸清亮有神，双手抱在脑后，一副若有所思的样子，脸上笼罩着一种庄严的、神性的光辉，仿佛看透了这人世间的酸甜苦辣、悲欢离合、得失荣辱……我轻声地问他：“老爸，您在考虑什么问题?”他很安静地回答：“没有考虑什么问题啊。”

3月12日，最后的时刻到来了。下午3点左右，父亲开始出现抽搐，好像很惊恐的样子。我给熟悉的医生打电话，问他怎么处置，要不要打 120 去医院，医生叹了一口气后，劝我说："期达，顺其自然吧……"

两次抽搐的间隔时间越来越短，我知道，命运正在抽走父亲最后一点生命力。每次抽搐的时候，我就从椅子上站起来，左手轻轻地握着他的右拳，右手抚摸他的额头，在朦胧的泪光中，语无伦次地安慰他："老爸，崽在这里……不要怕……没事了……"就像我小时候发高烧或者做噩梦的时候，父亲在床边陪伴我那样。

眼泪，可能是这世上最珍贵又最无用的液体吧？当事情仍有转机，只需一滴滑落，便可万水千山，峰回路转；当一切已成定局，任你泪飞作雨，也是沧海桑田，无力回天。

父亲的生命定格在 3 月 12 日晚上 9 点 48 分。那天是星期五，仿佛他连自己走的时间都在为别人考虑，免得连累远道而来吊唁的亲人请太久的假。

父亲走后，我感觉自己的心空了一大块，那个空洞，再也无法弥合。同时，我陷入了深深的自责。在拖着两条腿照顾父亲的 3 年多时间里，我的身体状况下滑很快，身心濒临崩溃。我甚至感觉，是这样的念头在支撑着我：父亲给了我生命，那就让我用一部分气力、一部分肉身回报父亲吧！在最难熬的时候，我也曾想过："我实在挺不住了，让这一切快点结束吧……"我为自己有这样的念头而感到羞耻和痛苦，哪怕这个念头只是一闪而过。如果有机会重来，我愿意忍受身心的极度疲惫，多陪伴父亲一些日子。

有一天下班回家，我走进屋子，习惯性地喊了一声："老爸，我回来了！"

屋子里寂然无声，我僵在原地。

我突然明白，自己再也听不到那声熟悉的应答：“崽，你下班回来啦?”

世界上那个最疼爱我的男人，再也回不来了。

可以接受失败，但不能接受放弃

一

卡塔尔世界杯，把最华美的乐章留到了决赛。

一边是7届金球奖得主梅西领衔的“潘帕斯雄鹰”阿根廷队，另一边是足坛新贵姆巴佩率领的“高卢雄鸡”法国队，这场决赛的戏剧张力在开赛前就已被拉满——不管是谁夺冠，都将成为三度夺得世界杯冠军的“三星之师”；如果法国队实现卫冕，将成为60年来第一支卫冕成功的球队；如果阿根廷队最终夺冠，将是时隔36年后重新登上世界之巅；两队的绝对核心梅西和姆巴佩都是5粒进球，这场比赛谁进球多就将收获金靴奖；谁的队伍夺冠，谁就很可能收获金球奖。

这场比赛，既分胜负，也决雌雄。

然而，比赛的进程却让人大跌眼镜。一开赛，两队没有任何客套，直奔主题。但不同的是，法国队一直没有形成有威胁的进攻，自己的门前却是风声鹤唳。第21分钟，迪玛利亚突入禁区，被登贝莱拉倒，创造点球。梅西笑纳大礼，一蹴而就。第35分钟，阿根廷队卷土重来，反击中麦卡利斯特送出助攻，迪马利亚快速跟上完成破门，将比分扩大为2:0。

反观法国队，一直没有找到自己的节奏，组织不起有效的进攻，只有招架之功，毫无还手之力。0:2 落后的局面一直维持到第 80 分钟。

电视转播镜头扫过法国球迷和阿根廷球迷，那真是冰火两重天啊：一边是垂头丧气面若冰霜，一边是兴高采烈热情似火。电视机前的我不禁流露出一丝不屑：高卢雄鸡，上届冠军，就这个水平？当雄鹰遇上雄鸡，这是“降维打击”啊！

二

然而，比赛的发展表明，是我轻佻了。

法国队并没有放弃。通过换人变阵为 4－2－4 的法国队孤注一掷发起猛攻，比赛在常规时间尾声阶段出现戏剧性变化。第 80 分钟，奥塔门迪禁区内对穆阿尼犯规，姆巴佩通过点球扳回一城；第 82 分钟，法国队打出精彩配合，姆巴佩接图拉姆助攻凌空抽射破门，短短的 97 秒之内，场上比分变成 2:2！扳平比分后的法国队士气大振，攻势一浪高过一浪。而短时间内连丢两球的阿根廷队有些不知所措，但他们还是顶住了对手的反扑。双方以 2:2 的比分进入加时赛。

法国人没有放弃，阿根廷又何曾放弃？他们知道，如果不能在加时赛解决问题、被拖入残酷的点球大战的话，一切都有可能发生。他们已经丧失了领先 80 分钟的大好局面，不能再让近在咫尺的胜利白白溜走。

第 109 分钟，劳塔罗的射门在禁区内引发混乱，梅西迎球补射，梅开二度，胜利的天平重新向阿根廷倾斜，看台上的阿根廷球迷再次开始狂欢。时间一分一秒地流逝。留给法国队的时间已经不多了。

但是，法国人仍然没有放弃。第116分钟，姆巴佩禁区边缘大力抽射，阿根廷球员禁区内手球犯规，姆巴佩亲自操刀，主罚点球破门，完成帽子戏法，神奇地扳平比分，生生地把比赛拖入了点球时刻！

这是一个神奇的夜晚，这是一部过于魔幻的剧情。战至力竭的法国队，最终还是输掉了点球大战，遗憾地收获了亚军。但同样是亚军，他们本来有可能在常规时间就放弃比赛，以0∶2甚至更大的分差输掉对决，在未来很长的时间里沦为全世界的笑柄；他们也有可能在加时赛只剩10分钟的时候放弃比赛，这时已经没有任何人可以再责备他们。但正是因为他们的坚持，他们的决不放弃，这场精彩绝伦的比赛才成为了世界杯史上甚至足球史上永恒的经典；也正因为如此，新王梅西的加冕礼才显得格外庄严和华美。

掌声和欢呼都归于伟大的阿根廷，归于伟大的梅西。但如果历史只记录胜利者的伟业和荣光，那人类的精神史该是多么单薄和苍白啊。阿根廷是胜利者，法国却并不是失败者。为了梦想全力以赴拼搏至最后一秒钟，就不存在输家。

无数曾经的少年为阿根廷队的复兴、为梅西的圆梦而热泪长流，我却久久地沉浸在法国队的决不放弃带来的震撼和感动之中。领取银牌的时候，他们是那么忧伤和落寞……请昂起你们的头颅吧，接受我的致敬！对于竞技体育来说，结果当然是最为重要的；但最打动人心的，往往并不是比赛的结果，而是人类勇于挑战极限、超越自我的精神。

三

站在法国队对面的梅西，更是一个从不放弃的传奇。

鲜为人知的是，梅西是一名罕见病患者。

梅西在刚会走路时就喜欢玩弄足球，5 岁时就开始了足球训练，启蒙教练是他的父亲，并表现出过人的天赋。不料，11 岁的时候，梅西被确诊患有罕见的“生长激素缺乏症”，是俗称的“侏儒症”的一种。如果不接受治疗，梅西成年后身高可能只有 150 厘米。

这个病其实可以治疗，按时注射生长激素就可以保证身高的正常增长，只不过花费太高，2000 年时每个月的治疗费用就需要 1000 美元。但是，梅西没有因此放弃自己的足球梦想。

2000 年的时候，梅西远赴西班牙巴萨俱乐部试训，并以出色的技术和过人的天赋征服了时任巴萨技术总监的雷克萨奇。巴萨俱乐部为他制定了详细的治疗方案，梅西接受了世界上最好的青年球员训练课程。在父亲和巴萨俱乐部的悉心呵护下，梅西的球技迅速增长，他的身高也追上了正常人。2003 年，16 岁的梅西身高达到 169 厘米。

虽然梅西在俱乐部取得了巨大的成功，但是，他在国家队的经历却饱尝挫折、饱受质疑，征战 10 多年，未能在重要足球赛事中斩获一个冠军。其中令梅西痛彻心扉的有 3 次——2014 年世界杯决赛不敌德国队，2015 年和 2016 年连续两届美洲杯决赛输给智利队。

心灰意冷的梅西，一度考虑退出国家队，但几个月后他又改变了决定。这是他辉煌生涯中展现的一个重要品质——从不放弃。

一次次跌倒，一次次爬起。2021 年 7 月，阿根廷队 1∶0 击败巴西队，夺得美洲杯冠军，梅西终于赢得了在成年国家队的第一冠。

也正是因为梅西的坚持和从不放弃，他在 35 岁的“高龄”第 5 次踏上了世界杯的赛场，并最终圆梦，加冕封王。

四

这两年，蔡磊先生是非常有名的罕见病患者之一。

在确诊之前，蔡磊拥有一连串代表成功的标签，包括：京东集团副总裁，多个组织机构的创始人和负责人，我国电子发票的缔造者和推动者，等等。但在 2019 年 9 月确诊后，他最广为人知的身份是：渐冻症抗争者。

早已实现了财务自由的他，并不满足于只是提高余生的生活质量，他要“管”这个病，甚至想把它“干掉”。他列出了 12 项行动，包括建立 ALS 患者全生命周期大数据平台、组建信念坚定的强大科研团队、搭建最优效率与成本的临床前动物实验基地、推动多条 ALS 药物管线建立、建立以小时为单位的极速临床招募和药效评价系统、设立投资基金、设立公益基金和慈善信托、搭建渐冻人脑组织生物样本资源库……

犹太人有一句格言：“人类一思考，上帝就发笑。”那么，罕见病患者群体寻求救治的种种努力，会不会也有一个病魔全都看在眼里，并且发出邪恶而不屑的冷笑呢？所有投身罕见病防治工作的人，包括蔡磊先生，或许在最无助的时候，都曾这样问过自己：“我做的这一切，有意义吗？”

伟大的篮球之神迈克尔 · 乔丹说过：“我可以接受失败，但不能接受放弃。”坚持不一定胜利，就像法国队最终还是倒在了点球大战；但是，放弃，一定没有希望。

不管你是罕见病病友组织的负责人，还是罕见病患者，或者患者的家人，在你感觉就要坚持不住的时候，想想这场世界杯决赛吧！想想双方球员脏污的球衣，沉重的双腿，粗重的呼吸，身上的伤痕，令人窒息的对抗，以及用尽最后一丝力气的拼抢……然后再咬牙坚持一下。胜利从来都不能唾手可得，不管是对于健康人，还是罕见病患者。

世界杯落下了帷幕。正如中央五台解说员贺炜在直播结束时说的：“无论今晚你支持的球队是胜是负，都希望今天晚上的感悟，能够帮助你勇敢面对明天早上推开门之后真实的生活。这，才是这项运动真正的魅力。”

所以，加油啊，别放弃！

总有一丝希望让我们奋力前行*

这是新年的第一天。

你牵着孩子的手走出家门，低头看着他摇摇晃晃的步伐，心如刀绞；你从呼吸机面罩的上方望向苍白的天花板，心里也是一片空白；你给孩子准备好一份特殊食物，不知道这日子什么时候是个头儿；你盯着陡峭如崖壁的楼梯，咬咬牙开始攀爬……

这一天跟过往的任何一天没有什么不同。你忧心忡忡，你已经疲惫不堪。你甚至不再祈求希望。

或许，不抱希望，就不会失望，更不会绝望。

但是，我仍然要为你送上新年的祝福。祝愿阳光打在你的脸上，希望升腾自心底。

因为，前行的路上，你不再孤单。

你不再孤单。

2020 年的“229 国际罕见病日”，我们暂停为自己发声，而是选择向白衣为甲、决然逆行的医护人员致敬。医生和患者，从来都是一个战壕里的战友；罕见病患者与医生的关系，则更为紧密。

---

* 本文系作者 2020 年 12 月 31 日撰写的新年致辞。

曾经，罕见病诊疗医生比患者更罕见；现在，越来越多的医生加入罕见病防治工作的行列，“一省一医生”甚至“一城一医生”的格局正在加速形成。一个个诊疗协作网的建立，一场场专业论坛的召开，一次次耐心细致的门诊，一篇篇学术文章的发表……哪怕治愈依然遥远，帮助和安慰却从未缺席，探索和碰撞也不休不止。

你不再孤单。

身患渐冻症的张定宇医生，拖着一瘸一拐的脚步与新冠病毒赛跑，感动了无数人。“罕见病”三个字，再次刷屏主流媒体，震撼社会公众。人们越来越难以被打动——除了对于生的渴望，除了对于坚强的感佩，除了对于同类的悲悯。

冰桶挑战、“橙子微笑”挑战、公益行走……无数场次的科普宣传，坚持不懈地讲述故事，热心媒体的深度报道，罕见病的概念逐渐深入人心，公众对许多拗口的罕见病名字也已耳熟能详。我们曾经希冀，改变从了解开始。如今，了解，正在深入；改变，已经发生。

你不再孤单。

10 月，北京，2020 年中国罕见病大会召开。国家卫健委、科技部、工信部、国家药监局等多个部委的负责人参加会议。从 10 多年前患者形单影只的奔波，到近年来各方助力的星火燎原，再到“国家队”的进场，罕见病防治工作进入了全新阶段。我们在庚子年凛冬的寒意里，感受到暖春的气息。没有一个冬天不可逾越，没有一个春天不会来临。

中国的抗疫战争生动地宣示：在这片土地，生命至上。每一颗勇敢的心，国家都会悉心呵护；健康中国，一个也不能少。我们期待，罕见病防治工作，成为国家治理体系和治理能力现代化的一个经典范例。

你不再孤单。

11 月，广州，中国罕见病组织能力建设培训会召开。这是蔻德罕见病中心（CORD）举办的第 16 次赋能培训，多年来，培训工作已经覆盖了 60 多家患者社群组织。

而在全国范围内，有数以百计的各类病友组织为罕见病患者提供服务。它们开展公众宣传，促进社会融入，策划政策倡导，推动医学研究，实施患者服务。它们是患者的精神家园，让无力者有力，让悲观者前行。它们覆盖的是罕见病防治工作的最后一厘米——那是心与心的距离。

你不再孤单。

11 月，长沙，《湖南省罕见病患者生存状况及疾病负担调研报告》正式发布。这是国内首个省级罕见病患者调研报告。与报告相衔接的，是向相关政府部门提供政策建议，协助制定罕见病保障政策，建立诊疗服务体系。

罕见病防治工作，既需要顶天，做好制度的顶层设计；也需要落地，逐省逐地扎实推进。对于先行先试，我们欢欣鼓舞；对于覆盖全国，我们满怀期盼。

你不再孤单。

12 月，2020 国际 LNS（莱施－尼汉综合征）医患交流线上会议举办，中美专家围绕研究、医疗、护理等话题展开热烈对话。而在此之前，脊髓性肌萎缩症、硬皮病、小胖威利综合征等病种也召开了线上国际会议。

罕见病是人类进化过程中的伤痕，而你是这不幸的承受者。

因此，你的痛楚是全人类的痛楚，你的悲伤是全人类的悲伤。罕见病，没有国界。你在偏远的山村翘首盼望，万里之外的外国专家向你投来期许的目光。

你不再孤单。

接近年底，又有 7 种治疗罕见病的药物通过谈判进入国家医保药品目录。或许没有多少病人像我们一样，既盼药，又“怕”药。盼药是对活下去的渴望，怕药是对支付不起的恐惧和无奈。研发投入巨大、市场规模狭小，注定了大多数罕见病药物会是天价。砸锅卖铁，甚至卖房卖车，可能都只是杯水车薪。

提高“孤儿药”的可及性，既需要担当，更需要智慧。这几年来，青岛在行动，浙江在行动，山西在行动，湖南在行动……政府兜底、商保赔付、慈善捐助、个人负担，多方共付机制已呼之欲出。未来可期，天价药物从遥不可及变得触手可及。

是的，你不再孤单，你从不孤单。

那么，也请你，不再让他们孤单。罕见病防治工作的先行者们，让渡自己的隐私、权利、时间和精力，筚路蓝缕，声嘶力竭，甚至履险蹈危，方有今日之局面。

不要再沉默，行动起来！让我们在一起，就像一滴水融入另一滴水，就像一束光簇拥着另一束光。你看似微弱的声音，终将有回响；你看似无力地一推，终将汇聚成自救救人的磅礴力量。

希望是好事情。它是旷野里的火，夜空中的星，隧道尽头隐隐的亮光。我们奔走，我们呼喊，我们含着泪水走过了很远的路途，因为我们始终心怀希望。总有一丝希望让我们难以自弃，奋力前行。

没有什么能够阻挡希望的升腾，正如没有什么能够阻挡朝阳的喷薄。

凡是过往，皆为序章。罕见病群体的未来更加光明，罕见病群体的前路仍然漫长。路遥远，我们，一起走！

祝愿阳光打在你的脸上，希望升腾自心底。

祝福每一个罕见的你，新年快乐！

中篇 勘路：八千里路云和月

下一站，拉萨

许多年以后，当我目送锈迹斑驳的大切诺基被装上报废厂的拖车，准会想起在三岔路口与“旋风二代”分别的那个遥远的上午。

前一天，我们刚刚参加完“York 上校”组织的 2015 年 Jeep 家族年会暨切版第 3 届全国年会。由 100 多台各款 Jeep 车型组成的车队从湖北省恩施市出发，经过 5 天的行程，8 月 13 日到达重庆市石柱土家族自治县，结束了全部活动，就地解散。暑假还剩下 20 多天，我一时想不出明确的目的地，心里只有一个念头：一路向西，继续流浪。而越野 e 族网站湖南大队版主“旋风二代”因为要处理公司事务，准备返回湖南。

那个上午，我们开着车，在离头天晚上入住宾馆不远的一个三岔路口相遇，聊了聊各自的行程安排。他了解我的身体状况，听我说计划一个人开车继续西行，有些担心，希望我跟他一同回湖南。但我坚持自己的想法，他也只好作罢。他上了车，从驾驶室车窗探出头来跟我挥手告别：“阿甘，一定要注意安全!”

我沿着高速漫无目的地前行。突然想起一个大学好友在重庆工作，于是决定先去看望他。为了给他一个惊喜，我事先没有打他的电话，而是在导航仪中随便选取了重庆一个位置作为目的地，结果进入市区之后，好友的电话竟然无法接通！而我陷入了重庆晚高峰的车流之中。重庆人开车的风格跟重庆的火锅一样，麻辣生猛，我被堵在辅道上，等了10来分钟愣是无法进入主路。我瞅准一个空子，心一横，轰了一脚油门，终于插了进去。联系不上同学，我只好离开重庆，从沙坪坝收费站重新上高速，直奔遂宁。

第二天，前往乐山，游览著名的乐山大佛景区。大佛开凿在岷江、青衣江、大渡河汇流处的岩壁上，通高71米，是唐代摩崖造像艺术的精品，也是世界上最大的石刻弥勒佛坐像。

欣赏乐山大佛有两种方式。一种是从岸边山上沿着大佛两侧修建的凌云栈道、九曲栈道，从不同高度、不同角度近距离观赏。沿栈道而行，还可品评名人石刻碑记、欣赏嘉州美景。但凌云栈道全长约500米，最宽处1.45米，最窄处仅0.6米，共217级石阶，陡峭异常，凭我的力量已经无法攀爬。所以我采取了另一种方式，乘坐游船从江面上欣赏大佛全貌。远远望去，乐山大佛头与山齐，足踏大江，双手抚膝，造型庄严；细看之下，大佛体态匀称，神势肃穆却又不失温和，慈祥地看着眼前的芸芸众生，守护着一江安澜。

离开乐山，驱车前往雅安市。雅安有三“雅”：雅雨，雅鱼，雅女。雅安地处四川盆地与青藏高原的交接地带，西上的亚热带季风和南下的冷空气在此交锋，因此湿润多雨。雅安的雨，如云似雾，细若银针，温润的空气中含有丰富的负氧离子，让人神清气爽。在周公河、青衣江中，生活着雅鱼，体形似鲤，鳞细如鳟。这种鱼口感爽滑，肉质细嫩，营养丰富，久吃不腻。令人称奇的是，其头颅内暗藏一柄“宝剑”，相传雅鱼乃女娲补天时从其身上遗落的宝剑入水所化，因此雅鱼的天堂骨形似宝剑。大概是得了雅雨的润泽、雅鱼的滋养，雅安的女子身材窈窕、面容俊秀、肤如凝脂，一个个出落得如同出水的芙蓉、带露的玫瑰。雅安因雅雨而多姿，因雅鱼而丰美，因雅女而妩媚，吸引着四面八方的人们纷至沓来。

在小旅馆安顿好之后，我按照车友的指点，找到了“干老四雅鱼饭店”，据说这是烹饪雅鱼最地道的饭店。野生雅鱼是四川省二级保护鱼类，禁止垂钓和捕捞，因此，饭店出售的都是人工养殖的雅鱼。我挑了两条，共一斤一两。做法有红烧、清蒸等，店家推荐用砂锅炖煮，148 元/斤。20 分钟左右，砂锅端上桌来，锅中有雅鱼两条，佐以笋片、香菇、猪心、肉丸、生姜等，汤呈奶白色，鲜美可口；夹起鱼肉品尝，鲜甜异常，但细嫩则比不上回头鱼（洞庭湖一带所产的鱼，又名长江回鱼、江团）和黄鸭叫（学名黄颡鱼，又称黄鸭牯、黄牙角，湘江所产为佳），肉质略显粗糙，且肉中有细密小刺，影响口感。等我用餐完毕，服务员将两个鱼头从砂锅中捞出来，从中取出剑状骨头各一支，惟妙惟肖，浑然天成，令人拊掌称奇。服务员将两把小“剑”分别用红色小盒装好，送给我作纪念。从此以后，我就真的成为仗“剑”走天涯的游侠了！

我沿着马路边的步道走了一会儿，然后雇了辆人力三轮车回到小旅馆。靠在床头，开始思考下一步往哪里走。一个念头突然蹦了出来：要不，去西藏？我被这个念头吓了一跳，但它一旦冒出来，就再也无法隐去。

真的要一个人开车去西藏吗？

我不由得想起了 3 年前第一次自驾去西藏的场景。

2007年，我无意中进入了越野e族网站，在拜读了论坛前辈们的帖子后，去西藏，就成为封存在心里的一颗种子，一个再也无法忘却的梦……未曾料到的是，2008年我出现肌肉力量减弱的症状，2011年，终于在首都医科大学宣武医院被确诊为肯尼迪病，学名叫“脊髓延髓肌萎缩症”，随着病情的发展，我全身的肌肉都将萎缩无力，最后走向死亡。

去西藏！去西藏！！去西藏！！！那颗封存的种子突然萌动，然后疯狂地生长。如果还不出发，可能我再也没有机会实现曾经的梦想。得知我的病情和自驾去西藏的想法后，越野e族湖南大队版主“全时四驱007”马上在论坛发帖，在湘潭中队“牛牛”的协调下，最终组成了由15人、4台车组成的“阿甘梦之队”。湖南大队版主“游而生侠”在论坛的版主议事厅里发布消息，吁请沿途的越野e族各省大队给予帮助。

出发那天早上，在沪昆高速湘潭北收费站附近的一片开阔地，100多位爱好越野的兄弟姐妹驾着60多台战车来为“阿甘梦之队”送行。我难以抑制内心的激动，身体自始至终轻轻地颤抖……每年都有很多热爱旅行的朋友自驾前往西藏，但大多是三五好友、最多10来个人送行；能够享受这份荣光的，或许前无古人，后无来者。我知道，大家不只是为我而来，更是以这样一种方式，表达对不屈生命的礼赞！

那一次进藏，有10多个兄弟姐妹陪伴，其中两位兄弟精通车辆维修，一路上“luoqiang”跟我交替驾驶，以免我过度疲劳。而现在，我只有自己一个人；大切诺基虽然比小切诺基更年轻也更可靠，但毕竟也已经是12岁“高龄”。如果路上车辆出现故障怎么办？如果我的身体吃不消怎么办？如果遇到突发的地质灾害怎么办？如果在偏僻路段碰上坏人怎么办？……从一开始的热血沸腾中冷静下来后，我连珠炮似的向自己提了一堆问题。

就在这时，另一个洪亮的声音响起，压过了刚才那些犹豫的声音："阿甘，勇敢一点！除了肯尼迪病带来的枷锁，你还有什么可以失去呢?!""出发吧，用这条壮丽而艰苦的天路，锤炼你的心灵！在这趟苦旅中收获的东西，一定会成为你战胜苦难的精神内核。虽然你连更换备胎的力气都没有，但是你有一颗强大的心脏啊！"

临睡前，我发了一条微信朋友圈，配图是我和大切诺基在雅安下高速后的合影，文案只有简单的几个字：

"下一站，拉萨。"

理塘难眠，不只是因为高反

第二天一早，我离开雅安，前往新都桥镇。

由于通往泸定的道路出现严重滑坡，只能绕行石棉县。下午6点左右，再次来到泸定县。不巧的是，泸定桥又在维修，入口处用长木板和蓝色的铁质施工围挡封闭起来。2012年第一次进藏的时候，这里也在维修。

我把车停好，步行走到泸定桥前面的小广场。抬眼望去，桥头正中暗红色的木匾上写着“泸定桥”3个古拙遒劲的大字。站在桥头旁的大理石护栏边，可以远远看到十几根粗壮的铁索横跨大渡河，连接着两岸的桥头堡。铁索赤裸着，桥面没有铺设木板；铁索下方，青白色的河水翻滚奔涌，摄人心神。我多想走上桥面，俯瞰下面的激流，怀想当年22名红军战士冒着弹雨、冲过火墙飞夺泸定桥的勇毅和壮烈，可惜只能再次错过。我站在刻有“泸定桥”的石碑旁，请人拍照留念，然后小心翼翼地走过因为施工而破损严重的路面，好不容易才回到主路，开车离开泸定。

泸定桥啊，待我下次来到你面前，可否实现我的心愿？

本来计划当天开到新都桥，但到达康定市的时候，已经疲惫不堪，于是决定在康定过夜。安顿好之后，我找到一家“重庆富侨”足浴店，做了一个足浴，疲劳消失了一大半。

8 月 17 日早上，在浓雾中翻越折多山。到达折多山垭口后，发现这里比 2012 年的时候热闹了许多。垭口高处建了一座规模不大的白塔，塔前立着一块两米多高的石头，上面写着：“康巴第一关 折多山口 海拔 4298 米”。清晨的空气颇有些凉意，游人们抱着胳膊缩着头，在石头前排队等着照相。

上午 11 点多，到达新都桥，去看望小飞。他是一个河北大男孩儿，第一次进藏的时候，就是在他的客栈过夜，当时还只是一家略显简陋的客栈。3 年后故地重游，他已经在原址建成了一座漂亮的藏式风格酒店，名字也很好听——梵音阿缦艺术酒店。

小飞骄傲地带着我参观。这是一座藏族风情和现代设施完美融合的酒店：大堂背景由一幅硕大的木框画和数十幅小木框画拼接而成，那幅大的木框画据说是隔壁藏族邻居的祖母结婚时请花匠画的。门头上、走廊内、大堂中、房间里布置了很多画作，都是小飞的好友佟先生绘制的；而柱子、门页和走廊栏杆上的图案，由漆匠、邻居、小工、藏族画师完成，色彩运用大胆惊艳。客房内，床幔由藏式锦缎拼接而成，床上用品是定制的 80 支全棉贡缎三件套，被子是轻柔保暖的鹅绒被，床垫是定制记忆棉；放杯子的铜盘是鹤庆手艺人手工打造，托盘下的布垫是龙纹锦缎，带增压泵的空气能热水 24 小时循环使用……从房间的飘窗看出去，就是贡嘎雪山，运气好的时候能看到“日照金山”的壮景。

参观完之后，小飞将我引至酒店后院的餐厅，请我吃打边炉。砂锅里盛着牦牛骨头炖的高汤，加入松茸、香菇、西红柿、黄瓜片，砂锅底下小火煨着，喝着汤，吃着菜，涮着牦牛肉、牛杂，煮着青稞粉条、莴笋片，鲜美异常。

告别小飞，下午 2 点左右开始翻越高尔寺山，前往雅江。与 2012 年相比，新都桥镇的道路已经发生了翻天覆地的变化，当年淤泥堆积的道路，如今都是平坦宽阔的柏油路。但出了镇区，上山的路仍然泥泞不堪，路面嵌着大小不一的石头，颠簸得很厉害。接近高尔寺山垭口的时候，道路右侧有一台丰田 LC200 越野车陷在泥地里，它尝试自行脱困，但是越挠就陷得越深，估计只能叫救援。看来，有“钳”（四驱）也不能任性啊。

下到山脚，道路就又变成了漂亮的柏油路。2012 年进藏的时候，就是在这个路段，一辆强行超车的丰田霸道，激起一个大坑里的泥水，全部泼到了我的车里，给我们留下了痛苦而难忘的记忆。过了雅江之后，开始翻越剪子弯山。在一处有多个连续 180 度转弯的路段，弯道间的山坡上有几个用石头拼出的大字：“天路十八弯”。2012 年通过这里的时候，这段路全是破碎的砂石路面，“luoqiang”开着小切诺基，右手熟练地打着方向盘，左手拿着一根黄瓜大嚼特嚼，我提醒他注意安全，他大大咧咧地说：“我们老家的路比这个险多了！我每天要跑好几趟！”

驰骋在熟悉而又陌生的 318 国道上，第一次进藏时的画面总是不断浮上脑海，跟眼前的景色交织、迭现。

剪子弯山雄峙于雅江县香格宗乡西侧，是雅砻江与吉珠沟的分水岭，翻越该山的驿道傍山成剪刀形弯曲而上，因此得名，它是 318 国道在康巴地区的极高山口之一。可惜的是，由于修通了隧道，老路不再养护，已经无法登上垭口。穿过隧道，就是剪子弯山观景台。近处，牧草如茵，长满了山坡，中间夹杂着矮小的灌木；远处，云杉、冷杉、高山松顺着山坡生长，点缀在鹅黄的草坡上，加上天空光影的变化，逶迤的山峦呈现出深浅不一的颜色。驾车行驶在群山之巅，草地森林，沟壑峡谷，甚至天边的白云，仿佛都在脚下，放眼望去，人的胸襟顿时为之开阔。这是一条真正的天路。

下午 6 点左右，远远地看到山谷中有许多房屋，那就是理塘县城。路边的标识牌显示，距离巴塘县还有 234 千米。略加思索后，决定不赶夜路，就在理塘过夜。理塘县城海拔 4014 米，是世界上海拔最高的城市之一，因为氧气稀薄，容易引发高原反应，因此，3 年前进藏的时候，没有在这里歇脚。

驶入理塘城区，找到一家带院子的旅店，安顿好后去觅食。理塘的主要街道都在大修，路面被挖空，成了半米来深的壕沟，只在紧挨着两边建筑墙壁的位置保留了一溜大约 30 厘米宽的小径供路人通行。我小心翼翼地扶着墙壁走过小路，找到一家餐馆，点了一盘青椒炒牦牛肉，一碗蛋炒饭。因为县城海拔高，青椒炒不熟，有点像是凉拌菜。但在经历了一天的高原山路驾驶后，我吃得很香。

回到房间，我坐在床上给自己做按摩，这里敲敲，那里捏捏。一天的驾驶下来，两条腿和左右胳膊都有些酸痛。做了按摩之后，感觉轻松了一些。那一夜睡得很不踏实。都说在理塘睡不好，这次终于亲身体验了一把。感觉胸闷气短，头有些疼，多梦，易醒。这些应该都是高原反应的表现。

更让我头疼的，是对于前路的担忧。

回到房间后不久，就接到了“一路扬沙”大哥和“旋风二代”的电话，告诉我通麦段的钢架桥被洪水冲垮，无法确定什么时候能修好。这是经 318 国道去拉萨的咽喉要道。不一会儿，“酒鬼花生”“冰川天女”“难得糊涂”等越野 e 族的好朋友也通过微信告诉我这个路况消息。大家听说我还在理塘，都劝我掉头回湖南。

我陷入了沮丧和纠结之中，继续往前走，还是掉头回家？之前在雅安决定去西藏，是因为熟悉 318 国道；现在这条路走不通了，如果改走 317 国道，对路况完全没有了解，能不能平安完成旅行？

就在这时，那个声音再次响起，语气中带着一丝嘲讽：“怎么，准备放弃了？就这样逃跑了？你两天前才立下雄心壮志，仅仅因为一座桥被冲垮，就害怕了？”“逃避当然是最轻松的方法，但是，肯尼迪病的发展你躲得过去吗？今后越来越多的困难你躲得过去吗？一趟旅行就让你怂成这样，怎么去面对今后的苦难？”

我猛地醒悟过来：“是啊，一碰到困难就想掉头逃跑，算什么英雄好汉?！勇敢点，决不掉头，继续往前走！”

打定主意后，我终于迷迷糊糊地睡去。

一瓶矿泉水，以及 17 级台阶

离开理塘城区不远处，横跨 318 国道建了一座金碧辉煌的牌楼。我拍照留念之后前往巴塘。

公路从毛垭大草原中间穿过，绿色的草地如同一张巨大的地毯，从公路两侧铺展开去，直到覆盖了远处连绵起伏的山峦。橙黄、嫣红、深紫的野花儿开得热闹。道路左边的草地上嵌着几条小溪，如同藏族女孩繁复美丽的发辫，“哗哗”流淌的声音给广袤静谧的草原平添了几分灵动。两个孩子任由马儿吃草，她们坐在地上，埋头看漫画书。

沿着公路行驶了大约 40 分钟，就跃上了海拔 4685 米的海子山垭口。从垭口下行不久，姊妹湖蓦然闯入眼帘，远远望去，犹如卓玛明净的双眸。穿过巴塘城区、竹笆龙乡，下午 1 点左右，来到了金沙江大桥。大桥中段位置的护栏边，立着一块天蓝色的标示牌，上面写着 3 个白色大字：西藏界。

不管有多少关于路况的坏消息，西藏，我来了！

正午时分，行人和车辆寥寥无几，我把车停在“西藏界”标示牌处，合影留念。大桥下，江面开阔，浑黄的金沙江静静地流淌。两岸的山体由近及远呈现土黄、灰白、暗褐、黛青色，远山的正上方是湛蓝的天空、洁白的云朵。几种浓郁的色彩融汇在眼前的画面里，给人以强烈的视觉冲击和心灵震撼。

欣赏了金沙江激荡人心的景色后，我开车继续前行。快到芒康的时候，靠边接受检查，领取限速卡。当班的武警战士填写限速卡的时候问我：“一车几个人?”

我回答：“就我一个人。”

三位战士都感到很惊讶：“你一个人不觉得孤独吗?”

我微微一笑，答道：“我享受孤独的感觉。”是的，一颗勇敢的心是不会害怕孤独的。

进入芒康城区，入住芒康越野 e 族俱乐部，我把车停在宾馆后院的停车场里。吃过晚餐，去车里取东西，突然发现顶棚上的阅读灯亮着。好险！如果亮上一夜，把电量耗光、无法启动可就麻烦了！我给维修店的刘师傅打电话求助，按照他的指点，左手扶着车门慢慢蹲下去，打开仪表台下方的保险盒，拔掉了一个保险片，然后深吸了两口气，艰难地站起来。

第二天 8 点出发，我决定途经邦达赶到昌都，改走 317 国道前往拉萨。先后翻过了海拔 4338 米的拉乌山垭口，海拔 3911 米的觉巴山垭口，海拔 5130 米的东达山垭口。在东达山垭口，有一块巨大的标示牌，上面写着 4 句响亮的口号：“不畏艰难险阻，不怕流血牺牲，保通川藏天堑，锻造救援尖兵。”318 国道川藏段不光是“中国最美景观大道”，更是一条艰险之路、英雄之路。我曾看过一些修路的图片和视频，最震撼的一张图片是，解放军战士用绳索把自己悬吊在崖壁上，一点一点开凿山体。这段天路每向前修 1 千米，就有 7 名战士和民工付出生命。正是有了无数英雄前赴后继的流血牺牲和忠诚奉献，昔日的惊险天堑才变为今朝的康庄通途。

芒康前往左贡的公路正在翻修，路面上积着一层厚厚的尘土。为了防止过往车辆速度过快扬起灰尘，造成能见度降低，带来安全隐患，每隔10来米，修路的工人师傅就用水泥浇筑了一根横跨道路、10多厘米高的减速带，因此车辆只能保持40千米左右的时速缓慢通行，否则就会剧烈颠簸。

我开着大切诺基晃晃悠悠地往前走。这时，看到前方不远处有一台天津牌照的湖蓝色吉姆尼，这也是我喜欢的车型。在一处开阔的地方，吉姆尼停下休息，我也停下车，走过去打招呼。大哥姓胡，天津人，跟爱人一起自驾游西藏，也准备改走317国道。吉姆尼虽然个子小，但底盘有大梁，所以跟大切诺基相比，跑这种“搓板路”反而有优势。寒暄过后，互加了微信，胡大哥开着吉姆尼一溜烟地跑远了。从后面看，小吉姆尼活像一只敏捷的藏鼠兔。

吉姆尼在越野界有个绰号，叫作“搅屎棍”。它的尺寸不大，长不足3.7米，宽不过1.6米，整备质量只有不到1100千克。但由于配备了机械分时四驱，个别车主还进行了升高、换泥地胎、加装差速锁等改装，因此通过能力和脱困能力都非常强大。得益于体积小，很多中大型硬派越野车过不去的地形，吉姆尼却能轻松地通过。但是，由于自重小、发动机排量小，它在陷入困境的时候可以被别的车拖拽轻松脱困，但要它去拖别的大车，却是万万做不到的，只能在一边呐喊加油，或者跑出去呼叫救援，因此又得名“通信兵”。

看着吉姆尼欢快跑动的背影，我联想到它的外号，不禁笑出声来：“搅屎棍，哈哈!”觉得哪里不对劲，但一下子又想不出来，到底不对在什么地方。

沿着318国道继续前行，由于路线和风景都很熟悉，略微有些枯燥，所以我找到了一个小小乐趣：拍摄数字比较特别的里程碑，比如标号“3456”“3520”“3678”……的里程碑。

下午4点左右到达邦达县城。我没有停留，出城后沿着214国道翻越海拔4572米的浪拉山垭口。黄昏时分，抵达昌都。这是西藏东部的重镇，扎曲、昂曲两条大河在昌都汇合后称为澜沧江，继续向南流去。昌都，藏语的意思就是“水汇合处”。

在进城公路的右边，浑黄的澜沧江狂放奔流，激起滚滚浊浪。进入城区后，天色已经漆黑。我开着车穿行在昌都的大街小巷，不禁感叹，在这样偏远的地方竟然有如此繁华的城市。城区既有现代化的高楼大厦，也有充满藏式风情的建筑，灯火辉煌，人影攒动。我这才发现，找到一个歇脚的地方，成了一个大问题。因为我是独自旅行，腿脚又不好，不能把车停好再去找宾馆，只能一边开车一边寻觅。看到路边有旅店，就临时靠边停车，按照门口LED屏幕或者广告灯箱上的电话拨打过去，询问前台还有没有房间。

昌都虽然繁华，但道路不宽，很多地方不便停车。我开着车在城区转来转去，每一通电话得到的答复都是：“不好意思，没有房间了!”因为通麦钢架桥被冲垮，短时间内无法通行，很多计划从318国道进藏的旅人跟我一样，改道317国道，因此所有的客房已被抢购一空。

偌大的昌都，难道就没有我的容身之处吗?!

在快出城的位置，看到一个小旅店。我在门口靠边，下车询问。女老板答复说：“没房了!”我正要转身离开，她又说道：

“楼梯下面是地下室，里面有个床铺，100 块钱一晚上，你住不住?”在城区徒劳地转悠了近一个小时之后，这句话对于我来说不啻是天籁之音，我赶紧说：“住！我住!!”交过押金，在附近的停车场停好车，然后步行 200 多米返回旅店。

地下室用于存放拖鞋、卷筒纸、沐浴液、一次性牙具等酒店用品，里面有张一米来宽的单人床，估计是给工作人员休息用的。看到床铺，我长长地松了一口气。我从车里带了一包苏打饼干作为晚餐，等到狼吞虎咽地把饼干吃完之后，才发现匆忙之中忘了带水。

横亘在我和一瓶矿泉水之间的，是 17 级台阶。

在发病 7 年之后，我的双腿肌肉力量已经明显下降，爬楼成了一件艰难而痛苦的事情。经过了一天的紧张驾驶后，我已经疲惫不堪，失去了爬到一楼去买水的勇气。

纠结了许久，我选择了放弃，忍着口渴，昏昏沉沉地睡去。

巴青夜奔

早上 5 点刚过我就起了床。

昌都还在沉睡之中，昏黄的路灯，像是这座城市惺忪的睡眼。街道空空荡荡，偶尔遇到环卫工人挥舞竹枝笤帚扫地，发出细微的“沙沙”声，倒更显出街道的寂静。我找到一家面馆吃了碗牦牛肉面，然后出城，翻山前往类乌齐县。

在雨水的浸泡下，山体变得疏松，不时看到公路上散落着大大小小的石头。过了一会儿，到了柏油路面的尽头，驶入泥路。昨天晚上，先后接到先行通过的“难得糊涂”和天津胡大哥的电话，说这段路非常艰险，叮嘱我一定要格外当心。他们紧张的语气里带着庆幸和后怕，让我对第二天要面对的这条路，不禁有了一丝敬畏和紧张。为了避过通行高峰，我起了个大早。但真的走上这条路，除了泥泞、狭窄，感觉并没有什么特别，甚至怀疑自己走错了路。车渐渐多了起来，会车很困难。树枝上挂满了雪，原本飘扬的风马旗被积雪压在地上。从驾驶室的窗户望出去，下方公路上的积水反射着微弱的晨光，盘旋的公路像一条闪亮的缎带缠绕在山腰上。

顺利地下了山。天色阴沉，路上全是泥浆，不时遇到巨大的落石。下午 7 点左右到达丁青县城。丁青古称“琼布”，因此又叫琼布丁青。“琼”在藏语中是“大鹏鸟”的意思，丁青，意为“大台地”；琼布丁青，就是大鹏鸟降落的台地。丁青是古象雄文明遗迹最多的地区，古象雄人对“琼”极为崇拜，自认为是大鹏神鸟的后裔，把神鸟作为部落的图腾。

城区道路正在翻修，半边马路被挖烂，行人和车辆挤在半幅马路小心翼翼地行驶。这时，燃油警示灯亮了。跟路人一打听，才知道城区没有加油站，必须先掉头出城，沿着 317 国道往回走 3 千米左右，在城外的一片平地里有个加油站。

我按照指引找到了加油站，里面已经有四五个藏族同胞在等候加油，一个个皮肤黝黑、敦实威武。按照规定，加油之前必须先在办公室窗口处登记。我混在一群如同野牦牛般雄壮的汉子中间，就像一只柔弱无助的小羊羔。比我先到的藏族同胞登记完毕前去加油，陆续到来的藏族同胞又挤到前面，他们笑着相互推搡，热烈地寒暄。我躲着人群，生怕被他们在无意中推倒在地。不断地有人到来，我根本挤不到前面。正在我焦急的时候，负责登记的藏族大叔看到了我的窘态，冲着我大喊了一声：“那个小伙子，你先来！”挡在前面的汉子们闻声让开一条道，我这才顺利地登记。

找到宾馆安顿好之后，我开着车来到一个叫“李电工汽修”的小店，老板姓李，四川人，非常热情。他帮我解决了变速箱透气管掉落和顶棚灯常亮的问题，忙活半个多小时，只收了 15 块钱，真厚道！

一觉睡到自然醒。8 月 21 日上午 9 点左右，我才从丁青县城出发前往巴青县，导航显示，路程“仅”232 千米。刚出门不久，

317 国道就给我来了个下马威。黄色的泥巴路基上，布满了四五排大大小小的坑，因为尺寸不大，不能称为“炮弹坑”，我把它们叫作“鸡窝坑”。这些坑一个连着一个，几乎无法避让，只能慢慢悠悠地往前开。不久之后，又遇到道路施工。路基被来往车辆反复碾压，形成了厚厚的泥浆以及大大小小的水坑，过往车辆只能排着长队往前蠕动。

317 国道与嘎曲相伴而行，右边是崖壁，左边是嘎曲。每隔一段距离，就会因为道路施工或者山体滑坡抢修，需要停车等待。在河谷开阔的地方，岸边大片的青稞已经成熟，散发出金黄的色泽；鹅黄的牧草顺着山势生长，直至覆盖山顶；在目光所及的天际，裸露的山体呈现深灰、黛青色；头顶是蓝天白云，雄鹰在天幕中自由地翻飞翱翔。放眼望去，只觉得天高地阔，万物可爱。如果说 318 国道沿线的景色是一幅工整绵密、细腻华美的工笔画，那么，317 国道的风景则是一幅挥洒不羁、苍凉雄健的写意画。

中午 1 点左右，来到一个小镇，经过公安机关门口，看到牌子上写着“尺牍镇派出所”。心里不禁有点犯嘀咕：藏地的小镇，怎么会有一个汉语名字呢？因为“牍”是古代用于书写的木片，尺牍就是长约尺许的书简。仔细一看，原来是“尺犊镇”，通过网络搜索才知道，尺的意思是“万”，犊的意思是“石头”，“尺犊”是尺村和犊村的合称。

下午 3 点左右，开始爬斜拉山，这是丁青前往那曲途中的最后一座高山，海拔 4890 米。从山脚到垭口，要经过无数个回头弯，路面上布满了砂石、大坑以及卡车碾压形成的深沟。顺着山势越爬越高，在一处开阔的地方我停下车，回头望去，真美啊！下方，蜿蜒的公路像一条长长的哈达缠绕在山间；稍远处，大部分山体披着或鹅黄或葱绿的草皮，但裸露的地方由于所含矿物质不同，呈现出赭红、明黄、铁灰、深褐等不同颜色，让人想起张掖的七彩丹霞；极目远眺，山尖上覆盖着皑皑白雪，在阳光的照射下，散发着圣洁的光辉。

5 点半左右，再次遇到交通管制，车辆排成了长队。前方有一个指路牌，左转去往荣布寺，直行通向巴青县。晚上 9 点左右终于放行。憋了 3 个多小时的旅人们，争先恐后地发动车辆，开足马力向前狂奔。我们出发的位置是崭新的柏油路，我以为余下的道路都是这样，没料到，巴青县早已准备好最高规格的路况迎接远道而来的客人们。

开了几千米的柏油路如丝绸般顺滑，正要高呼“万岁”的时候，毫无征兆地进入“炮弹坑”路，身体猛地颠起来，头撞在顶棚上，欢呼瞬间变为怒吼。但是，对于温暖被窝的渴望让大家全力以赴，车队在土路上扬起巨大的烟尘，能见度不足 20 米，车厢里全是刺鼻的灰尘味儿。如果从路人的角度看，我们肯定活像一群刚刚打劫成功、夺路而逃的亡命徒。

我把变速箱挡位挂在 D2 档，转速稳定在 2500 转左右，时速保持在 50—60 千米。直列六缸发动机发出悦耳的声音，澎湃的动力源源而来，紧张和兴奋让我的动作变得更为精准，油门、刹车、方向盘密切配合，确保在快速行进中选择最佳线路。超量分泌的肾上腺素和多巴胺，提高了身体对于疲劳和糟糕路况的耐受力。在开出 20 多千米后，队伍渐渐分化，艺高人胆大的跑到前面，胆子小、技术差、视力欠佳的慢慢落到后方。

软和的柏油路，平整的水泥路，粗砺的砂石路，损毁严重的“炮弹坑”路，让人骨头发酥的“搓衣板”路……这些路况随机组合，循环出现。要是白天在这样的路上行驶，顶多就是艰苦一点，但在本该酣然入梦的时段，要应付这样的路况，对这支疲惫之师来说简直是一种残忍。

我超过了10多台车，前方只剩下一辆黑色本田CRV，两台车的速度相当，暂时结伴而行。我几次试图超过它，但每当快要超越的时候，就会遇上一个大坑，或者道路变窄；跟在它后面吃灰的感觉很不好，我尝试着拉开车距，结果它也慢下来等我。或许在这漆黑一片的天地间，它也需要我的灯光来感受自己的存在。

道路无休无止地向远方延伸。她像一个你苦苦追求的女孩儿，非常精准却又让你猝不及防地体验痛苦、甜蜜、忧伤、欢喜、愤怒、期待……在这些强烈的情绪冲击之下，你逐渐变得麻木，似乎一切都无所谓。也不知开了多久，只记得翻过了好几座山，通过了无数的起起伏伏、大坑小坑，在即将崩溃的关头，我在车灯的余光里看到道旁立着一个看不清颜色的路牌，上面依稀写着4个字：巴青县城。终于结束了！

然而，巴青县城所有宾馆客满。只好再往前开到索县，凌晨1点左右入住天一宾馆。艰难地爬上很陡的楼梯上到2楼，房间里除了一张很窄的单人床，几乎放不下其他家具。我往床上一倒便沉沉睡去。

晚上，我又做了那个梦。

这个梦，曾经在阿尔山做过，在哈尔滨做过，在和什托洛盖镇做过，在张掖也做过。只要是经过了一天紧张的驾驶，这个梦就会不约而至——

我开着一辆庞大的越野车在山路上行驶，左边是陡峭的石壁，右边是深不见底的悬崖；驾驶室非常宽敞，挡风玻璃却黑漆漆的，无法看到前方的路况。正在不知所措的时候，车速越来越快，眼看就要冲下前面的悬崖，我急得从座椅上一下就站起来，人猛地惊醒。

索县凌晨的空气清凉如水，我伸手一摸，却发现自己的后脑勺上全是冷汗。

纳木措湖边的狂想

早上，从宾馆窄窄的床上醒来，感觉非常疲倦，甚至没有了前行的欲望。

昨天在烂路上行驶 10 多个小时，疲惫到了极点。凌晨 1 点才住进这个叫做“天一宾馆”的简易酒店，对付了一晚上。铝合金窗户关不严实，留下一条半厘米宽的缝，夜里被冻醒了两次，起床时觉得有些感冒。

吃过早餐，还是决定继续往那曲市走。出了索县城区，路上几乎没有车，我打起精神，开着大切诺基往前赶。清晨柔和的阳光洒在道路两旁的草坡上，像是母亲温情的抚摸，让我清醒了一些。10 点左右，驶入一段正在翻修的爬坡路。我正专心致志地开着车，突然觉得动力衰减得厉害，鼻子里闻到了轻微的焦煳味儿，我赶紧打开右转向灯，准备靠边停车。还没等我停稳，发动机就熄火了。我看了一眼仪表盘，水温仪表指针已经超过了红色区域，“开锅”了！

我打开双闪，在座椅上待了一会儿，等到尘埃落定，下车，把引擎盖支起来。从发动机舱里窜出一股热烘烘的空气，我扶着大切诺基的车头站在路边，等待水箱冷却下来。2010 年，参加越野 e 族湖南大队邵阳中队组织的自驾穿越活动，我的小切诺基也开了锅。当时没有经验，拿着抹布直接拧开了水箱盖，一股滚烫的水喷起 1 米多高，幸好没有烫到人。

20 多分钟后，估计水箱冷却得差不多了，我小心翼翼地把水箱盖拧开一半，感觉里面没什么压力，这才全部拧开。揭开盖子，热腾腾的水汽发出“嘶嘶”的啸叫从水箱中冒出来。我把尾箱里剩下的矿泉水全部搬过来，4 瓶 550 毫升的，1 瓶 1.5 升的，一瓶接一瓶地灌进去。水箱口发出“咕嘟咕嘟”的声音，如同一个渴极的旅人。5 瓶水灌完，水箱还是没满。

一辆越野车从后方开过来，开车的大哥停下车，关切地问：“哥们儿，怎么啦？要不要帮忙？”我感激地答道：“没什么大事，就是开锅了！”犹豫了一下，我又说道：“您车上有多余的矿泉水吗，能不能卖给我几瓶？”大哥二话没说，让同伴拿了两大瓶矿泉水。我正要给钱呢，他挥挥手就走了。

加满了水，正好让大切诺基休息一会儿，然后重新出发。从索县到那曲的途中，风景比较平淡。这里是藏北高原与藏东高山峡谷的结合部，属高原亚寒带季风气候，雨雪多，气温低，不利于高大植物生长，放眼望去，全是连绵起伏的高山草原。

翻越了海拔 4900 米的江古拉山、4700 米的巴桥拉山、4600 米的拖古拉山，下午 2 点半左右，进入那曲市城区。那曲正在大搞建设，街道上积着一层厚厚的泥土和灰尘，不时看到路旁垒着一大堆泥土，路上的车辆灰蒙蒙的，街道灰蒙蒙的，道路两旁新建的商业铺面灰蒙蒙的，就连本来碧蓝的天空也变得灰蒙蒙的。我快速穿过那曲城区，沿着 109 国道前往当雄县。

下午的行程比上午愉快得多，风景不再单调。道路两旁地里的青稞已经成熟，黄灿灿的，洋溢着丰收的气息。远处，山峰连绵起伏，积雪包裹着高耸的山顶，如同给山尖戴上了一顶白色的帽子。有些路段，青藏铁路与国道并肩而行，列车拉着汽笛呼啸而去。在一处开阔的地方，我停车休息，连绵的雪山横亘在天际线，在蓝天白云之下，大切诺基散发出瓦蓝的迷人光泽。

抵达当雄县城，我找到一家汽修店把水箱焊好。吃过晚饭，决定犒劳一下自己，入住当雄县设施最好的酒店——天湖宾馆，380 元一晚。

第二天早上 6 点，从宾馆的大床上醒来，感觉昨天的疲惫已消失得无影无踪，浑身又充满了能量。收拾好行李，退房，从院子里抬头望去，天上布满了乌云，心里不免有点打鼓：这天气，去不去纳木措呢？在早餐店吃过藏面喝完甜茶之后，我作出了决定——去！

离开当雄城区，通过一座水泥桥后右转，就是前往纳木措的道路。进入纳木措景区后不久，有一段长长的坡道，坡度并不大，我几乎把右脚踹进了油箱里，但大切诺基就像一头筋疲力尽的老牛，任你如何鞭打吆喝都只能蹒跚而行。

天渐渐晴了，我的心情也明朗起来。翻过那根拉山口，沿着宽阔平坦的公路继续前行，一个多小时后到达扎西半岛。从停车场到湖边有一段大约 300 米的砂石路，中途有一个比较陡的小土坡。我小心翼翼地控制着脚步，感受腰、臀、大腿、小腿直到趾尖每一块肌肉的张弛，确保自己不会突然摔倒在地上。在这个高海拔的地方，如果摔倒，不知道会不会有人伸出援手。何况，一个正当壮年的男人蹲在地上无助地挣扎，也不是什么体面的事情。

纳木措就在眼前了！远远看去，一条青灰色的水线出现在天际，更远处是连绵的雪山，头顶是碧蓝如洗的天空，白云不断变幻着身姿。随着越走越近，水的面积越来越大，颜色也渐渐变为迷人的深蓝。从湖边望去，纳木措像一个海洋主题的大蛋糕，湛蓝的湖面是蛋糕主体，远处终年积雪的念青唐古拉雪山像是用奶油勾勒出的花边。游人们纷纷拿出自己的装备——手机、平板电脑、卡片机、单反……把这美景定格在镜头中和记忆里。女人们忙着摆出各种姿势留影，男人们骑上白牦牛展示英勇身姿，孩子们欢快地追逐着浪花儿。

也许是天气晴好，或许是生意不错，几个以牵着牦牛供游人骑耍留影为营生的藏族同胞，唱起了快活的歌。这些粗豪的汉子不像羞涩的我们，唱歌似乎是他们与生俱来的本领；而我们，常常需要酒至半酣的怂恿以及高档音响的助力，才敢唱出所谓的拿手曲目。对于这些汉子来说，天地之间就是包厢，粗壮的喉咙就是麦克风，宽阔的胸腔就是低音炮。他们的歌声时而低沉浑厚，时而悠远嘹亮，歌声里天然地就有烈酒、爱情和远方的味道。

我贪婪地听着优美雄壮的歌声，欣赏着湛蓝浩瀚的湖水，沐浴着纯净凉爽的清风，突然起了一个念头，我不要做一个来去匆匆的旅人，我想搬一把躺椅，就在这湖边躺上三天三夜，倦了，我就睡去；醒了，我就守着这一汪碧蓝，什么都不想，什么都不做，就这样放空自己。

然而，这终究是可笑而幼稚的念头。中午时分，我决定返程。现代都市人有一种自以为高明的东西，叫做“日程安排”。我们习惯了按照年、月、日甚至小时、分钟、秒来安排自己的生活，一旦脱离了安排，我们就会感到焦虑不安。按照安排，我当天下午 6 点前要赶到拉萨，参加“一路扬沙”大哥安排的接风晚宴，一同参加的还有湘潭的车友“难得糊涂”和他的几位朋友。

驶离停车场的时候，一个眼神清亮的藏族孩子站在远处，冲着我羞涩而热切地挥手，一边微笑着说些什么，从口型判断应该是“再见!”我也降下玻璃，报以微笑，挥手致意。

回程的路轻快而愉悦，大切诺基以60千米的时速在这个巨大的盆中欢快地游动。而目力所及的远处，亘古不化的雪山慈祥地俯视着赶路的人们，这些想努力活得快活、精彩的精灵。

珠穆朗玛，珠穆朗玛

8 月 23 日下午 5 点左右，终于抵达拉萨。

傍晚入住林业酒店，这是“冰川天女”帮我联系的宾馆。从 3 年前“阿甘梦之队”进藏开始，她就一直关心着我，但我们一直没见过面。不巧的是，我到达拉萨的当天，她因为有事必须返回成都，我们擦肩而过。晚上，“一路扬沙”大哥为我和“难得糊涂”一行举行了隆重的接风晚宴。

我在拉萨休整了两天，8 月 24 日游览布达拉宫广场，在“天上西藏”邮局给一些朋友寄出明信片；8 月 25 日，把车开到“热狗”兄弟的汽修厂做了系统检查。

2012 年那次进藏，考虑到车况、路况、时间等因素，没有安排前往珠穆朗玛峰。所以这次进藏，心中有一个目标，就是去欣赏珠峰。因为是临时决定进藏，我甚至连一件厚衣服都没带。找到一个市场买了件冲锋衣，试衣服的时候照镜子，猛然发现自己的脸被晒黑了不少，乍一看像个帅气的藏族小伙儿。

8 月 26 日，出发前往珠峰。一路上，蓝天白云相伴，雅鲁藏布江伴随国道浩浩荡荡地奔流。在大竹卡限速站做了登记之后，我发动车正准备走，一个警察朝我的车走过来，我以为出了什么状况，连忙降下副驾驶室的玻璃。他和气地跟我商量，有一个带小孩儿的藏族妇女要去前面的年木乡，看我能不能捎一段路。我爽快地答应了。女人会说简单的汉语，但是很害羞，抱着孩子，一直低着头。

我问她：“你叫什么名字？”她回答：“我叫‘格桑旺姆’。”我又问她这个名字有什么寓意？她说，“格桑”在藏语里代表幸福和吉祥，“旺姆”在藏语中是“仙女”的意思。从我们简单的交谈里了解到，她有两个孩子，女儿在读小学，怀里的儿子还不到一岁。她主要在家带孩子，也做一点农活儿。到了年木乡的三岔路口，她下了车，对我低声说了句“谢谢！”然后抱着孩子转身离去。

下午 3 点多经过日喀则，天色还早，我掠城而过。8 点半左右，来到海拔 5248 米的嘉措拉山脚下。茫茫夜色笼罩着大地，大切诺基前照灯放射出的光线洒在雨后的路面上，像是给道路镀上了一层玫瑰金。我向来不喜欢 LED 车灯，它们就像都市人的眼，犀利而冷漠。大切诺基改装的氙气灯，色温设定在 4500K，既足够明亮，又像大山里父老乡亲热切的眼神，让人感到温暖。

天地之间，仿佛只有我和大切诺基。我突然有些感动，心里说不出的安静和欢喜。马尔克斯在《百年孤独》里说：“生命中曾经有过的所有灿烂，终究都需要用寂寞来偿还。”我感恩人生曾经有过的如烟花般的短暂绚烂，也享受眼下无垠的孤独。

晚上 9 点多，到达定日县白坝乡。通过检查站之后，就在路边的白坝酒店住下。客房围出一个四合院，一楼有房间，不用爬楼，中间的大院子方便停车。这么晚了，餐厅竟然还有饭吃，经服务员推荐，我点了一份“久布”，从名字看完全不知道是什么食物，其实就是油炸的羊肉和土豆混合在一起，味道很好。

第二天一早，向珠穆朗玛峰进发。昨天天气不好，进入拉孜县境内后，竟然下起了中雨，我在心里暗暗叫苦：难道这次又要与珠峰失之交臂？早上出发的时候，淅淅沥沥地下着小雨，心里有些沮丧。9 点左右，到达珠穆朗玛峰国家公园大门口，雨虽然停了，但天空还是阴沉沉的。忐忑不安地开始爬山，到了山腰，天色突然变得亮堂，太阳从云层中探出了头，我一直蜷缩着的心也舒展开来：有戏啊！

爬上海拔 5198 米的加乌拉山垭口，我刚刚舒展的心却猛地跌入了深渊——从垭口放眼望去，远处是如同牛奶一般浓稠的白雾！加乌拉山口是世界上唯一可以眺望 5 座 8000 米以上雪山的观景台，但是玛卡鲁峰、洛子峰、卓奥友峰、希夏邦马峰，你们在哪儿呢?！更别提我心心念念的珠穆朗玛峰了！眼前只有白茫茫的一片。虽然抱着“见之我幸，不见我命”的心态，但真到了跟前，免不了得失心越来越重。

万分沮丧地从垭口下山，就是珠峰 108 道拐，每隔 100 来米就有一个回头弯，单曲循环，无休无止，开得你怀疑人生。但路面修得非常好，都是漂亮的柏油马路。从珠峰公园门口到珠峰大本营的 102 千米，以前全是砂石搓板路，行车在上面，颠得人肝肠寸断痛不欲生。直到 2015 年上半年才全部铺上了柏油。我开着大切诺基在无数个回头弯上缓缓而行，只能怀想昔日那些越野英雄们在这条路上痛苦挣扎和怡然享受的情景。

越往下走，能见度就越高。到了山脚，已经是晴空万里，阳光灼热。我忍不住大声欢呼：珠峰，我来了!!

下山之后，道路在山谷里蜿蜒而行，穿过了三四个村子，当我铆足了劲准备继续往上攀爬的时候，没有一点点防备，一座金字塔状的白色山峰突然闯入我的眼帘，耸立在并不遥远的天际；虽然云雾缭绕，无法看清她的全貌，但我知道，那就是珠穆朗玛峰！我的心狂跳起来，迫不及待地往那山峰奔去，又往前开了10来千米，就到了珠峰大本营。

我下了车。两旁的山簇拥着气宇轩昂的珠峰，赫然出现在我眼前。从山脚直至山腰，云雾蒸腾。白云在峰顶扯着一面漫卷的大旗，那是珠峰特有的奇观——珠峰旗云。随着狂风的吹拂，旗云变幻出千姿百态，忽而如排山倒海的巨浪汹涌而来，忽而如昂首长嘶的骏马奔腾而去，忽而如狂泻的瀑布飞流直下。在白云之间，几只雄鹰在自由地翱翔。

过了一会儿，像是有什么人在操控，白云被迅速地扯向两边，天幕瞬间打开，珠峰展露出她的真容。洁白的山峰从山谷间拔地而起，如同一头白色雄狮伏在金刚莲瓣之上，睥睨群山，俯瞰众生。在蓝天白云的映衬下，她是那样的雄伟、华丽、大气、尊贵；在群峰众星捧月般的追捧下，更显得灵光四射无与伦比。

我站在平地上，注视着珠峰；珠峰也注视着我、拥抱着我。藏语中，“珠穆”是“女神”，“朗玛”是“母象”，两者结合起来的含义是“大地之母”。珠峰注视我的眼神里，既有母亲的慈爱和亲切，也有父亲的威严和期许。我突然热泪长流……珠穆朗玛，珠穆朗玛啊！您眼前的这个孩子，肌肉力量还不到健康人的一半，他一个人开着车，跨越了将近4000千米的山山水水，一路上经历了高反、滑坡、落石、烂路、冰雹、堵车、疲惫、孤独……才终于来到您的怀里，得见您的真容。

在激动的心绪稍稍平复后，我请旁边一位女士帮我拍照留念。

我带着一面旗帜，上面写着“罕见病在路上”，这是罕见病发展中心的黄如方先生亲自设计的；由于出发时没有携带湘潭大学的校旗，只能用朋友发来的校旗图片，在拉萨制作了一张喷绘。我站在大切诺基前面，先后手持旗帜和喷绘与珠峰合影。

拍照之后，我再次仰望珠穆朗玛峰，不禁想到它的形成过程。这座海拔 8844.43 米的世界第一高峰所在的位置，4000 万年以前是一片汪洋大海。后来，印度洋板块与亚欧板块发生剧烈的碰撞，强烈的造山运动使喜马拉雅山地区不断抬高，珠穆朗玛峰在距今约 100 万年的时候才达到了这个高度。两大板块之间的挤压并未停止，珠峰至今仍处于上升之中。因此，她并不是从一开始就如此伟岸、如此威严，而是在一次又一次痛苦地碰撞、挤压、喷涌、撕扯……之中，努力地向上、向上，不断生长，古老的海床为她夯实根基，滚烫的熔岩为她增益体魄，洁白的冰雪为她庄重加冕，终于成了地球最高峰，昂首屹立在世界的东方。她是青藏高原这方世界屋脊上最大气磅礴也最精巧华美的一角飞檐，是亿万年地质运动留下的最触目惊心也最壮伟奇丽的一道伤痕。

由珠穆朗玛峰的诞生，我又想到了命运多舛的自己。成长于一个贫寒家庭，2000 年大学毕业留校工作，通过努力打拼，2007 年即获得晋升，正准备放手干一番事业，但仅仅 1 年多之后，就被确诊患有肯尼迪病，全身的肌肉都将逐渐萎缩无力。7 年来，我失去了跳跃、奔跑的能力，上楼变得非常艰难，走路也越来越慢。但这一切只是开始。随着病情的发展，最后将无法说话，无法吞咽，无法呼吸，只有一根手指可以活动，或者眼球能够转动。除了努力锤炼自己的心灵，让它强大到能够面对一切苦难之外，我别无选择。每当我迷惘无助的时候、困顿疲惫的时候、痛苦挣扎的时候，我一定会想起今天，会在心里望见珠峰，从大地之母的身上汲取无穷无尽的力量。在经过苦难的反复煎熬、挤压、碰撞、撕扯之后，或许有一天，我能够在心里筑起一座意志的高峰、精神的高峰。

我仰望着珠峰，脸上浮现一丝微笑，心里生出许多欢喜。我知道，珠穆朗玛，已经在我胸中，悄然孕育。

以男人的方式向你致敬

8 月 27 日夜宿日喀则，第二天一早，前往参观扎什伦布寺的建筑艺术。

扎什伦布寺，位于日喀则市南边的尼色日山下，有殿宇房屋共 3600 间，寺内建筑融合了藏区传统建筑特色和佛教的特点，规模宏大，庄严肃穆。由于寺庙依山势而建，从广场通向山上的参观道路由坡道和台阶组成，我试着往上走了一段路，双腿的能量很快就消耗殆尽。休息了一会儿，我悻悻地出门而去。

在珠峰东路的“老陕饭庄”吃过中饭后，离开日喀则，前往拉萨。下午 6 点多，到达岗巴拉山脚下。刚准备驱车上山，路边一个穿着黑色冲锋裤、绿色冲锋衣的男孩朝我竖起大拇指，这是徒步旅行者约定俗成的“求搭车”手势。我停下车，降下副驾驶室的窗户玻璃。他从窗户探进头来，说他姓方，有一个同伴已经搭别的车到了羊卓雍措，希望我能带他上去。

半个多小时之后，我们来到岗巴拉山口。刚下车，一股冷风就扑面而来，我不禁把冲锋衣的拉链拉到了下巴处，缩了一下脖子。大风把垭口的风马旗吹得“呼啦啦”地响。在垭口的平地上，见到了小方的同伴蒋老师以及他的女儿筱筱。

黑沉沉的乌云仿佛就在头顶，太阳躲在乌云后面，给乌云镶上了一道金边。没有了蓝天的映照，平日碧蓝的湖水，此刻呈现出黯淡的灰蓝色，毫无生气。我们站在湖边，想等乌云散去。但太阳偶尔从乌云的缝隙中探出头来，放射出刺眼的金光，转瞬又躲到了乌云背后。糟糕的天气却一点都没有影响到蒋老师和筱筱的兴致。蒋老师搭起了帐篷，筱筱一会儿躲进去，一会儿又钻出来，玩得不亦乐乎。在聊天中得知，筱筱才5岁，蒋老师已经带着她走南闯北，去了不少地方。

9点左右，眼看天已经黑了，我们决定下山回拉萨。刚进入城区，突然听到巨大的轰鸣声，吓了我们一大跳。往四周一看，几十辆巨大的卡车不知道突然从哪里冒了出来。我的大切诺基平时感觉还挺威武，但夹在大卡车的洪流里，就像是混在四散奔逃的恐龙队伍中的探险家一样，是那么的渺小和脆弱。我的心里涌起一股说不出的惊恐。后来才知道，为了维持交通秩序和市容，拉萨市规定，早上7点以后到晚上11点之前，大型货车不准进入城区，我们正好赶上了放行的那个时间点。

8月29日中午，跟广西的老术见面，一起吃火锅。10多天前，我们一起参加了车友聚会。他在贵阳跟家人分别后，又一个人开着小切诺基从丙察察进藏，历尽千辛万苦。在丙中洛前往察瓦龙乡途中，遇到道路塌方。他仔细观察后小心翼翼地通过，当地一辆农用小卡车紧跟在后面。小卡车刚刚通过，路面就发生大面积垮塌，坠入数百米深的怒江峡谷。前往察隅的路上，涉水过河的时候，感觉底盘被磕了一下，他也没太在意，刚开出10来千米，就发现油表指针掉了一格。他赶紧停车检查，才发现油箱被磕破了一个小拇指大的窟窿，往外喷射筷子一般粗细的油柱。他拿出502胶水，堵不住；用嚼过的口香糖堵，一下就被冲掉；最后灵机一动，找了根树枝，削出一个跟漏洞差不多大小的木塞，这才终于堵住，然后在边缘糊上胶水，喷射变成了渗漏。翻越雄珠拉山后，突然发现起动机没反应，利用坡道溜车着车后，就再也不敢熄火，一直开到察隅县，才找到一个二手的起动机换上。一路上，很多地方需要挂上低速四驱才能通行，他在察瓦龙乡加了 70 升油，带了 20 升油，开到察隅只有不到 230 千米路程，但是汽油竟然全部烧完。

到达拉萨后，他又去了纳木措。晚上 12 点左右，他离开营地，到湖边拍摄星空。正当他专心拍摄的时候，突然听到“沙沙”的脚步声。一开始，他没有在意，脚步声越来越近，他这才警觉起来。借着微弱的星光定睛一看，发现 10 多米外有一群野狗。野狗悄无声息地散开，慢慢地向他包围过来。之前做功课，纳木措区域没有伤人的野生动物，所以他没带任何防身物品。情急之下，他把三脚架上固定着的佳能 EOS 5D Mark II 单反相机拆下来，相机连同佳能 EF 70－200mm 镜头，加起来有 3 斤多重。他把相机背带紧紧地缠在右手手腕上，当做武器。

野狗的包围圈越缩越小，终于，它们开始攻击了!! 老术飞快地转着圈，甩动相机击打从四面扑上来的野狗，被击中的野狗发出“嗷——呜”的哀嚎。强烈的求生欲让老术打起十二分精神，与群狗激烈搏斗。一条野狗瞅准一个空子，咬住了他的右臂肘关节，好在他穿着羽绒服和长袖衬衣，野狗没有咬透。老术挥动左拳，用尽全身力气击打它的鼻梁和眼睛，在其他野狗一拥而上之前，摆脱了这条野狗的纠缠。一开始，由于极度的恐慌，他想大声呼救，却发不出任何声音；随着野狗越来越猛烈的攻击，他反而镇定下来，声带也逐渐打开了。他愤怒而惊惶的呼救声，野狗因为吃痛发出的哀嚎声，终于引起了营地保安的注意，两个保安打着手电筒拿着棍棒赶来，一边奔跑一边大声呼喝。野狗们的攻击慢慢缓和下来，它们面面相觑，前爪刨着沙地，心有不甘地发出低沉的“呜呜”声，过了一会儿，如同终于商量好了似的转身离去，消失在漆黑的夜幕中。

我们坐在餐厅靠窗的桌子旁。温热的阳光从餐厅窗户照进来，我听着老术的故事，恍如隔世。西藏，就是这样一个神奇的地方，吸引着无数有趣的、勇敢的、有故事的人来到这里，又酿造出无数新的故事。

晚上，“一路扬沙”大哥邀请我到家里吃饭。水煮鱼，萝卜清炖土鸡，青椒炒腊肉，红烧油豆腐，小炒长豆角，焖土豆，拍黄瓜，咸鸭蛋，油炸花生米……最好吃的是那道牦牛肉，煮熟放凉切成不薄不厚的片状，夹上一块，在旁边的小盘里蘸一点孜然粉和辣椒末，然后放进嘴里，那个香啊……

因为9月5日就要开学，已经没有足够的时间把车开回去。8月30日，我把大切诺基开到“一路扬沙”大哥的院子里，请他抽空找个物流公司托运回湖南，我当天下午飞回去。临别前，我拉了一把沙滩椅，坐在大切诺基的对面，默默地跟它聊了一会儿天：

“老伙计，我要谢谢你！一年多以前，我这两条腿的力气更小了，小切诺基的离合踏板又那么沉，开起来很吃力，这时候，你走进了我的生命，接过了小切诺基的班，陪伴我浪迹天涯。其实，你也不再年轻，身体开始出现这样那样的问题。我给你做了‘白内障’切除手术，让你的眼睛炯炯有神；换了4只新鞋，让你的脚步更加扎实；更换了崭新的原厂油泵，让你的心脏搏动更加有力。至于胶套、支臂、传感器这些小玩意儿就不用提了。”

“这次来西藏，我对自己倒是有信心，我知道自己还行，开几千公里完全没问题；我对路况也有信心，318 我熟，哪怕后面改道 317，我也能应付。唯一的不确定因素就是你。我可以随时勇敢地出发，但决定过程和结局的恰恰是你啊，老伙计。”

“开切诺基的人都信奉一句话：切是有灵性的，你对它好，它也会对你好。在这次旅行中，你就像一只拉布拉多，那么忠诚、强壮、勇敢，不知疲倦。除了在从索县到那曲的路上‘开锅’之外——那也是怪我，没注意观察水温，不怪你——你没有闹过一点脾气，更别说撂挑子了。所以，我应该谢谢你！”

“不过，话说回来，你也应该感谢我呢！我给了你作为一台车、特别是作为一台老车最大的荣耀。去年，我带着你走过了新疆，今年又来到了西藏。这世上的车那么多，有多少车能有这种幸运，走过号称“中国最美景观大道”的 318 国道，又跑过更加野性的 317，见过布达拉宫，又见到珠穆朗玛峰？换作别人，怕是只会嫌弃地看着你——哼！一个 12 岁的老家伙，还想去西藏?! 老实在家待着吧！只有我，给了你百分之百的信任。好吧，我们扯平了！今后，我们一起快活地流浪吧！现在，我必须以男人的方式，向你表达我的感激和敬意！”

我艰难地从沙滩椅上站起身，走到大切诺基的跟前，双手撑住引擎盖，弯下腰，在车头的 Jeep 标志上印下深深的一吻。

晚上，躺在家里熟悉却又陌生的床上，我又做了一个梦。

梦里不再有峭壁、悬崖、越开越快的越野车、黑漆漆的挡风玻璃，只有雪山、湖泊、长路，以及漫山遍野的格桑花。

别赶路，去感受路

这些年，国家加大西部地区基础设施建设力度，318 国道的路况越来越好，绝大多数路段已是水泥、沥青路面。拉萨至林芝段高速公路 2019 年实现通车，川藏线全程高速公路也在规划建设之中。

但是在并不遥远的 2012 年，路况要糟糕很多。从 318 国道进藏，你的车身会沾满泥浆。

2012 年 7 月 19 日，“阿甘梦之队”西藏行第 5 天。由于前两天了解到理塘、巴塘段的路况非常糟糕，这一天的行程安排很简单：从新都桥镇前往雅江县。镇区的道路上堆积着 20 多厘米深的淤泥，骑行进藏的年轻人们挽着裤脚，推着自行车艰难地前行。出镇子不久，开始爬海拔 4412 米的高尔寺山，坑坑洼洼的盘山路上全是泥浆和石头。大约 1 小时后，车队到达垭口，对讲机里传来头车队员兴奋的大呼小叫，原来，垭口有一大片非常漂亮的草甸。刚停稳车，就有当地人过来报价，上厕所是 1 块钱一个人，开车进草地是 10 块钱一台车。我们兴奋地把车开进去，合影、奔跑、骑马，变着法子撒欢儿，享受高山草原带来的快乐。4 台越野车，已经全都变成了泥灰色。

下了山，我们一直在山谷里穿行。由于正在进行道路改造，路上全是泥浆，还散布着大大小小的水坑。就在这段路上，发生了一件当时觉得极其“悲惨”、回想起来却很有意思的事情。由于贪恋高原清冽的空气，我犯了一个烂路行车的大忌——4 个车窗都没有关闭玻璃。当我们正在泥浆中挣扎前行的时候，一辆丰田普拉多越野车从后面赶上来强行超车。就在它超过去的一瞬间，我的车身左侧正好是一个很大的水坑，普拉多硕大的右前轮轧进水坑里，黄泥巴水飞溅起来，像精确制导似的从洞开的窗户泼进了我的车里！车上 3 个人，我坐在驾驶位，“luoqiang”坐在我后面，我们俩被劈头盖脸的泥水浇个正着，头发、脸上、耳朵里甚至牙齿上都沾满了泥浆；“丫丫”坐在副驾驶位，也没能幸免。除此之外，仪表台、座椅、行李甚至车内顶棚上都溅满了星星点点的泥水……普拉多扬长而去，我们 3 个几乎是同时发出愤怒的吼声，片刻之后，看着彼此狼狈的模样，又不由得哄然大笑。

当天的里程只有 75 千米，我们却在泥浆中挣扎了 8 个小时。夜宿雅江，迎接我们的是全城停水。安顿下来后得到消息，巴塘到芒康的路被泥石流冲断，至少要一个礼拜才能通车。大家商定，先开到理塘，然后绕行滇藏公路，经乡城、德荣、德钦，再回到 318 国道，抵达左贡、然乌。

7 月 20 日，我们从雅江前往德荣。这一天的路程是那次西藏行最艰苦的一天，也是给我印象最深、最有驾驶乐趣的一天。对于喜欢挑战甚至有轻微“自虐”倾向的越野人来说，因为难，才好玩。铺装道路的尽头，才是属于我们的舞台。

雅江到理塘全程 231 千米，由于修路以及来往各种车辆的反复“蹂躏”，除了很少的路段较为平整外，几乎全是泥浆路、水毁路、“炮弹坑”路、“鸡窝坑”路。离开雅江县城，穿过施工路段爬上剪子弯山，还只是开胃菜；等到下山之后，主菜才正式上桌。除了依稀看得到路基的边缘外，你很难把它称作“路”，其实就是由颜色深浅不一的淤泥和尺寸大小不一的水坑组成的泥潭。我们只能以10—20千米每小时的时速蹒跚而行，左摇右摆，前俯后仰，身体猛然颠起来，头撞到顶棚，然后又猛地落下。我们没有留下任何关于路况的照片，因为在行驶的过程中，完全不可能端稳相机拍照。偶尔会经过一段平整路面让我们喘口气，但泥浆很快卷土重来，无休无止。

在经历了漫长的翻浆路之后，我们又迎来了另一种路，“鸡窝坑”路。在柏油路或者硬泥路上，布满了大大小小深深浅浅的坑。在这种路上开车，如果慢慢腾腾地走，当然是最安全的，但是会很折磨人；如果无视这些坑、快速通过的话，可能伤到车辆底盘，车上乘员的脑袋也会频繁地撞到车的顶棚。所以既要保持一定速度，又要高度集中注意力，随时切换行车线路。我打起精神，保持离合器、挡位、油门、刹车、方向盘的密切配合，那感觉，就像是在参加世界汽车拉力锦标赛（WRC），肾上腺素飙升，怎一个爽字了得！！当然，风险仍然存在，有些坑和沟从远处无法准确判断出它的深度，当你发生误判、减速不及冲过去，就会听到从前桥传来“咣当”的巨大撞击声，好像直接撞在你的心脏上一样。直到远远看到山谷中的理塘，我们的狂野之旅才告一段落。而在之后的旅途中，不管是怒江72拐，还是传说中的通麦天险，我们都如履平地，波澜不惊。

回味这段经历，没有丝毫炫耀的意思。艰难和贫寒一样，并不值得炫耀。只是，经历了艰难得来的东西，或许比轻易得到的物件儿，显得更加珍贵，也会更加珍惜。正如小时候母亲从伙食费里省出来的几粒糖果，大学攒了很久的生活费买下的牛仔裤，长途跋涉后觅得的清泉，连续加班后的酣睡……11 年过去了，我仍然清晰地记得在那段泥泞路上看到的景色，开怀的大笑和骇人的惊叫，甚至身体随着车子的每一次摇晃，旷野中的每一次呼吸……2015 年，我独自开车重走 318，3 年前泥泞不堪的烂路都已是平整宽阔的柏油路、水泥路。行驶在路上，那种轻松惬意的感觉让人恍如隔世。

但奇怪的是，除了轻快，我不记得太多那次旅行的细节。更年轻、更舒适的大切诺基载着我呼啸而过，我还来不及欣赏沿途的景色，就已经把它们远远地抛在了身后。米兰·昆德拉在他的长篇小说《慢》中说道："慢的程度与记忆的强度直接成正比；快的程度与遗忘的强度直接成正比。速度是出神的形式……当人把速度性能托付给一台机器时……身体已置之度外。"2012 年的那次进藏，糟糕的路况导致的"慢"，却让我们积淀了更深刻、更美好的记忆。

速度、效率是我们在都市的水泥森林里安身立命的东西，但旅行，恰恰最不需要的就是效率。

所以，如果你去西藏，或者去别的什么地方旅行，走什么路不重要，开什么车也不重要，重要的是——

别赶路，去感受路。

高原反应那点事儿

“啊，你去西藏啦?！有没有高原反应咯?”

“阿甘，我想暑假去西藏旅游，就是担心高原反应，你有什么建议没有?”

这是10余年来我听过很多次的话。去西藏旅行，高原反应（简称“高反”）是一个绕不开的话题。根据自己的体会，我跟大家聊聊对于高反的认识，以及一些建议。

2012年我随“阿甘梦之队”第一次进藏。从成都一路西行，海拔逐渐升高，但大家并没有什么不适。7月18日，我们翻越折多山，到达新都桥镇。折多山垭口海拔4298米，是318国道上第一个高山垭口，有“康巴第一关”之称，也曾有人把这里称作高反的测试点，如果谁在翻山时出现严重反应，表明身体不适应高原旅行，最好在新都桥休整或折返。

在折多山垭口和新都桥镇，几乎全体成员都出现了轻微的高反。具体状况是：头有点晕、脚下有点飘，好似喝了2两小酒；心有点慌、气息有点短，就像看到了自己心仪的男神/女神。所以轻微高反的感觉，概括起来就是“喝了2两小酒之后看到心仪的男神/女神”。

在出发前做的功课中，有一个很有意思的说法：身体强壮的人比身体素质一般的人出现高反的概率更大，原理大概是身强力壮的人对氧气的需求量更大、依赖度更高。“阿甘梦之队”成员的反应在某种程度上印证了这个说法。身体结实的“郴州黑蚂蚁”，堪称“人肉海拔测量仪”，当车队爬山的时候，随着海拔的升高，他就开始出现头疼、烦躁不安等状况；到了垭口，他更是有些抓狂，一个劲儿地催促大家赶紧下山；而随着海拔逐渐降低，他又变得谈笑风生、活力四射。在翻越剪子弯山时，“小李子王”的爱车上悬臂螺丝松脱，大家齐心协力帮助他修车。完事后，车队中身体最结实的“luoqiang”坐进我的老切诺基，脸色不太好看，估计是修车的高强度劳动导致了高反，我赶紧拿出抗高反的药让他吃下，嘱咐他好好休息，后面的路程由我驾驶。

7 月 22 日，我们在左贡住宿。23 日早上起来，就发现“luoqiang”脸色不对，一问才知道他肚子疼。我叫他到旁边的诊所去看医生，我去买早餐。等我回到宾馆停车场，“luoqiang”举着个吊瓶回来了！在确认他的身体问题不大之后，我们才决定出发。壮得像头牛的“luoqiang”变身“吊瓶哥”，这一天的大部分时间里，他都昏昏沉沉地躺在后座上，到了波密之后才满血复活。从那之后，“阿甘梦之队”的所有成员就再也没有出现过明显的高反。7 月 29 日，我们在平均海拔 4500 米以上、被旅行者公认不宜过夜的那曲休息，大家都睡得很香。

2012 年、2015 年我两次自驾去西藏旅行，都没有出现明显的高反，仿佛我天生适合在高原生活。直到第三次进藏，“一路扬沙”大哥带着我去羊卓雍措玩穿越，才第一次亲身体验了高反。当天大家玩得很开心，一开始我还是没有任何不适。但到了傍晚返程的时候，没有一点征兆，我在副驾驶位突然昏睡了过去。像是有人走进房间，“啪嗒”一声关闭了电灯开关，整个世界漆黑一片；过了许久，这个人又走进来打开了开关，熟悉的一切重新回来。“一路扬沙”大哥说，我昏睡了一个多小时。

根据我的体会，大部分人初到高海拔地区，都有或轻或重的高反，而且没有规律可循：哪些人会出现，什么时候会出现，症状是轻还是重。我把这种情况称为“无厘头”。所以，对付高反的原则是：战略上藐视，战术上重视。

1. 放松心态，不要过于担心和害怕高反。根据“墨菲定律”，如果你担心某种情况发生，那么它就更有可能发生。避免高反的最好方法是保持积极、乐观、放松的心态，不要因为焦虑、恐惧等心理作用导致高反的发生和加重。这是“战略上藐视”。

2. 做好充分的应对高反的准备。可以提前半个月左右服用红景天胶囊，或者用红景天的根茎泡水喝。在行李中准备高原安胶囊（在出现较为明显的高反症状时服用，经同行朋友试用，起效很快，确实管用）、西洋参含片、百服宁或芬必得（缓解高反引起的头痛）、葡萄糖口服液（小玻璃瓶分装那种）。一般高反症状在1—2天内可以消除，建议在出现轻微症状的时候尽量通过身体适应它，不要一开始就吸氧，以免出现依赖性。如果能够适应酥油茶的味道，也可以多喝一些酥油茶。这是“战术上重视”。

3. 通常认为，进藏前不要刻意锻炼身体，如果平时有锻炼的习惯，最好在进藏前15天左右暂停，让身体习惯低耗氧量的状态。

4. 如果感冒尚未康复，最好不要进藏，防止感冒进一步恶化，甚至演变成肺炎、肺水肿。在高原地区，出现这些症状的时候如果得不到及时治疗，可能会危及生命。

5. 如果出现严重的高反，如浮肿、肺水肿、重感冒等症状，不要硬撑，一定要及时到医院进行输液、吸氧等治疗，并尽快离开高原。

6. 年幼的孩子不建议进藏。患有严重心脑血管疾病、呼吸道疾病、高血压等基础疾病的朋友不建议进藏。

7. 尽可能选择从四川（317 国道或 318 国道）或云南（滇藏公路、丙察察公路）出发自驾进藏，让身体逐渐适应海拔的升高；其次的选择是乘坐火车进藏；如果乘飞机直飞拉萨，由于海拔上升过快，出现高反的概率相对更大。

8. 避免在高海拔地段长时间停留。比如前文提到我在羊卓雍措时出现了高反，就是因为在海拔接近 5000 米的地方待了四五个小时，同时情绪比较亢奋。

在关于西藏的游记文字中，我们经常看到两句话——“美到窒息”“眼睛在天堂，身体在地狱”。这种描述不光是一种文艺性的表达，应该也包含了对于高反的体验。重度的高反或许是一种痛苦甚至危险，但轻度的高反，如同做菜时不可缺少的调味剂，让西藏的旅行记忆更加鲜活、更加深刻。

净化灵魂？还是先净化环境吧！

净化灵魂。

常常在关于西藏旅行的文字中，看到这样的表述。但我一直觉得这个说法有点“矫情”。

如果，一个虔诚的藏传佛教信徒，从四川或者西藏的某个村庄出发，三步一叩首，经过几个月的风餐露宿，终于抵达拉萨，或者来到“神山”冈仁波齐脚下，我相信，他/她的灵魂得到了净化；或者，一个深陷世俗名利、执念很重的人，怀着对佛祖的尊崇，瞻仰一座又一座寺庙，甚至有幸得到活佛的摩顶加持，终于懂得了放下，我相信，他/她的灵魂也得到了净化。

但是，对于绝大多数去西藏旅行的人来说，见天地，见众生，见自己，可能仅此而已。你可以说收获了美景，收获了故事，收获了友谊，收获了成长，但是，别动不动就说净化了灵魂。

净化灵魂并非易事，净化环境却是每个人都可以顺手做到的事情。西藏，在很多人的心目中，仍然是一片圣洁的净土；然而，这片净土，正在经受垃圾之殇。

2012 年我第一次进藏的时候，一路上虽然泥泞不堪、旅途艰苦，但沿途没看到多少垃圾。2015 年第二次进藏，垃圾大量增加的问题让我十分难过。

8 月 17 日，我在剪子弯山垭口短暂停留，极目远眺，青山如黛，白云如棉，令人心旷神怡。但目光回到眼前的空地上，只见遍地都是垃圾，方便面盒、矿泉水瓶、易拉罐、塑料袋……各种废弃物散落在草坡上，让人触目惊心!!

8 月 23 日，我来到纳木措。湛蓝的天空、洁白的念青唐古拉山、碧蓝的湖水、岸边的牦牛，以及游人和他们的倒影，构成了一幅完美的画卷。但是定睛一看，在岸边的沙地上竟然有一个矿泉水塑料瓶，特别刺眼。扔瓶子的这位，莫非你不生产垃圾，你只是垃圾的搬运工？我就不明白了，这么美的地方，你怎么下得了手?!

离开纳木措，沿着青藏线（109 国道）前往拉萨。每隔一段距离，就有一个穿着迷彩服的工作人员在两边路基下捡拾垃圾。仅仅两三千米的路段，他们就收集了几个编织袋的垃圾。

以上只是我亲眼所见的情况。在网络上随便一搜，就会发现，游客随手丢弃垃圾已经成为西藏面临的一个非常严峻的问题。

蜂拥而至的游客——徒步的、开着车的、坐着大巴的、骑着自行车的——在一路上留下了数不胜数的生活垃圾，食品包装袋、塑料瓶、易拉罐、氧气瓶、泡面盒……

他们在平地上扔，在垭口也扔；在湖水边扔，在雪山下也扔；在公路上扔，在景区还是扔。

这些五花八门、难以降解的垃圾，亵渎了浑然天成的景色，污染了土壤和水源，破坏了脆弱的生态平衡，还对藏民的财产造成了直接的损失，已经发生了很多起牦牛因误食垃圾而死亡的事情。

我甚至不惮以最大的恶意揣测：随手扔垃圾的那些人，会不会也曾嚷嚷着要去西藏净化灵魂？

西藏高海拔的气候环境和地广人稀的特点，导致垃圾清运非常困难，主要靠清洁工、志愿者、驻藏军人手捡肩扛，沿线居民也被发动和组织起来，“捡垃圾”成为藏民们生活中被迫承受的负担。但他们捡拾垃圾的速度，远远赶不上游客抛弃垃圾的速度。

更有无聊之人，他们也知道乱扔垃圾是不道德的行为，难免心里发虚，于是特意把垃圾往偏僻的地方扔——悬崖边、草丛里、山沟下、小溪中，好像这样就可以心安理得。殊不知，这种做法让垃圾清理人员的工作变得更加艰难和危险。

各条入藏道路沿线饱受垃圾之苦。让人意想不到的是，世界之巅珠穆朗玛峰也难逃此劫。

20 世纪 90 年代之前，攀登珠峰是专业运动员的壮举，由于人数不多且环保意识强，珠峰得以保持原始而纯净的容颜。随着攀登珠峰的商业化，每年尝试攀登的人员急剧增长，他们的素质参差不齐，珠峰上的垃圾也因此迅速增加。废弃的帐篷、各种登山装备、用完的氧气瓶……据联合国环境规划署的不完全统计，已经有超过 140 吨垃圾被留在了珠峰，而且以每年 12 吨的速度增加。珠穆朗玛峰竟然成了世界上最高的“垃圾场”。

这些年来，有许多人为了净化珠峰的环境而不懈努力。不少环保组织都曾发起过垃圾清理活动，每次都有大量的登山者、民众、志愿者参与。但是，在珠峰上清运垃圾十分困难，高海拔地区劳作和负重非常辛苦，并且海拔越高风险越大，工作人员被冻伤甚至截肢的情况时有发生。

西藏面临的垃圾泛滥的问题，当然跟游客数量的大幅度增长有一定关系。根据西藏自治区旅游发展厅官方公众号的数据，西藏全区接待国内外游客的数量呈现大幅度增长的态势——2004年，游客数量首次突破百万大关，达到122万人次；2015年，飙升至2017.53万人次；2019年，突破4000万人次；因为新冠疫情影响，2020年接待游客数量有一定幅度的下降，但仍然达到了3505.01万人次，2021年再次上扬到4153.44万人次。

游客数量激增，配套工作必须跟上，包括加强宣传，增设垃圾桶，增加环卫工作人员，提高沿途城镇的垃圾处理能力和技术水平，等等，但这都不是游客随地乱扔垃圾的理由。

西藏地区幅员辽阔，地貌丰富，正所谓“风景在路上”，318国道因此被称为“中国最美景观大道”。在数千千米长的国道上，不可能密集设置垃圾桶，只能有赖于游客的自律。更何况，还有很多人哪怕是垃圾桶近在咫尺也会随地乱扔呢？准备一个大号塑料袋收集垃圾，等到了城镇、村庄再扔到垃圾桶或者垃圾站，这个要求很高吗?！像我这样行动很不方便的人，都没有随手扔过一点垃圾，健康人有什么理由做不到?！

作为一个深深眷恋着西藏自然风光的旅人，看着她被生活垃圾无情荼毒，真的痛彻心扉。希望去西藏旅行的朋友，不要随手扔垃圾，保护好这片净土——其实，不只是去西藏，在任何地方旅行，都应该做到这一点。

还是那句话：除了记忆，什么都别带走；除了脚印，什么都别留下。

羊卓雍措，我愿做你岸边的一头牦牛

西藏有很多“措”。

大家耳熟能详的有：纳木措、羊卓雍措、玛旁雍措、巴松措、班公措，稍觉生僻的有：当惹雍措、拉姆拉措、昂拉仁措、扎日南木措、拉昂措、色林措……和许多痴迷西藏风光的旅人一样，在这片蓝天之下、雪域之上，我愿意一“措”再“措”。但在领略更多“措”的丰采之前，羊卓雍措，是我的最爱。

“措”在藏语里就是“湖”的意思。许多人都知道，西藏有三大“圣湖”：玛旁雍措、羊卓雍措、纳木措。羊卓雍措吸引我的，是她冠绝藏南的湖光山色。

2012 年 7 月 27 日，越野 e 族西藏大队的“热狗”兄弟带领“阿甘梦之队”一行，第一次领略了羊卓雍措的惊世容颜。车队沿着雅鲁藏布江畔的 318 国道轻快前行，过了水葬台不久，驶过曲水雅鲁藏布江大桥，就开始攀爬岗巴拉山。我们沿着盘旋曲折的山路攀爬而上，左边是峭立的山体，右边是落差达数十米的悬崖。如果没有山路驾驶经验，可能不免感到双腿发软。然而对于刚刚经过川藏公路强化训练的我们来说，在盘山路是驾驶早已成为一种乐趣。

苍劲雄伟的山体上没有什么植被，很多地方是裸露的岩石或砂砾，从半山腰的观景台举目四望，满眼都是暗褐色甚至黑色。在一个多小时的爬山过程中，感觉像是在一群默然肃立的汉子中间穿行，他们穿着对襟的褂子，面容沉静，肌肉虬结，不动声色地打量着不速之客。你会感觉到若有若无的压迫感，却并不会感受到敌意。

盘山路的最高处就是岗巴拉山口。当我们的越野车踏上山口的平地，我突然屏住了呼吸。山谷中一方巨大的碧玉映入眼帘，她静静地嵌在群山之间，像梦一样虚幻，如诗一般轻灵。湖的这边是巍然伫立的岗巴拉山，对岸也是连绵起伏的群山，山体以土黄色为主，间以深褐色、赭红色，植被单薄、稀疏；湖面镶嵌其间，像是一群粗豪的汉子簇拥着一个明丽不可方物的少女。

映入我们眼帘的水面并不大。她不像纳木措、赛里木湖、青海湖那样，以浩瀚的体量来宣示自己的气场。她从东南方向姗姗走来，在岗巴拉山口下方的位置轻轻巧巧地转了一个身，然后朝着西北方向走去。山脚下，湖岸边的小块田地里，开着金黄的油菜花，像是她从路边随手摘下插在发髻上的饰品。你自强横，我自温润；你自沧桑，我自无邪，看似柔弱的湖水却带着一种不容侵犯的气质。山与水在这高峻却又狭小的空间里，达到了一种令人惊奇的和谐。我站在山口的草坡上，任由那一方碧玉填满我的双眸，任由那一缕清风抚摸我的面颊，耳中传来风马旗“呼啦啦”翻卷飘飞的声音，一时间心驰神飞，物我两忘。

在藏语里，“羊”是上面，“卓”是牧场，“雍”是碧玉，“措”是湖的意思，连起来就是“上面牧场的碧玉之湖”。从岗巴拉山口望向湖面，羊卓雍措的形状像是大鸟展开的双翼，又像鲸鱼下潜时即将没入水中的尾鳍，或是一个超大号的回旋镖。但这并不是她的全貌。如果从高空俯瞰，羊卓雍措像一枝硕大而碧绿的珊瑚。

羊卓雍措被誉为世界上最美丽的水。除了特殊地形造成的形态美，更因为水体颜色独特的美。她的湖水来自念青唐古拉山脉的融雪，天气晴好的时候，水面静得没有一丝涟漪，日光照射着深深浅浅的湖面，随着天空光线的变幻、云彩的移动，纯净的湖水会呈现出深浅不同、层次丰富的蓝色：浅蓝、深蓝、孔雀蓝，蓝得那么纯粹，蓝得那么干净，蓝得那么不真实，让人如在梦境。有那么几个瞬间，你甚至弄不清楚，是天空映蓝了湖水，还是湖水染蓝了天幕。我请教过很多朋友，羊卓雍措湖水的这种蓝色从何而来，是折射了天空的色彩，还是半咸水湖的特质，抑或其他原因，但一直没有得到满意的答案。

2015 年，我独自开车进藏，第二次来到羊卓雍措。已是黄昏时分，阴云密布，天地间的一切都显得黯淡无光，在岗巴拉山口待了一个多小时后，就匆匆作别了羊湖。

第三次见到羊卓雍措，是从珠穆朗玛峰返回拉萨的途中。从日喀则出发，沿着 307 省道往拉萨走。经过卡若拉冰川、满拉水库之后，没有一点点防备，羊卓雍措就出现在眼前。307 省道沿着湖岸蜿蜒而行，峰回路转，公路一会儿紧贴着湖边，一会儿拐个弯稍微离远一点儿。湖面时而窄小，时而宽阔。由于已是下午 5 点多钟，太阳西斜，在阳光照射不到的地方，湖水呈现深蓝色；而在洒落着阳光的湖面，仍然是纯净的碧蓝。

当地人开着面包车、骑着摩托在湖边的草地上玩耍、野餐，牦牛在公路旁悠闲地漫步，岸边藏族同胞家中渐次升起袅袅的炊烟。羊卓雍措对于旅人来说，是诗和远方，但对于世世代代住在这里的藏族同胞来说，就是烟火人生不可缺少的一部分。路面极好，汽车几乎是毫不费力地在路面上滑行，心中说不出的平和喜乐。

两天后，我的好哥哥“一路扬沙”带着我第4次来到羊卓雍措。已是初秋时节，雅鲁藏布江畔的胡杨挂满了金灿灿的叶子，倒映在平滑如镜的河水中，宛如一幅油画。下了机场高速，沿着318国道走了一段之后，我们左转进入乡道，然后翻越加若拉山，经306县道进入东拉乡地界。从这里开始，我们就离开了铺装道路，沿着羊卓雍措的湖岸前行。一开始还有坑坑洼洼的简易道路，渐渐地只剩下时有时无的车辙，然后就再也找不到现代交通工具的任何印迹。我们在泥土、砂砾、草坡、鹅卵石等各种路况中摸索前进，有好几个地方，必须挂上低速四驱才能继续我们的旅行。

落入凡间的羊卓雍措，像一个有些羞涩却又忍不住好奇的少女，时而不见了身影，时而又出现在我们的眼前。这段旅程充满了乐趣，六七只黄羊在草地上安静地进食，一只獐子看到我们后惊了一下，然后从容不迫地遁入灌木深处，鱼鹰旁若无人地起起落落，路边挂满不知名野果的枝丫调皮地把头探进我们的车窗。在湖岸开阔的地方，年轻的藏族小伙儿赶着马犁地，妇女们弯着腰在收割青稞……这里没有争抢最佳拍照位置的游人，只有碧空如洗，白云如棉，波平如镜，时光慵懒得几乎停滞。

我一定还会去羊卓雍措，只为那一抹纯净无双的蓝。她还有很多地方、很多的美等待我去探索、去发现。

或者，如果可以的话，让我做你岸边的一头牦牛吧！但是，千万不要给我披上衬布，架上马鞍，戴上色彩艳俗的头饰，拴在湖边供游人骑乐、玩耍、拍照。我只愿陪伴着你，沿着你的湖岸线自由自在、无忧无虑地游走。饿了，啃一把湖边嫩绿的牧草，渴了，喝一口湖中清冽的雪水。春天看你绿草如茵，夏天看你繁花遍地，秋天看你野果累累，冬天看你银装素裹。

就这样陪着你，直到地老天荒。

我去了趟西藏，打了一把“跑得快”

为什么要旅行？

或许是因为，平日里，我们不过是一个钟摆；而在旅途中，我们可以做一颗流星。

因为疫情形势复杂，2022 年原本没有出行计划。7 月下旬，跟好兄弟韦华哥闲聊，他说准备月底从 317 国道自驾进藏，然后去阿里，那是我尚未踏足、魂牵梦绕的地方啊！于是一拍即合，我飞到拉萨，跟他会合，一起走阿里，然后我再飞回来。预订机票，准备行李，处理工作，办理边境地区通行证……老夫聊发少年狂，真的来了一次说走就走的旅行。

8 月 7 日下午，从长沙黄花机场起飞，抵达拉萨贡嘎机场，旅客进出机场要接受的检查明显比疫情前严格许多。“一路扬沙”大哥特地开车来机场接我，老友相见，分外亲切。晚上，跟上午到达的韦华哥前往“一路扬沙”大哥家里做客。

8 日凌晨 5 点多，我迷迷糊糊地醒来。妻子已经起床，她一脸严肃地跟我说：“告诉你一个不好的消息……”我眼睛还没睁开，咕哝了一句：“什么坏消息啊？”她提高了音量说：“阿里那边出现疫情了!!”我猛然清醒过来，脑袋一片空白。疫情发生以来，西藏仅出现过 1 例无症状患者，已经累计 920 天没有新增病例，我这人品啊……打电话请韦华哥夫妻俩来房间商量，4 个人相对而坐，空气仿佛凝固了一般。沉默良久，我们终于回到了现实：既然普兰县出现病例，那么阿里肯定是不能去了；疫情肯定会蔓延开来，防控措施也一定会升级。怎么办？1 个字：跑！3 个字：赶快跑!!

作出这个决定，基于 3 点考虑：（1）我们有 48 小时以内的核酸阴性报告，行程码是绿码；（2）我们到拉萨后，全程做好防护，跟外界没有接触，几乎没有感染风险；（3）如果疫情大暴发，我们留在西藏，特别是留在拉萨，会给当地增添负担。

经过商量，我们制定了最合理的“逃离”路线：走林芝到然乌，然后反穿丙察察线，到达云南。这条线填补了我们进藏路线的空白，道路艰险，人车稀少，风险最低，而且当时云南没有疫情。收拾好行李，退房，早餐也顾不上吃，直接往朗县走。

为避免在林拉公路上堵车，我们选择走泽贡高速、G560 前往林芝。上午 11 点 40 分左右，在桑日县绒乡遇到了第一次疫情防控检查。扫场所码，查看身份证，登记名字、联系电话后放行。

下午 5 点左右，在朗县仲达检查站接受了第二次检查，并做了入藏后第一次核酸检测。下午 8 点 30 分左右，到达米林县。我们在网上订了两间房，但酒店前台坚决不肯接待从拉萨出来的客人。吃完晚饭接着去碰运气，终于有一家酒店答应接待，但要等我们在朗县的核酸检测结果出来。我们在前台用“藏易通”App 扫码，却怎么都无法登录，“藏易通”变成了“藏‘难’通”。估计是因为突然出现大量访问，系统一时无法承受。这也是未来几天里让我们最头疼的事情。经过耐心沟通，前台终于答应让我们先入住，等核酸检测结果出来后再补充报备。

8 月 9 日，访南迦巴瓦不遇；在鲁朗玩儿了两三个小时，吃过石锅鸡，深夜抵达波密。人困车乏，倒头便睡。8 月 10 日，起床后去做核酸检测。“藏易通” App 登录困难的问题困扰着所有人，我们在尝试了无数次后终于登录成功，顺利做了检测。做完核酸，我们决定去试一试能不能出城，因为朗县的检测结果还没超过 48 小时。驶出城区没多远，就遇上了堵车，前方防疫检查。慢慢挪了个把小时，终于通过了拥堵路段。

下午 3 点左右，到达然乌镇附近，车辆排成了长龙。每隔四五分钟往前挪一二十米，3 千米的路走了 3 个多小时。接近然乌镇的时候，看到防疫人员在路上检查绿码及核酸情况。先后有 3 个工作人员前来查验，没有给出明确意见又走开了。直到一个看上去是负责人的人员，查验一番后，给了我们一张小纸片，上面写着“已验”。前面有个关卡，我们通过时把小纸片交还给武警，获准进入然乌镇。考虑到天色已晚，我们决定在然乌镇住一晚。当晚看新闻，林芝八一镇已经出现病例。

8 月 11 日一大早，出发前往察隅县。察隅狭长的街道上人来人往，但大家都戴上了口罩。酒店对旅客的查验也很严格，办理入住手续就花了半个小时。8 月 12 日，起了个大早，先去察隅县人民医院做核酸检测。“藏易通”还是无法打开，我们都是用身份证做的检测，这也为后面的故事埋下了伏笔。在遍布“炮弹坑”的路上摇晃了一整天后，我们顺利到达察瓦龙乡。查看新闻得知，当天然乌镇出现病例。

8 月 13 日早上，出发前往云南的丙中洛镇。刚走出 2 千米，就遇到一个检查站。麻烦来了！！根据前几天的经验，头天上午做的核酸检测，第二天凌晨 2 点左右就会出结果。但已经是上午 8 点多了，察隅县的检测结果还没出来，而波密县的检测结果已经在凌晨 2 点过了 48 小时有效期。我们被卡在了检查站，只能把车停到一边，等候检测结果。陆续有 10 多台车来到检查站，符合要求的，直接通过；还有几台车跟我们一样，检测结果没出来，只能原地等待。七八个游客围着工作人员，抱怨的，咨询的，说好话的……工作人员疲于应付。

正是在这种氛围中，这趟“逃亡”之旅最精彩的情节来了！有游客跟工作人员说，她在波密的检测结果 10 点半才超过 48 小时，工作人员一看，说“你可以走了！”漫子见此情景，大声说：“10 点半的都可以走，我们要 2 点才过有效期，那我们也能走！”工作人员一听，有道理啊，你们赶紧走吧！就这样，一个脑袋暂时短路的旅行者，碰上一个脑袋快要爆炸的工作人员，这事儿，就这么成了！后来我们反复求证，才知道漫子并非有意欺骗，她是真的以为我们的检测结果要到下午 2 点才过期，哈哈哈！这次放行，对后续行程意义重大。过了大流沙、V 字峡、老虎嘴，眼看着云南就在眼前，上午 11 点左右，又遇到一个检查站。距采样时间已过去 28 小时，我们的核酸结果还没出来，这下彻底没辙了。检查人员让我们退回去，在路旁等待。

漫子再次立功了！之前，她在察瓦龙乡检查站的墙上看到一个防疫人员的手机并保存下来，于是打电话过去询问。对方给了一个负责人的电话，打通后，负责人说你们直接找负责检测结果上传的工作人员。打通电话，说明情况，对方很耐心，说结果都已经出来了，可能因为是用身份证做的，所以这一批还没上传。我们吓了一大跳，如果就这样在路边傻等的话，真不知道什么时候才能等到结果！我们赶紧通过短信把名字、身份证号码发过去，但一开始还是查不到。互发了10多条短信，总算全部弄好。这个工作人员叫德吉拉姆，藏语的意思是“幸福的仙女”，在这种特殊的境况中，你真的像下凡的仙女一样，给我们几个无助的旅人带来了幸福，谢谢你！

终于出了西藏，进入云南界。在丙中洛检查站，验绿码，做核酸，顺利通过。8月14日，抵达大理，在朋友的客栈入住。刷朋友圈得知，当天到达丙中洛的游客，全部就地强制隔离7天。好险啊!！还好我们提前一天通过了那里！

8月15日早起，我们在崇圣寺三塔旁的广场做了核酸检测，然后上高速返程。经过这一路的“逃亡”，我们都觉得，还是家里踏实，中途不歇了，直接干到湘潭吧！我和韦华哥换着开，长途奔袭1600多千米，16日凌晨3点多，终于回到家中。

回家后，居家观测，3天2检，确保没有感染后才上班。我们从拉萨一路向南，疫情像浪涛一样，一直在脚跟后面追着我们。幸运的是，果断的决定和合理的线路规划，让我们总是跑在疫情前面，终于成功上岸。从各种途径了解到的消息看，选择其他出藏路线或者没有及时返程的游客，遭遇了比我们艰难得多的状况。

这趟旅行，使我在肯尼迪病和新冠疫情的夹缝中，惊险地抢回一局。虽然被迫改变了行程，但也收获了别样的体验，留下了难忘的记忆。

五彩滩旁的遐思

2014 年 8 月 9 日，我开着自己的老 Jeep，离开奎屯，去往布尔津。

沿着奎阿高速行驶不到 2 个小时，就到了克拉玛依市。这是从小就耳熟能详的名字。克拉玛依，维吾尔语意为“黑油”，是新中国成立后开发的第一个大油田，克拉玛依市因石油而得名。这是一个值得游览和致敬的城市。但我今天的行程是赶往布尔津县，因此我一掠而过，继续前行。

下了奎阿高速，沿着 217 国道行驶 100 来千米，就到了“世界魔鬼城”。它位于准噶尔盆地西北边缘，克拉玛依市东北部乌尔禾区境内，雅丹地貌核心区面积约 22 平方千米，是世界著名的两大雅丹地貌之一。因该地处于风口，四季多风，每当大风到来，黄沙漫天，故称“风城”；大风在岩群间激荡回旋、凄厉呼啸，如同鬼哭狼嚎，令人毛骨悚然，故又得名“魔鬼城”。

来新疆之前，我听朋友说魔鬼城的名声大于风景；而且光天化日、天高云淡，怕是难得见到“魔鬼”真容，也就没有买票进入主景区，而是驱车在景区周边转了转。

当我赶到五彩滩景区时，时间已接近晚上 9 点，天已擦黑，西边的天幕上堆着黑沉沉的云朵，太阳被挡在云后。

在新疆旅行，可能得花好几天时间才能完全适应时区的差异。我国大部地区属于东八区，新疆是东六区，所以作息时间得往后相应推延两个小时。在我的老家湖南，即使是夏天，晚上 8 点也已经是一片漆黑；但在新疆，天空还是一片通明，要接近 10 点才完全黑下来。在湖南，早上 8 点起床已经算是睡懒觉；但在新疆，9 点多起床、吃早餐是很正常的事情，而等到吃晚餐的时候，湖南的夜宵已经开场了。

我停好车，迈步往景区里面走。浅褐色的防腐木游客步道从景区中间穿过，弯弯曲曲延伸到额尔齐斯河岸边。

我紧贴着步道边缘的扶手站立，望向五彩滩。

额尔齐斯河把景区一分为二，两岸景色迥异，相映成趣。河的南岸是一大片树林，再远处是绿洲，接着是戈壁，极目之处是逶迤的山影；北岸是景区的主角，岩层在长期的风蚀、水蚀等自然作用之下，形成了典型的悬崖式雅丹地貌（“雅丹”，维吾尔语“险峻的土丘”之意）。由于岩层抗风化的能力强弱不一，造成了沟壑纵横、千姿百态的地貌，被切割出的石头，状如古堡，如怪兽，如峰丛。岩层以红色为主，间以灰白、浅紫、明黄、深褐和草绿色，五彩斑斓。

由于天色已晚，眼前的一切景致都显得暗哑无光，了无生气。我暗暗埋怨自己，不该在途中耽误了时间，错过了五彩滩最美妙的模样。

就在我后悔不迭的时候，天色竟然渐渐亮了起来！我惊讶地往西边望去，原来，太阳终于挣脱了乌云的环抱，从云层的空当处放射出金色的光芒。温暖柔和的阳光照向大地，好似踏着《欢乐颂》的旋律，自东向西，由远而近，渐次点燃了风力发电机、点燃了五彩的岩石、点燃了河水以及河滩上的树，也点燃了游客的情绪，人们不由自主地发出快活的欢呼声。

我再次望向五彩滩。

刚才那些暗哑无光的石头，在阳光的照耀下，发散出摄人心魄的光彩。它们得天独厚，是这方圆数千米的舞台上当之无愧的主角。

但是，就在离它不远的地方，额尔齐斯河的水，不舍昼夜地流向北冰洋；河中的鱼儿，自在地游来游去；河岸边的树木，洋溢着郁郁葱葱的活力；绿洲上的小草，固守着一岁一枯荣的轨迹；哪怕是河滩上的石块，或被岁月打磨得圆润，或始终不肯放弃自己的棱角。所有的这一切，寂寂无闻，却自得其乐。

我突然想到《礼记·中庸》里面的一句话：“万物并育而不相害。道并行而不相悖。小德川流；大德敦化。此天地之所以为大也。”在天地之间，每一个生命都能找到自己的存在方式。

如果你有机会闪耀，那便只管辉煌，毕竟人生苦短，机遇难得；如果你没有机会灿烂，那便安于平凡，自有天高海阔，林深泉幽。

夜色，不可阻挡地降临了。

经过剧烈而徒劳的挣扎，太阳终于被拖到了山峰之下。就像有人拉上了厚厚的天鹅绒窗帘一样，天地之间转瞬间一片漆黑。受这黑暗和渐渐变凉的空气驱使，游人三三两两地散去。热闹了一阵的五彩滩又安静下来，石头、河流、树木、小草……都隐没在无边的黑暗中。

辉煌也好，平凡也罢，一切终将归于寂静。

我伫立在原地，心静如水。

寂静自有其美。生活艰辛，事业繁重，物欲横流，觥筹交错，放肆娱乐……我们的心越来越难以获得宁静。为了那一份久违的寂静，我们常常把自己从这个喧闹的世界中抽离出来，或回归乡野，或远赴大漠，或隐迹山林，甚至遁入空门。只有这样，我们才能跟自己对话，才能听见心跳，听见鸟鸣，听见花开。

再深入想想，当我们孕育于母腹之中，要经历10个月的寂静时光；当我们离开这个世界后，将陷入永远的沉寂；我们赖以生存的地球，自从有人类以来，经历了无数的朝代更迭，发生了无数的战争，人们革命、演讲、谈判、争吵……但如果从太空中回望，这个喧闹不堪的地球，不过是一颗小小的蓝色弹丸，一粒飘浮的尘埃，孤单寂寥，静默无声。

喧闹，只是浮云。

寂静，才是永恒。

在错误的时间，赴了一场美丽的约会

畅游新疆，喀纳斯是必去的地方。

喀纳斯是蒙古语，意为“美丽而神秘的地方”。地跨阿勒泰地区布尔津、哈巴河两个县，占地面积2210平方千米的喀纳斯国家级自然保护区是其核心景区。因为自然生态景观和人文景观保持了较好的原始风貌，而被誉为“人间净土”。

游览喀纳斯景区，通常有两条路线。一是从布尔津县前往贾登峪，再从这里去禾木、喀纳斯湖和白哈巴村；二是从布尔津县往哈巴河县走，先到白哈巴村，然后再前往其他景点。在旅游旺季，自驾车均不能进入核心景区，只能停在贾登峪或者白哈巴景区入口，然后乘坐区间车、骑马或者徒步。

我选择的是第二条线路。2014年8月10日，我与在新疆邂逅的“云游”大哥一家、常姐母子俩一道，驱车前往白哈巴村。这个村子位于中哈边境线附近，号称“西北第一村”，前往该村需办理边防证。我们在哈巴河县办好手续，驱车到达位于铁热克提乡的景区售票处，把车停好，然后乘坐区间车继续前往白哈巴村。

下午7点多，我们进入村子，天色仍然十分明亮。阿勒泰满山生长的松树，一直延伸到村里，图瓦人用它建起小木屋，栅起牛马等牲畜栏，散落在树林之中。夕阳斜照过来，孩子们在追逐嬉戏，各种家禽悠闲地散步，偶尔传来晚归的黄牛“哞——”的叫唤声。炊烟袅袅升起，村子里一片祥和，如同世外桃源。

我们提前预约了在当地做导游生意的“雷子”，第二天带我们游览喀纳斯湖。“雷子”的座驾是一台丰田 LC80，带着我们抄近道过去。他的车技高超，加上地形很熟，开着老车在山野间快意驰骋。没想到，在喀纳斯还过了一把越野的瘾，真是赚到了！

大概过了半个小时，我们就抵达了喀纳斯景区游客中心，然后步行前往喀纳斯湖。途中经过蒙古族图瓦人的村落。据说可以前去家访，了解图瓦人的生活习俗。因为时间太早，就没有打扰他们了。

我们沿着景区的步道，走到喀纳斯湖的游船码头。喀纳斯湖是一个由第四纪冰川作用形成的高山湖泊。当地牧民一直传说湖中有巨型“水怪”，常常将在湖边饮水的马匹拖入水中，给喀纳斯湖平添了几分神秘色彩。1980 年，水怪的目击消息甚至刊登在《光明日报》上，引起各界人士的关注，此后不时也有游客声称见到水怪，被称为“喀纳斯水怪”。也有人认为是当地特产的一种大红鱼（哲罗鲑）在作怪。

从码头可以看到对面山顶的观鱼台。它建在喀纳斯湖西岸海拔 2030 米的哈拉开特（蒙古语，意为“骆驼峰”）山顶上，与湖面的垂直落差达 600 多米，因处于观察“湖怪”的上佳位置，故得名“观鱼台”。它的造型奇特，顶部为半圆球状，有 4 个对称的类似于翅膀的造型，寓意湖怪尾巴和雄鹰翅膀。登上观鱼台必须沿着栈道攀登 1068 级台阶。据说台阶比较平缓，但显然已经是我无法完成的任务，只能羡慕那些身轻体健的人们。这里是能够饱览喀纳斯湖全景的好去处，在这里，可鸟瞰喀纳斯湖，3/4 的湖面尽收眼底；同时，可观览湖边层峦叠嶂、翠峰倒影的秀丽山色；若天公作美，举目北望，还可以看到阿尔泰山的最高峰——友谊峰。

离开码头，沿着喀纳斯河边的游客步道往西南方向走。碧绿的河水像流动的翡翠，一刻不停地奔流，发出悦耳的“哗哗”声。步道两边，高大的西伯利亚落叶松和云杉为游人撑起一片阴凉，释放出充足的负氧离子，让人神清气爽。在水流缓慢的河段，透过清澈的河水，可以看到紧贴河床生长着绿油油的水草，随波摇曳。在喀纳斯湖畔夏日的阳光里，我却想到了徐志摩著名的《再别康桥》里那几句诗：“软泥上的青荇/油油的在水底招摇/在康河的柔波里/我甘心做一条水草。”

从喀纳斯湖延伸开去的 2000 多平方千米的原始河谷山林地带，是我国唯一的古北界高寒带动植物分布区，也是喀纳斯景区的精华所在。喀纳斯河由东北向西南方向奔流，将河岸冲刷出 6 道湾，其中以神仙湾、月亮湾、卧龙湾最为有名。

经过鸭泽湖后不久，喀纳斯河因下游堵塞而变宽，河岸形成大片沼泽和草甸，河中有数个小岛。这里常常云雾缭绕、如梦似幻，让人如临仙境，所以被称为“神仙湾”。

继续往下游方向走，喀纳斯河划了一道优美的弧线，形成几个由反“S”形状组成的月牙形河湾，犹如弯弯的月亮落入林木葱茏的峡谷，令人陶醉。这就是“月亮湾”。

离月亮湾 1 千米的地方，就是卧龙湾。喀纳斯河到这里流速减缓，水面平静，河中心有一块植物茂盛的沙洲，酷似一条静卧的霸王龙，因此而得名。

8 月显然不是游览喀纳斯的最佳季节。不管是喀纳斯湖景区，还是白哈巴村，放眼望去，满目苍翠，缺少变化和层次感，视觉效果远远比不上在网上搜索到的图片。这些图片固然有滤镜的加持，但更多的则是季节的魔力。喀纳斯的美，秋天最知道。

我想起电影《让子弹飞》的开头部分，马县长、夫人和汤师爷边吃火锅边谈笑的片段，县长让师爷作一首诗助兴，“要有风儿，要有肉；要有火锅，要有雾；要有美女，要有驴”。

最美的喀纳斯应该是什么样子？我想应该是，要有木屋，要有树；要有炊烟，要有雾；要有黄叶，要有牛；要有远山，要有雪。只有这样，才能满足我们对于仙境、对于乡愁、对于浪漫、对于诗和远方的想象。

所以，如果你想去喀纳斯，时间又允许的话，我强烈建议在 9 月下旬前往。疣枝桦和西伯利亚落叶松的叶子变得金黄，红杉和欧洲山杨的叶子变得火红，而云杉和冷杉却依然苍翠欲滴，在这些高大乔木的中间还点缀着彩果灌木，山坡上犹如打翻了调色盘，远处的山顶也戴上了洁白的、雪的帽子。秋天的喀纳斯，是隐藏在人间的童话世界。

当然，哪怕你不是在最好的季节来到这里，喀纳斯也不会辜负你。这仍然是一次足够美丽的约会。

可可托海，没有遇见心碎的牧羊人

“那夜的雨，也没能留住你；山谷的风，它陪着我哭泣……”

2020 年下半年，一首《可可托海的牧羊人》火遍大江南北。如泣如诉的歌声，道不尽年轻的牧羊人对美丽的养蜂女的爱慕和思念。这首歌由王琪作词、作曲并演唱，当年 5 月发布后一直不温不火。歌手亚男翻唱了一个版本，更加深情和空灵，也没能火起来。结果，街头歌手“洋仔”却让这首歌一夜爆红，他穿梭于路边夜宵摊演唱，动作夸张，神情投入，抖音“粉丝”在短时间内猛涨几百万个。

这首歌，唤起了我对可可托海的记忆。

2014 年，我独自驾车环游北疆。8 月 12 日，离开布尔津县，途径北屯，前往位于富蕴县的可可托海国家地质公园。“富蕴”，这个名字看起来就有一种富得流油的感觉，它也确实拥有丰富的各类资源，除了动植物资源和水资源外，矿产资源尤其丰富。阿尔泰山和额尔齐斯河素有“金山银水”之称——之所以称作“金山”，就是因为矿产丰富，据说从汉代就开始采金矿，到清代更是“矿工数万，产金逾万”。而富蕴县域内共发现矿产 92 个品种，其中有 10 种矿产的储量居全国前 10 位。

下午5点左右，我来到著名的3号矿脉。对于成长于南方丘陵地区的我来说，感受到强烈的视觉冲击和心灵震撼！这是世界上最大的矿坑，深200余米，长250余米，宽240余米，沿着坑壁修筑的车道盘旋而下，像是如椽大刀雕琢出的深邃年轮；行驶在车道上的大型工程车看起来像是火柴盒，想来我更是如同锅沿的一只蚂蚁。更让我震撼的是它的故事。世界上已知的矿种有140个，3号矿脉就有86种；矿脉里还发现了门捷列夫元素周期表中所没有的7种稀有元素。二十世纪六十年代，就是眼前的这个巨大矿坑产出的各类稀有金属，为国家偿还了苏联40%的债务！后来，它又为我国“两弹一星”研制、“神舟”系列航天工程提供稀有金属，因此被称为“功勋矿”“英雄矿”。在这最低温达零下52度的极寒之地，3号矿脉将上亿年的漫长岁月和几代采矿人的赤诚青春，结晶成了“山河无恙”的传奇。

参观完3号矿脉，天色已晚。夜宿可可托海镇，小镇老旧但并不破败，街巷观感、建筑样式让人仿佛穿越回二十世纪七八十年代，整洁静谧，让人感觉非常舒服。第二天睡到自然醒，然后驱车前往额尔齐斯大峡谷。在景区外停好车后，需要步行到游客中心，再换乘景区观光车。好在景区的无障碍设施很完善，加上当时腿部力量还不错，一切顺利。坐上观光车向峡谷深处进发，接近阿米尔萨拉桥的位置，就是观光车的运行终点，也是核心景区的起点。

弃车步行过桥。桥下的河水并不丰盛，河床上大大小小的石头裸露在外。不少游客走下河岸，在乱石中间戏水。在河的左岸，混凝土铺就的游客步道像微微起伏的波浪，向峡谷深处延伸。我走一段路就歇一会儿，停下来看看景、拍拍照。年轻的情侣步履轻快地超过了我，活泼的孩子蹦蹦跳跳地超过了我，满头银发的老人晃晃悠悠也超过了我，但我内心毫无波澜。一个人旅行的好处，就是可以完全按照自己的节奏走，不需要迎合别人，也不需要别人迁就自己。这是我选择独自旅行的主要原因。

在步道的左边，不时可以看到精心修筑的小径沿着山坡蜿蜒而上，但我只能望路兴叹。如果腿脚利索的话，既可以攀上高处俯瞰峡谷全貌，也可以走下河岸亲近碧水。肯尼迪病严重制约了我欣赏世界的角度、探索世界的深度。但比起很多寸步难行的罕见病患者，我还能走出来看世界，已是非常幸运。

顺着步道往峡谷深处行进，两岸怪石嶙峋，危岩耸立。花岗岩群峰沿额尔齐斯河两岸对峙排列，象鼻峰、骆驼峰、牛头马面、神鹰峰渐次映入眼帘，一步一景，惟妙惟肖。有道石壁，高 100 米，宽 300 米，由于冰雪冻融等风化作用，硬度较低的物质被剥蚀冲刷，形成无数缝隙和凹坑，抬头仰望，如同瀑布倾泻而下，因此得名“瀑布化石”。相对高差达 351 米的阿米尔萨拉峰——神钟山，更是让人叹为观止。除了山脚处有稀疏的乔木，整个山峰通体赤裸，犹如一座雄浑庄严的大钟巍然屹立。而阿米尔和萨拉凄美的爱情故事，更为它平添了一丝神秘和浪漫的色彩。

额尔齐斯河在峡谷中欢快地流淌，时而湍急，时而娴静，水深处呈现碧绿色，如同一大块品相极高的玛瑙；流速快的地方，河水又变为青白色，被高低不平的河床切割成琳琅满目的碎玉。河床上密密麻麻地堆积着石头，小的如鹅卵，大的如磨坊。亿万年前，准噶尔－哈萨克斯坦板块向西伯利亚板块俯冲，阿尔泰山隆起；1931 年，可可托海地区发生了 8 级大地震。峡谷中花岗岩群峰上的每一处褶皱，河床上的每一方巨石，仿佛都在述说着沧海桑田的惊心动魄。

河流两岸分列着的厚重、古拙、阳刚的花岗岩石峰，与轻灵、鲜活、温婉的河水相映成趣，勾勒出苍凉、雄奇、清幽的山水画卷。而到了深秋时节，桦树的叶子变为金黄，杨树的叶子变得火红，夹杂在常绿的杉树、松树之间，错落有致，层林尽染，更为这幅画卷涂抹上浓郁的色彩。

当看到一个指路牌，显示前面有一条叫做“卡拉卓勒”的瀑布，我不由得眼睛一亮——就把瀑布作为今天这桌山水盛宴的甜点吧！往前又走了很远，瀑布却一直没有出现。在我几乎要放弃的时候，一座铁桥出现在眼前，七八个游客聚集在桥头拍照留念。一道水帘从 10 来米的高处跌落，可能因为是枯水期，目测瀑布只有三四米宽。我略微有些失望。

拍照留念之后，问题来了：因为有瀑布这根胡萝卜在前面作诱饵，之前只管硬撑着往前走，没有考虑自己双腿的“续航”能力；要往回走了，才发现腿脚已经酸痛不堪。正在我暗暗叫苦的时候，一辆景区观光车从后面开过来，车上只坐着一位老人，还有一个带小孩儿的女人。

我赶紧拦停了车，跟开车的大哥说我的腿有肌肉萎缩的毛病，麻烦他把我带到观光车终点站的位置。司机用怀疑的眼光打量了我好一阵，估计最终断定我不过是个想偷懒的健康人，好说歹说都不肯载我。车缓缓起步。说时迟那时快，我拼尽最后的力气，一把抓住了观光车尾部的金属杆。

这是个很危险的动作。假如司机执意加速或者没有注意到，我肯定会被拖倒在地。但前面还有将近 7 千米的路程，这很可能是唯一的机会，我顾不了那么多，必须赌一把。司机见我这样坚决，也只好妥协，让我上车。一路上吹着小风，从来没有感觉坐车这么爽!!

可可托海国家地质公园，由额尔齐斯大峡谷、可可苏里、伊雷木湖、卡拉先格尔地震断裂带4部分组成。由于时间和体力的关系，我没有参观其他3处景点，只能留待以后再来领略它们的风采。

直到离开可可托海，我都没有遇见心碎的牧羊人。不知道，他是在可可托海苦苦地等候，还是追去了那拉提？如果遇到了他，我想跟他说：“年轻人你别着急，把伤痛留给时间去处理；还会有美丽的姑娘把你来爱，你也会为别的姑娘着迷；有的人她再好，也只能藏在心底……”

独库公路，突然亮起的燃油警示灯

每年一到五六月份，就有很多人在等待独库公路的开放。

独库公路，北起克拉玛依市的独山子区，穿越天山后，南至阿克苏地区的库车市。原来是战备国防公路，由中央军委直接管辖，后来成为217国道的一部分。

这条特殊的公路，由于降雪、冰冻的影响，一年只有5个月的时间可以通行。它连接了天山南北，在短短562千米的距离内，浓缩了草原、雪山、冰川、峡谷、沙漠、湖泊等多种地貌形态，一路美景让人应接不暇，一天经历四季，足以媲美“中国最美景观大道”——318国道。

无法考证独库公路何时成了“网红”公路，想来应该是得益于近几年短视频的火爆，让这条养在深闺的小众公路变得尽人皆知。但在八九年之前，它还没这么出名。

2014年8月14日，我开着自己的老Jeep，从和什托洛盖镇出发，前往那拉提。由于前一天游览了可可托海景区，比较疲劳，所以睡了个懒觉，10点半才出发，下午3点多到达奎屯市。“云游”大哥带着我到修理厂解决打火不爽利的问题。换上从北京发过来的四孔喷油嘴，启动马达响两声就着车，那叫一个干脆！生活中很多事情都是这样，钱花到哪里，哪里就舒服。

弄完车已经是下午 5 点左右。如果稳妥一点，应该在奎屯住上一晚，第二天再翻越天山去往那拉提。但新疆天黑得晚，傍晚的天色跟湖南下午一两点差不多，太阳晒得人睁不开眼睛。我盘算了一下，后面的行程有点紧，所以决定立刻出发。

离开奎屯不久，到了独山子区，就是独库公路的起点所在地。独山子区是个很有意思的地方，虽然它地处天山北麓，北面隔着 312 国道就是奎屯市，距离克拉玛依中心市区足足有 150 余千米，但它却是克拉玛依市下辖的一个区，属于后者的飞地。在维吾尔语和哈萨克语中，称独山子为“玛依塔克”和“玛依套”，意思是“油山”。

沿着 217 国道继续行驶，很快到了天山脚下。这时，我看到道路的另一侧有个加油站，心念一动：把油箱加满再上山吧？我点了脚刹车但没有停下来，瞥了一眼油表，指针在中间偏右两格的位置，而独山子到那拉提镇的路程大概是 220 千米左右，我心想：应该问题不大吧。更要命的是，在加油站的出口处立着一块指示牌，上面写着“距下一加油站 52 千米”，大不了在下一个加油站补充油料吧，我想。电光石火间的这个错误决定，让我开启了惊心动魄的首次独库公路之旅。

老 Jeep 沿着盘山公路往上爬。山路崎岖，山色苍茫，而山势沉雄。在山间盘旋而行，我像一个婴儿躺在父亲温暖而有力的臂弯里，心里有一种莫名的踏实和安心。面相斯文的我，为何钟爱这种雄浑苍凉的景色？

忘了开了多久，突然，仪表盘上亮起一个黄色小灯。到了直道上，我定睛一看——燃油警示灯亮了！灯亮了！亮了……什么情况?！不是还有一半多的油吗，怎么就亮灯了?！后来我才弄明白，1999 款大切诺基的油表就是这样，加满油之后，很长时间油表指针都不动弹，好像这车不烧油似的；但只要指针过了油表中间的位置，就不是线性地往下掉，而是以可怕的加速度向左下坠。何况刚才一直在爬山呢，油耗比平路大得多。

按照常识，燃油灯亮后还能跑 50 千米左右。我突然想起了上山前看到的那块指示牌“距下一加油站 52 千米”。已经跑了这么远，坚持到下一个加油站总不成问题吧？之后的路程，我再也没有心思欣赏风景，心里一直在祈祷：老伙计，你一定要争气，可不能在这里抛锚啊!!

终于爬到了垭口，开始下山。不久就看到了无比熟悉、红白配色的加油站，我心里的大石头落了地。把车开到近前一看，加油站入口处放着几个“雪糕筒”，后面立着一块牌子：“正在施工，尚未营业。”老天爷，开什么玩笑?！

就在我手足无措的时候，却发现前面有一块平地，好像有一个小集市。在人迹罕至的天山腹地突然看到这么多人，给人一种不真实的感觉。我把车开过去，平地上有一排房子，全是门面。店里卖的东西各不相同，但几乎每家门前都摆着几壶澄黄透亮的油。

我像是看到了救星，马上走过去询价。问了几家店，一口价，30 块一升。没办法，打断牙往肚里吞吧！为保险起见，我买了 30 升。看着黄澄澄的汽油咕嘟咕嘟地流进油箱，那感觉，就像是在沙漠里忍着口渴跋涉了几天之后，终于找到了补给点，大口大口地往肚子里灌水，爽！从那以后，我养成了一个习惯，看到加油站就进，先把油箱加满。

加好了油，天色越发暗沉了。我抓紧时间往那拉提的方向赶。越往前开，山色越秀丽，沿着山脊长满了挺拔的云杉。公路沿着山坡蜿蜒而下，数不尽的回头弯，让人大呼过瘾，也让人疲惫不堪。不知道拐过多少个弯之后，终于到达山脚，道路左边有一条清澈可人的小溪。再前行一段，就抵达了今天的目的地——那拉提镇，时间已接近晚上 11 点。正是旅游旺季，问了好几个旅馆，终于找到一个房间，倒下便睡。

第二天一早醒来，精力充沛。把车开到那拉提景区门口停好，然后进入景区。传说成吉思汗西征之时，有一支蒙古军队由天山深处向伊犁进发。时值春日，饥寒交迫的军队翻过山岭，看到了草原。此时云开日出，人们不由地大叫："那拉提！那拉提！"（准噶尔蒙古语，意为有太阳的地方，后引喻为"最先见到太阳的地方"）。那拉提由此而得名。

沿着步道前行，路过一块"塔吾萨尼"的文化石，哈萨克语意为"美丽的山沟"，对面是典型的高山河谷草原垂直景观带，被称为"一山四景"：远处白雪皑皑的山峰（因正值盛夏，积雪欠奉），茂密的森林，碧绿的山丘和平坦的草甸共同构成一幅立体画卷。坐上景区车来到草原深处，绿色草地上点缀着哈萨克牧民的毡房，雪岭云杉长满了山坡，炊烟袅袅升起，好一幅草原牧歌的画卷。

哈萨克人不愧是马背上的民族，上至六七十岁的老人，下至六七岁的孩童，都是骑马高手。一个牧民的孩子走过来，问我要不要骑马到山顶看看，一小时 100 块，他负责牵马。我欣然答应。上了马，先摆两个造型，拍照纪念。但为了爬上马背，却费了老大的劲。马镫至少有半米高，我根本上不去。孩子不明就里，却又不愿失去这单生意，于是叫来了爸爸帮忙，跟旁边烤羊肉串的大哥一起，一个托着我的大腿，一个推着我的臀部，好不容易才把我弄上去。

骑着马往山上走，渐行渐高。牧草如同绿色的地毯铺满山坡，云杉成簇地生长，点缀在草坡上。白云如棉，远山如黛，可惜的是正值盛夏，山顶没有积雪。牵马的孩子很羞涩，不太爱说话。聊了几句才知道，他叫阿勒腾，哈萨克语是“金子”的意思，在那拉提镇小学读四年级。在山顶玩了一会儿，我们开始下山。阿勒腾穿着一件短袖足球衣，背上写着大大的数字“7”，数字上面是英文名字 RONALDO，看来他喜欢 C 罗（葡萄牙足球运动员克里斯蒂亚诺·罗纳尔多）。阳光从云杉的树叶间照下来，我们不说话的时候，只有“哒哒”的马蹄声在树林间回响，倒显得林子格外幽静。

由于时间关系，来不及去南疆。第二天，我没有沿着独库公路继续前行，折而向西，顺着 218 国道去了伊犁。就这样，我稀里糊涂地走了一半的独库公路，收获了故事，领略了风景，也留下了遗憾。

我一定会再去新疆，完整地走一次独库公路。去欣赏独山子大峡谷的沧桑，祭奠为修筑独库公路牺牲的战士，体验唐布拉百里画廊的多情，领略那拉提空中草原的绚烂，感受巴音布鲁克的辽阔，触摸天山大峡谷的神秘，体会在雪墙中穿行的惊喜，去游历我心心念念了许多年的南疆。

最重要的是，我要一直在路上。

重游天池，只记住了一个女人

这是我第二次来到天山天池。

第一次来的时候好像是 2003 年，由于时隔太久，记忆早已模糊不清。记得当时是应邀赴乌鲁木齐开会，主办方安排了观光。仅存的一些印象是，旅行社的车可以开到离天池很近的位置，但下车后要顺着“之”字形的铁质栏杆排很长的队，然后坐缆车来到天池边。当年的天池还处在比较自然的状态，没有修筑太多的旅游设施，但有供游客乘坐的游船和快艇。那时的我正值青春年华，自然不屑于乘坐慢慢悠悠的游船，而是登上快艇，过了一把乘风破浪的瘾。

天池岸边的草坡上，一群哈萨克族孩子穿着盛装，牵着一头戴着红色绢花的小绵羊，向游客兜售她们的歌舞。我花了 5 块钱加入她们，孩子们塞给我一把冬不拉，指导我摆好姿势，然后她们便面对照相机卖力地舞动起来，一边唱起欢快的歌谣。

再次来到天池已是 2014 年。8 月 19 日，我开着自己的老 Jeep 来到天山脚下。11 年过去了，这里发生了很大的变化。山脚修建了一个宏伟的游客中心，外面是一个更宽阔的停车场，至少有两三个足球场那么大。自驾的游客在这里就得泊好车，去游客中心购票，然后换乘景区大巴前往天池。

游客大巴沿着山路攀爬而上，行驶了 20 多千米才到达天池旁的停车场。天气不太好，阴沉沉的云仿佛就在头顶，近处的山被罩住了一小半，远方的雪山更是不见踪影，让人觉得有些压抑；天池则像一个毫无生机的大水塘。有趣的是，印象中天池水面开阔，一眼望不到尽头。但故地重游，却觉得天池好小。或许，就像记忆中儿时玩耍的晒谷坪大得像一个操场，时隔多年后回到家乡，才发现那不过是一块七八米长、四五米宽的空地。天池和晒谷坪都没有变，改变的是我们的阅历。

我在书有“天池”的石头旁照相留念，然后沿着防腐木铺就的步道溜达了一会儿。岸边仍然有游船和快艇供游人玩乐，但我丝毫提不起兴趣。意兴阑珊之下，我离开天池，走向停车场，准备乘车下山。

走了一小段，看到路旁有一个出售纪念品的小屋。好不容易来一趟，要不带点纪念品回去吧，我这么想着，走了进去。店主是一个上了年纪的女人，小屋不大，除了进门这一面墙，其他 3 面墙上都挂满了放大冲印的照片，所有的画面都是天池。我脱口而出：“原来天池蛮漂亮的啊！”阿姨答道：“这些照片都是我拍的，还有好多呢，没挂出来。”语气淡淡的，却带着一丝掩藏不住的骄傲。

我跟她聊了起来。阿姨 10 年前退休后，爱好摄影的她经常过来拍天池，春草夏花，秋叶冬雪，走遍了天池的各个角落，拍摄了天池的千姿百态。后来为了方便，就在天池边上开了这个小店，天气好的时候去拍摄，天气不好或者感觉累了就开门做生意。靠着退休金和出售作品、明信片、小纪念品也能维持生活。特别得意的作品，她也向杂志和摄影比赛投稿，还获了一些奖。我购买了一些明信片和小物件儿，然后鼓起勇气提出跟她合个影。阿姨犹豫了一下，还是答应了。

重游天山天池，我没有记住什么景色，只记住了这个阿姨。我发自内心地钦佩她，能够十年如一日地做自己热爱的事情。她站在小屋的中央，庄重甚至显得过于严肃的脸庞与墙上色彩斑斓的照片形成鲜明对比，深深地刻在我的脑海里。但是很抱歉，我甚至忘记了她姓什么，或者当时没好意思打听。

回想起这段经历，我突然想到当下流行的一个字眼：深耕。阿姨可能并不知道这个词语，但她用行动诠释了“深耕”。对于她来说，天池不是一个旅游景点，更像是她的情人、她的孩子。她只想用自己的眼睛、自己的镜头留住天池的美，享受其中的愉悦和感动，只问耕耘，不问收获。

通过拍天池的阿姨，我不由得想起了另外一些人的故事。

一位是“90后”长城摄影师杨东。他2013年上大学时才开始接触摄影。2015年到北京电影学院专门学习摄影，导师在黑板上写了两个字“专攻”，给他留下了深刻的印象。2015年9月，他第一次拍摄长城，从此一发不可收拾。在5年的时间里，他从明长城最东端丹东虎山长城，到汉长城最西端新疆阿克苏克孜尔尕哈峰燧，跨度数万千米，拍摄照片30余万幅。荆棘挡道，山路艰险，蚊虫肆虐，天气恶劣，狭路相逢的野生动物，深入骨髓的孤独……他克服了无数困难去拍摄长城。他的摄影作品被《中国国家地理》《中国摄影报》《环球人文地理》《中国旅游》等媒体采用，多次被CCTV、中国蓝TV、北京电视台等载播，在国内及美国、新加坡、西班牙等国际影赛中获奖百余次，并且从一个长城摄影者成长为研究者、保护者。他憧憬着，拍摄长城10年、20年甚至50年。

另一位是匈牙利裔美国科学家 Katalin Karikó。2020年，新冠疫情横扫全球。一种基于信使 RNA 技术的疫苗，经过美国 FDA 的审批上市。相比传统疫苗，它更安全、快速、副作用小。这项技术的奠基人正是 Katalin Karikó。我们常说“板凳要坐十年冷”，而她在冷板凳上坐了近40年。她30岁失去工作，漂洋过海赴美，被辞退，被降级，无数次申请经费被拒，终于等到历史的机遇。由于在核苷碱基修饰方面的发现，使得针对 COVID－19 的有效 mRNA 疫苗得以开发，她与 Drew Weissman 博士共同获得了2023年诺贝尔生理学或医学奖。

二十世纪五六十年代，为了抵御帝国主义的武力威胁，打破大国的核垄断和核讹诈，党中央和毛主席毅然作出研制“两弹一星”的战略决策。在工业和科研基础薄弱，资金、设备极端困难的条件下，无数科研工作者克服重重艰难险阻，把汗水和热血洒在茫茫戈壁，仅用10年左右的时间就创造了原子弹爆炸、导弹飞行和人造卫星上天的奇迹，也将伟大的“两弹一星”精神永久镌刻在中国大地上。出于保密的需要，他们断绝了与外界有碍工作的一切往来，真正是“干惊天动地事，做隐姓埋名人”。直到1999年9月，新中国成立50周年前夕，党中央、国务院、中央军委决定，对当年为研制“两弹一星”作出突出贡献的23位科技专家予以表彰，他们中的很多人，才为大众所知。这是我所知道的最令人震撼的“深耕”。

这是一个浮躁的年代。我们总想着做下一个谁，想着复制他人的模式，快速成功，一夜暴富。所以，我们总是仓促地入场，轻易地摇摆，慌乱地决策，最后狼狈地退出。“成功”，像高悬在头顶的达摩克利斯之剑，时刻警醒着人们。握着这柄剑的，可能是投资方、顶头上司，也可能是自己的家人。除了要有甘于寂寞和清贫、追逐自己梦想的人，我们的社会也应该给乐于深耕的人提供一种更包容的氛围和机制，特别是在基础研究领域。

你有没有勇气做第一个你，或者唯一的你？你有没有思想准备，忍受成功前漫长的寂寞，甚至永远都等不到成功？你是否愿意，找准一个方向，然后深耕？

走过许多地方的路，喝过许多种类的酒

一

10 年来，走过许多地方的路。

那些路，老是在我的脑海里盘旋、蜿蜒、起伏、颠簸……诱惑着我，呼唤着我，催促着我再次出发。

我领略过草原的旖旎。独自开着我的小切诺基在乌珠穆沁草原腹地的公路上行进，天高云淡，风吹草低，惬意得像一声悠长的叹息。

我也感受过大漠的雄浑。参加切诺基车友年会的兄弟们，开着车排成长队从柴达木盆地驶往敦煌，大漠黄沙，衔枚疾进，没有任何地方比这里更适合快意驰骋。

我经历过畅通无阻。内蒙古省际大通道横贯东西，路况极好，但车流量并不大。行驶在宽阔笔直的公路上，犹如跃马扬鞭，心中快乐无限。

我也遭遇过道阻且长。317 国道的建设远不如 318 国道成熟，很多地方连路基都不完整，堆积着厚厚的泥浆，还不时发生塌方，经常看到养护工人在抢修道路，只能走走停停，一路修一路走。

我走过业拉山72道拐。至今仍记得第一次自驾去西藏，“阿甘梦之队”的兄弟们下山时的小心翼翼，以及飘进驾驶室的刹车片的焦煳味儿。

我爬过斜拉山99道拐。从山脚到山顶要经过无数个“胳膊肘”弯道。刚刚做好硬化的路基上满是砂子和碎石，油门稍微踩深一点车子就会甩尾。

我见识过珠峰108道拐。海拔5198米的加乌拉山口，是世界上唯一可以眺望5座8000米以上雪山的观景台。从垭口下行，就是珠峰108道拐，每走百来米就有一个回头弯，单曲循环，无休无止，开得你怀疑人生。

我也走过恩施挂壁天路。从远处看，它像一条白色飘带缠绕在苍翠的山腰上，让人不免心里打鼓双腿打战，但开车进入公路后，发现其实很安全。

我曾身披阳光。从当雄去往拉萨的途中，天清气朗，路况极好，绵延不绝的雪山横亘在天际线。我开着车，唱着歌，没有什么事情比这更快乐。

我也曾穿行暗夜。从日喀则赶往定日的路上，夜幕降临，笼盖四野，仿佛天地之间只有我一个人。大切诺基的直列六缸发动机发出蜜蜂轻舞般悦耳的声音，我的心里说不出的安宁、欢喜。

我体验过纤尘不染的轻松。开着车行驶在纳木措旁的公路上，空气纯净得让人感觉不到呼吸的存在。在路边小憩，我的老Jeep在阳光下散发出瓦蓝的光泽，分外迷人。

我也享受过满身泥污的豪情。2012年第一次进藏，在雅江到理塘一路上的淤泥中前仰后合左摇右摆了几个小时，小切诺基早已看不出本来的颜色。

我窥探过都市的繁华。自驾途中，曾经在成都短暂停留，逛过宽窄巷子和著名的春熙路。但是春熙路上的美女“含量”远远低于我的预期。

我也见证过历史的沧桑。滇缅公路是30万滇西人民用血汗筑就的抗战“生命线”。行走在所剩无几的老路上，不由让人怀想烽火连绵、杀声震天的峥嵘岁月。

我品尝过坦途的舒适。环游北疆之后，选择从甘南方向回到湖南。若尔盖草原上的柏油路，宽阔平坦，行车其间，犹如在绿色的绸缎上滑行。

我也饱受了烂路的煎熬。内蒙古的303省道，“美名”远播，“臭名”昭著，有人戏称它是“一米一个坑，一个坑一米”。历史久远的柏油路面破损不堪，大坑连着小坑，“搓衣板”接着“瓦楞板”，几个小时下来，保准你牙齿发酸，脑袋发木。

二

没有什么，比几杯啤酒更能抚慰旅人的疲惫。

每次到达目的地，安顿好，点上一两个下饭菜，要上一两瓶当地啤酒。端起杯，一仰脖，饮尽那份孤独和痛快。伴随着一个响亮的酒嗝，所有的疲惫都烟消云散……

黄河啤酒，酒如其名，口感格外醇厚，带着大西北的质朴和阳刚，但后味略微发酸。在敦煌沙洲夜市跟几位切友的畅饮，酣畅淋漓，记忆犹新。

雪鹿啤酒，酒体清亮透明，口感清爽纯正，麦芽味和丰富的酒花香相得益彰，但入口微苦。在它的原产地呼和浩特市喝雪鹿啤酒，别有一番乐趣。

燕京啤酒是国产啤酒明星，在哪儿都能买到。酒体浊而浑厚，色泽淡而清新，泡沫细如奶油。酯香突出，入口净爽。在满洲里点了一盘熘肥肠，两瓶燕京，喝得那叫一个美！

在海拉尔喝海拉尔啤酒，口感不错，清爽怡人，还有一点小麦的清香，喝起来很舒服。

风花雪月啤酒，名字取自于云南大理的四个景点：下关风、上关花、苍山雪、洱海月。它的口感柔和清冽，在寂静的夏夜里，跟铜瓢牛肉是绝配。

入乡随俗，在大理点了大理啤酒，口感特别淡，后段有麦汁味。2.5%的酒精度可能是国产啤酒中酒精度最低的。

林芝啤酒，香气浓郁，麦芽汁浓度比一般啤酒要高，口感厚重饱满。在八一镇吃着石锅鸡，喝着小啤酒，美！

乌苏啤酒，啤酒中的战斗啤，江湖人称“夺命大乌苏”。酒体醇厚，口感顺滑，麦香浓郁，但后劲很足，所以没敢多喝。

拉萨啤酒，选用雪域纯净矿泉水酿制，酒体清澈、口感爽滑，在西藏喝过几次就戒不掉了，现在是我冰箱里的“口粮”酒。

雪花啤酒，泡沫特别细腻丰富，入杯时泡沫如雪花涌起，它是否因此而得名？味道纯正，清爽利口。特别是“勇闯天涯”这名字，多带劲儿，多应景儿！

三

我走过许多地方的路，喝过许多种类的酒。

但是，只爱过一个正当最好年龄的人。

一说到“最好年龄”，估计很多人都会想到青春年少、豆蔻年华。是啊，那时的我们，肌肉结实、腰肢柔软，皮肤光洁、发丝飞扬，眼波流转、笑容纯净……一切似乎都是最美好的样子。但对于我来说，那并不是最好的年龄。

人生起起伏伏，命运兜兜转转，我未曾料到，在自己患病10多年、行动能力已经严重下降之后，还会有一个女子勇敢地爱上我、嫁给我。

我跟妻子是高中同学，但毕业后“失联”20年之久，当我们终于走到一起、结婚成家的时候，都已经是42岁“高龄”。婚后，我曾经问过妻子：“假如我在高中时就追你，结果会怎么样?”

还没等她回答，我们俩就相视大笑：“那样的话，我们可能早就分手了，甚至老死不相往来，哈哈哈!”

少年时的我们，同样的清高、骄傲，像刺猬般敏感而尖锐。如果彼时的我们步入感情，很有可能是针尖对麦芒，常常闹得不可开交，最后一拍两散，只能相忘于江湖。

如今，两颗饱经了命运打磨的心，更懂得幸福的可贵、包容的重要，我们的日子过得恬淡而从容。

现在，就是最好的年龄。

我不是行者，只是过客

色达五明佛学院，对游人关闭了。

2020年4月27日，中共色达五明佛学院委员会发布通告，声明色达五明佛学院、喇荣寺和洛若镇天葬台不是旅游景区景点，不再接受游人参观。

色达是什么？又有多少人清楚自己为何而来？

是为了那高原温暖的灯火？是到世界上最大的佛学院来修习佛法净化心灵？又或是绕着坛城拨动转经筒虔诚地祈福，让疲惫浮躁的心绪回归恬淡与泰然……

我并非佛教信徒。和许多人一样，只为那一片漫山遍野、震撼人心的赭红，我来到了色达。

色达镇是一个狭长而干净的小镇，宽阔规整的柏油路两旁挤挤挨挨地排列着各种饭馆和旅店。我们找了一家看上去生意很不错的饭馆，美美地吃了一顿。然后，驱车前往五明佛学院，在道路标识的指引下，顺利到达佛学院入口。通过第一道关卡后前行100来米，又有工作人员拦下车辆，要求我们将车停放在停车场，然后步行进去。我灵光一闪，从背包中掏出残疾人证，向工作人员说明情况，请求他给予方便。他仔细察看了证件，终于答应让我们把车开进去。

随着车辆前行，成片的红色木屋开始映入眼帘。再往前走了200来米，我们感受到了第一次震撼。道路的两侧，沿着山腰层层叠叠地修筑着大小、规制、颜色几乎完全一样的小房子，让人目不暇接，给人强烈的视觉冲击！

据朋友介绍，佛教最初传入藏地时，红色被视为坏色，也就是不好的颜色。在佛法中，为了避免修行之人在衣食住行上起贪执心，要求修行人都用坏色。后来藏传佛教得到光大发扬，赭红色却又变成了高贵的颜色，所以现在藏传佛教的信徒无论是衣着还是所住的房子都是以赭红色为主。

前面有大型车辆在施工，将道路堵得结结实实，我们只好停下等候。一个小时之前还是艳阳高照万里无云，这会儿却突然下起了小雨，紧接着更下起了冰雹，大如花生米、小如黄豆的冰雹打下来，还真有点疼。我们赶紧缩进车里躲避。过了一会儿，风停雨住，天色又亮堂起来。在红房子的间隙中，建有步梯供人攀爬上山，但我显然爬不上去。同伴晓辉知道我的身体情况，他开着车往里面走，试图找到一条通往高处的路。

喇嘛和觉姆匆匆赶路，遇上熟识的修行者会停下来打个招呼，寒暄几句；但对于游客，他们的目光友好而疏离，刻意地保持着距离。据说在这里修行的信徒最多时有两三万之众。

道路狭窄，岔路极多，常常开车前行了很长一段之后路又断了，只能掉头重新找寻。经过反复摸索之后，我们终于驱车登上了坛城对面的山坡。

我们再次被震撼了！

连绵数千米的山坡谷地布满了密密麻麻的红色小木屋。薄雾从谷底升起，说不出的安静祥和。满山满谷红色的木屋簇拥着一座金色的大殿，这便是色达五明佛学院。“五明”是梵文 Pancavidya 的音译，“明”指的是学科。所谓五明，是古印度的五门学科。这座世界上最大的藏传佛学院，世代传授着五大学科：声明（语言文字）、因明（鉴别考定正邪真伪之理发）、工巧明（大到建房小到手工，一切的工艺技术）、医方明（医学）和内明（佛法修持）。

但是，吸引我的显然是色达的自然风光。毕竟，我不是行者，只是一个过客。

薄暮降临，阳光收起了它的灼热，温情地摩挲着这片土地。山势逶迤延绵，草坡如茵，绿色的山峦手牵手地将红色的佛地环绕护卫。淡蓝色的天空广袤深邃，猩红色的佛地似版画镶嵌在群山的翠绿鹅黄里，恢宏写意，朴拙庄重。上苍慷慨地把人间最有魅力的韵致，给予了这块质朴的黄土地。

我们沉浸在震撼之中，许久之后，才把车开下山坡，然后一路打听，顺着坡道爬到坛城所在的位置。转山转水转佛塔。法王修建了这个可以看到、可以转绕的坛城，于是信徒们在这里磕长头，转经筒，积善祈福。

坛城的侧面，有一间小房子，很多人在那儿排队等着什么。我向旁边的人打听，这是在干什么呢？他笑着说：哦，他们排队买烤红薯呢！对于游客们来说，一颗温热喷香的烤红薯，或许比喃喃的诵经声更能抚慰他们的心灵。

在游客看来，色达五明佛学院不过是一片震撼人心的红色。把这场景映入脑海、存入相机之后，游客们便步履匆匆地赶往下一个景点。然而对于在这里修行的喇嘛和觉姆来说，却是日复一日、年复一年的坚守和修炼。我不是宗教信徒，却对有着纯粹而执着信仰的修行者抱着莫大的敬意。

川西高原气候莫测，冬夏两季的气候更是恶劣。夏天紫外线特别强，在没有遮挡的地方，温度很高；冬天凛冽的风夹杂着大片雪花笼罩这片土地，冰冷刺骨。喇嘛和觉姆日常所居住的木屋，空间极为狭小，条件极为简陋。在如此艰苦的环境中，需要多么坚定的信念，才能抵御俗世繁华的诱惑，在这里苦修?

色达之行，了却了我的一个心愿，它独特的景致和魅力将长久地留在我的脑海里。我也曾担心游客太多会打扰到行者们的清修。但是，川流不息的游客，看似喧扰不堪，实则犹如投石入水。石入，涟漪泛起；石沉，复归平静。如此而已。

由色达五明佛学院关闭观光功能，我又想到了更多。我们常常会有一种错觉，自己心里很在意甚至无比向往的人、事、物，无论我们去或者不去，他/她/它都会一直在那里。实际上，当他们离去的时候，可能连招呼都不打一个。

就拿旅行来说，珠穆朗玛峰的帐篷区已经下撤到绒布寺；“此生必驾”的318国道沿途，越来越多的大山修通了隧道，已经无法登上垭口；无数人心心念念的丙察察公路经过提质改造，那份原始和艰辛只保留在别人的游记里；而因为环保等原因已经被关闭的有：羌塘无人区、阿尔金无人区、可可西里无人区、年宝玉则、40冰川…… 所以，如果你想去见某个人，去看某个地方，去做某件事情，去完成某个心愿……

那就，去吧。

十年，一梦

当我走进饭店包厢的时候，“遥远 11”已经斜倚在沙发上刷手机。

10 年前，他在高尔寺山垭口的草坡上，骑着一匹白马，雄姿英发，快意驰骋。我跟他开玩笑说，骑白马的不一定是王子，但有可能是霸道总裁。他站起身，我们用虎口向上的姿势握手，然后撞肩、拥抱。一转眼，我和他又有两年多没见面了。

不一会儿，“玩斗三人组”走了进来。“湘野自由人”的模样十分和善，一双眼眸清亮柔和，让人见而忘忧。“志佗”跟 10 年前相比几乎没有变化。倒是原本身高体壮的“酱油哥”，却变得精瘦。他说，自己一直坚持跑步，控制饮食，比一起进藏那年瘦了 30 斤。随同他们一起来的还有“苍穹”。他并不是“阿甘梦之队”的成员，而是我们当年在那曲邂逅的户外爱好者，长沙“满哥”。当年他还在上高中，如今已成家立业，娶妻生子。

“全时四驱 007”“游而生侠”和“左撇”也到了。10 年前，“全时四驱 007”促成了“阿甘梦之队”的诞生，“游而生侠”在越野 e 族版主议事厅撒下“英雄帖”，在他们的帮助下，我们一路上都有越野人保驾导航。“左撇”是资深媒体人，这些年来一直关注着阿甘。

包厢里热闹起来。虽然许久未见，我们丝毫没有生分的感觉，仿佛彼此之间并没有隔着经年的时光。

6 点来钟，队长“三时”和夫人“格桑花”走进包厢。“三时”还是一如既往的清瘦，甚至比 10 年前更瘦一些，身上却有一种沉静的力量。“小李子王”和“丫丫”也先后赶到。“luoqiang”特地开车从郴州赶过来，他说，这么重要的聚会，怎么能少了我呢！

今年，是“阿甘梦之队”进藏 10 周年。中国文化里，很注重逢“十”的纪念年份。大家不谋而合，决定好好聚一次，重温 10 年前的快乐和感动，一起憧憬未来 10 年的自驾旅行和人生旅途。

相隔 10 年的大聚，自然要有一点仪式感。晚宴用酒是西藏文创主题的青稞酒，以及罐装拉萨啤酒。我本来还想给“阿甘梦之队”每名队员定制一件纪念 T 恤，胸前的图案使用主车贴。10 年前，“湘野自由人”为“阿甘梦之队”亲自设计了车贴，包括主车贴和副车贴，喷绘打印出来，分别贴在引擎盖上和驾驶室、副驾驶室的车门上。主车贴由翅膀、地图、越野车、风马旗、越野 e 族的口号等元素组成，极其惊艳。

遗憾的是，由于年深日久，“湘野自由人”已经找不到源文件；而我只有一张引擎盖贴纸的照片，达不到定制 T 恤的要求，只能作罢。最后，我在老照片中，找到了一张清晰的副车贴照片，喷绘打印后做了一个签名墙。副车贴上只有一个翅膀，不过倒是契合我的经历。折翼的人生，在梦想和爱的支撑下，才能继续飞翔。

大家逐一在签名墙上签名，留影，然后晚宴正式开始。酒过三巡，气氛更加热烈。10 年前那次旅行的细节，在大家兴高采烈的讲述中，汹涌而来——

从新都桥前往雅江的路上，一辆丰田霸道越野车从左侧强行超车，右前轮轧进一个水坑，里面的泥浆飞溅起来，全部泼进了我的车里，溅了我、“丫丫”和“luoqiang”一头一脸。

在雅江，山体滑坡导致大堵车，“三时”跟“小李子王”前去查看路况，几块小石头从山崖上落下来，“三时”躲闪不及，右臂和脚踝被划伤，一个星期后才痊愈。

在左贡，早上起来，我就发现“luoqiang”脸色不对，一问才知道他肚子疼得厉害。他出了门，回来的时候，手里提着个吊瓶。那天，壮得像头牛的“luoqiang”一直昏昏沉沉地躺在后座上。

抵达拉萨当天，越野 e 族西藏大队版主“格次”大哥率领兄弟姐妹们，为“阿甘梦之队”准备了最高规格的欢迎仪式。主人敲响锣鼓，跳起雄健的牦牛舞，为我们献上洁白的哈达。

游览羊湖的时候，看到一台深圳牌照的路虎第 4 代发现陷入了湖边的软泥。e 族规矩，路见陷车，拔绳相助。我们尝试了几种方案都未能奏效。最后，“三时”和“小李子王”的两台越野车并排摆放，两车之间呈 30 度夹角，各挂一根拖车绳，拖车绳另一端分别挂在路虎的两个前拖车钩上，然后两车弹射起步、同时发力，笨重的路虎瞬间被拖拽出淤泥，围观的人群中响起了热烈的掌声和欢呼声……

我想念朋友们，那些一直关心和帮助阿甘的朋友们。我跟很多人视频通话，“格次”“一路扬沙”“冰川天女”“牛牛”“云鹤”……但说了些什么，第二天醒来后完全没有印象。

我醉了。醉倒在清冽而火热的青稞酒中，醉倒在绵长而浓郁的情谊里。

从西藏归来后，我们就回到了各自的生活。偶尔，三四个朋友会小聚一下；也有一些人，一别就是10年。我们更多的是通过微信交流，从朋友圈了解彼此的近况。时光如水，静静流淌，大家的生活也缓缓向前。

队长“三时”和夫人“格桑花”继续经营着他们的物业公司，后来又拓展出了米粉店生意；他们的儿子“LF”结了婚，当了爸爸，“三时”两口子做了爷爷奶奶。

“丫丫”上班、旅行、带货、参加羽毛球赛。她做了妈妈，小家伙三四岁时就跟着“丫丫”满世界跑。

“小李子王”跳了两次槽，后来还是做回了自己最熟悉的汽车销售工作。他的夫人“紫色天空”不时发一条朋友圈，聊聊工作动态，以及某个瞬间的心情。

“湘野自由人”过着他的神仙日子，醉心于制作烟斗和各种小物件儿。隔三岔五找一个清净的所在，喝酒，呷茶。“酱油哥”和“志佗”经常跟他一起小聚，或者共同外出旅行。

“湘野自由人”的姐姐是一个旅行家加美食家，经常发布在国内外各个地方旅行的美照。

“遥远11”经营着自己的公司，最近好像又开辟了高档门窗生意。他其实更愿意遛娃、养狗、玩车、写毛笔字。我看过他发表在越野e族论坛的帖子，文采斐然。

“luoqiang”一直待在郴州某个地方的大山里，工作、带娃、改车。机缘巧合，去年他通过了全国成人高等教育统一考试，成了湘潭大学的学生。

“郴州黑蚂蚁”仍然到处玩儿，这几年又玩起了摩旅。他在微信里给我留言，2017 年他在西藏、新疆摩旅 39 天，全程 1.3 万千米。

梦之队的每个人都有自己的生活，自己的故事。10 年里，他们又经历了很多旅行，以后肯定还会有更多的旅行。但是，他们一定会记得，2012 年的那个夏天，他们陪伴一个叫作阿甘的中年男人，实现了他自驾西藏的梦想。那是一段很特别的记忆。

跟随我们进藏的 4 台老车，也经历了不同的命运。

我的老切诺基是手动挡，从西藏回来后，我渐渐踩不动沉重的离合器，从 2013 年年底开始，我将它在车库中收藏了 3 年。无奈之下，2016 年转让给了衡阳的一位车友。

“三时”把他的丰田 LC80 拆散了翻新，改成枣红色，升高 3 寸，换上 STT 轮胎，成为当时湖南最“骚”的“老 80”之一，后来卖回了东北。

“小李子王”视若宝贝的三菱 V33，重新做了油漆，车况也保持得很好。但随着车龄越来越长，年审也渐渐变得困难，最后只得换了车。

只有“湘野自由人”还保留着他的 Jeep 自由人，虽然大多数时候，他开自己的 SMART 或者新能源车。有一次我问他，还能坚持下去吗？他回复我，太难了。

或许我们都曾许愿给自己心爱的越野车养老，但又有几人，能敌得过生活的消磨呢。

人世间有多少事情，当得起一个“梦”字？

10 年前，自驾去西藏就是我的一个梦。不只是因为西藏山高路远，还可能遭遇高反，而且我手里只有一台 16 岁“高龄”的越野车；更因为当时我患肯尼迪病已经 4 年，肌肉力量明显下降。

自驾西藏，似乎是一个无法完成的任务。如果没有朋友们的帮助，我实现不了这个梦想。

这不只是一次旅行，也是我人生的分水岭。在这之前，我执着于创造自己的事业，追求平淡而幸福的生活；从西藏回来后，除了做好本职工作，我把更多的时间精力投入公益工作之中，特别是为全国的肯尼迪病患者服务，跟他们一起寻求治愈的希望。我也抓紧时间旅行，去了内蒙古、东北三省，去了新疆，去了云南，然后又一个人开车去了西藏。我的梦想，从最初的去一次西藏，不断延伸、拓展，但始终清晰、坚定。

阿甘梦，并不宏大，更不耀眼。这个梦，是对远方永不止息的渴望，是对身心自由的不懈追求，是对美好生活的无尽向往。它的内核，是活得更有尊严，更加幸福。或许，这是阿甘梦之队每一名成员的梦，也是每个人心中的梦。

阿甘梦，永不灭。

梦之队，永不散。

我没有翅膀，却热爱飞翔

我与飞翔的缘分，始于一本杂志。

读初中的时候，不知道从哪里得到了一本《航空模型》杂志。里面有航空模型的基础知识、航模运动开展情况，还有模型飞机和模型火箭的制作方法。制作模型飞机需要很多材料，机身、电动机、螺旋桨、遥控设备等，这些可以邮购，但我买不起。所以，我选择了制作结构简单、成本低廉的模型火箭。

我用牛皮纸做出了火箭的箭体，大约40 厘米高，5 厘米粗细。关键环节是制作喷射推进器。我先做出推进器，然后用绳子在距底部2 厘米的地方勒出喷射口，往推进器里塞满从大炮仗里拆出来的黑火药。组装好之后，就跟小伙伴一起拿到河边去发射。我用粗铁丝做了一个简易发射架，把它插在河岸边的泥土里；火箭箭体上事先安装了一个“∞”字形的铁环，一个圈箍着火箭，另一个圈套在发射架上。我点燃引信，然后跑到一边，等着火箭腾空而起。

引信冒着轻烟，越燃越短，很快缩进了火箭里。又过了一两秒，火箭蹿了起来，但并不是笔直地向天空飞去，而是带翻了发射架，然后一头扎进了河边的草丛里，两三秒后发出“噗”的爆炸声，好像一个憋了很久但终于失控的闷屁。我的第一次火箭试射就这样失败了。但我没有放弃，经过 3 次尝试，终于成功地发射了一枚火箭。

工作以后，因为出差坐过不少次飞机。但我觉得，那算不上飞翔，只能算飞行，飞机仅仅是一个工具，帮助我更快捷地到达目的地。

2015 年的国庆长假，我看到好友锐哥发了一条微信朋友圈，说是可以乘坐直升机欣赏株洲市区景色，每次 10 分钟，只要 300 块。我怦然心动。10 月 2 日下午，阳光温热，我开车来到株洲市滨江南路旁的露天剧场。工作人员用警示带围出了一片活动区域，中间的舞台上停着一架红蓝白相间涂装的直升机，不远处停着一架备用机。我签协议，交费，通过简单的安检程序，即获准进入停机坪，顺利登机，幸运地坐到了飞行员旁边的座位。

螺旋桨开始转动，发出好听的轰鸣声，在飞行员熟练的操控下，直升机平稳地起飞，向东越过湘江，飞越天元大桥，然后往北飞，越过株洲大桥后不久折而向西，横过湘江，再向南飞回起点，在空中划出长方形的轨迹。大汉希尔顿酒店，神农公园，摩天轮，体育中心，株洲百货大楼，中央商业广场……从我的脚下依次划过。宽阔的新华西路看起来像一条窄巷，那些高耸的建筑像是一个个积木，摩天轮则像一枚小小的齿轮。可惜飞行时间只有 10 来分钟，意犹未尽。

巧的是，开展这个项目的“翔为通航”公司的负责人之一是湘大的校友，87 级化学专业的欧总，我跟他合影留念并互留微信，之后一直关注着公司的动态。近年来，国家大力扶持通用航空的发展，乘着政策的东风，“翔为通航”广泛开展了赛事航拍、森林灭火、消防救援、抗洪抢险、反恐处突演习、高空索降演练、空中警务巡查等合作与服务，为经济社会发展做出了卓越的贡献。

直升机提供了一种不同于大型客机的全新体验，但它仍然是坐在全封闭的金属空间里，安全而又老套，仍然算不上飞翔。我期待着，在一个开放的空间里扶摇直上，翱翔蓝天。

一年多之后，机会就来了。

2017 年 2 月份，我自驾游览云南，2 月 11 日抵达腾冲。这里有一个火山地热国家地质公园，开设了热气球观光项目，我决定乘坐热气球欣赏地质公园的景色。第二天一早，我就来到了热气球项目的场地。气球已经充分预热，直立起来，随着清风的吹拂微微晃动。吊篮里站着一名工作人员，4 个角分别有一名地面工作人员奋力摁住吊篮边缘，防止它不受控制地离开地面。乘客开始登上吊篮，为了保持吊篮的平衡，先从左边上一个，然后再从右边上一个。吊篮大概有一米多高，腰部位置有两个用于蹬踏借力的缺口，我因为腿部力量比较弱，左脚踩在缺口上，却没法儿把身体提上去。吊篮里的工作人员见状，赶紧过来把我拽了进去。

工作人员操作火焰喷射器，对着热气球巨大的空腔里喷出红色的火焰，摁着吊篮的工作人员同时放手，热气球便慢悠悠地升上天空。地面上的一切变得越来越小，我们俯瞰着白雾缭绕的大空山、小空山，两个浑圆的火山口好像小学秋游野炊时挖出的灶。热气球飞行了一段时间，遗憾的是，为了防止热气球被风吹走，保证安全和控制时间，吊篮上系着一根粗大的绳索，地面上有几名工作人员拖拽绳子控制着热气球，不能自由飘飞。半个小时后，热气球缓缓降落在旁边的空地上。

从热气球下来之后，我仍觉得不过瘾。正好，不远处有一个动力三角翼观光项目，我立马决定交费参加。三角翼由机身和机翼两部分组成，两者通过悬挂方式进行连接，采用活塞式航空发动机带动螺旋桨推进，飞行员通过移动机身与机翼的相对重心位置实现操纵。我戴好头盔，进入三角翼的座舱，系好安全带。驾驶员加大油门，三角翼在跑道上只滑行了很短的距离，就昂首而起，轻巧地飞上了天空。

到了空中，第一个感觉不是爽，而是——冷。在地面上，晒着冬日暖阳，觉得温度宜人、非常舒适。但到了数百米的空中，感觉空气特别的凉，像是被快艇拖曳着在冰冷的湖水里快速游动。在适应了冰凉的气温之后，我张开双臂，闭上眼睛，想象着自己像鸟儿一样自由地飞翔。三角翼飞行了 10 来分钟，然后平稳着陆。

我也曾思考过，为什么自己如此热爱飞翔？

是因为深植在人类基因里对于飞翔的渴望吗？从古罗马人、古埃及人对于鸟类的崇拜，到英国的艾尔默制作飞翼、中国明代的“万户”自制火箭飞上天空不幸罹难，再到美国莱特兄弟设计出现代意义上的飞机——“飞行者一号”，人类始终没有放弃翱翔蓝天的努力。

是因为儿时对于航空模型的热爱吗？由于物质条件的匮乏，中学时代我没能实现制作、放飞模型飞机的梦想，如同很多其他落空了的梦想一样。但这颗种子却一直埋藏在内心深处，只要一有机会，就会萌芽、生长。

或者，是因为自己特殊的身体状况而想出的替代方法？由于双腿的肌肉萎缩无力，我已经无法通过自身的力量登临高处俯瞰世界，缺失了一个重要的观察世界的角度，只能借助飞行器的力量来弥补遗憾。

不管是什么原因，我始终对于飞翔抱着一种近乎狂热的向往。我期待着去体验滑翔伞，教练抱着我在高高的山坡上快速奔跑，山间的上升气流托起滑翔伞，将我们带离地面，在峡谷中随风飘荡，优哉游哉。我期待着去跳伞，在数千米的高空跳出机舱，体验失重和自由的快感，凌空蹈虚，神游天外。

我甚至设想过蹦极。从几十米甚至数百米的高处一跃而下，体验灵魂出窍的感觉。但蹦极需要在脚踝或者腰间系上弹力绳，随着病情的发展，我的肌肉对于关节的支撑减弱了很多，蹦极产生的强大拉力可能导致严重受伤，我只能想象一下而已。

我更艳羡那些翼装飞行的勇士，那是人类最极致的飞翔方式。穿着飞行服装和降落伞，从飞机、热气球、悬崖绝壁等高处跳下，利用飞行服产生的浮力漂在空中，高速飞行，通过肢体动作来掌控滑翔方向和高度，真正像鸟儿一样飞翔。

我的下一次飞翔，会是什么形式？

是滑翔伞，还是跳伞？

行走十年，游侠手中已无剑

行走江湖，手中岂可无剑？

李白说，江湖是银鞍照白马，飒沓如流星。……闲过信陵饮，脱剑膝前横。

贾岛说，江湖是十年磨一剑，霜刃未曾试。今日把示君，谁有不平事？

王维说，江湖是一身转战三千里，一剑曾当百万师。

龚自珍说，江湖是一箫一剑平生意，负尽狂名十五年。

在千古文人的侠客梦里，总少不了剑的身影。

而当熟悉的旋律响起，“曾梦想仗剑走天涯……”多少曾经的少年会泪湿眼角？

对于越野人来说，越野车就是手中剑。

我曾经有过两把剑。

第一把剑是小切诺基，Jeep Cherokee XJ，SUV 的鼻祖。它周身的线条犹如刀砍斧削，增一分则油腻，减一分则羸弱。它是我心目中最帅的车，没有之一。

我的小切诺基 1996 年出厂，到我手上时已是 14 岁“高龄”。它的外观有些沧桑，性能却保持得很好。就像一把宝剑，剑鞘略有破损，剑身仍锋利无匹。

它配备直列六缸发动机，功率 127 千瓦，最大扭矩 297 牛·米，转速达到 2600 转即可释放出最大扭矩。强劲的动力驱动重量不足 1.7 吨的车身，人车一体、剑走轻灵的驾驶感让我着迷。

它载着我爬坡越坎，过河入林。穿越安化茶马古道，探访绥宁神秘花瑶。后来，它又陪着我去了西藏，走过了大西北、东北、华北。它带给了我很多开心时光，也让我尝到了不少苦痛折磨。

驾切远行，除了临行前要做系统的保养、修理，还得带上一堆备件，大到止推杆、水泵、刹车分泵，小到皮带、高压包、轴承、各类油封、传感器、保险片……毕竟车龄摆在那里，加上粗糙的装配工艺，不知道什么时候就会出毛病。

一台老迈的小切诺基，着实是柄双刃剑——既能披荆斩棘，又恐伤及自身。

随着病情的发展，肌肉力量进一步减退，踩离合器、挂挡对于我来说变得越来越困难。我需要一台自动挡的越野车才能继续远行。于是，2013 年底，我拥有了生命中的第二把剑。

Jeep Grand Cherokee WJ，1999 年出厂的第二代大切诺基。它有两种动力版本，配备 4.7 升 V8 发动机的“征途”，从静止加速到 100 千米的时速只需要 8.2 秒，在当年堪称惊艳；配备 Quadra-Drive 分动器，脱困能力强大，无愧“西装暴徒”的绰号。

但由于没有做足功课，加上囊中羞涩，我入手的是 4.0 升直列六缸发动机的“征程”。虽然动力不如“征途”，可靠性却比小切诺基强得多。2014 年，它陪我走遍北疆；2015 年，我开着它单人单车自驾西藏。

此后的几次旅行，都是落地租车自驾。成都安仁之行，租的是一辆斯柯达野帝；寻访滇缅公路，开的是别克昂科拉；在西藏拍完婚纱照之后前往珠穆朗玛峰，租了一台大众途观。这些车的车龄不长，动力充沛，开起来很轻松。

只不过，热爱旅行的人，总想带着自己的座驾浪迹天涯。就像侠客，总是愿意身负自己的剑闯荡四方。

因为，那不只是车，不只是剑，更是值得托付的兄弟。

2021 年 5 月，我购买了一台车龄 4 年的二手长城哈弗 H2 代步。它没有帅气的外观，1.5T 的动力勉强够用，也没有什么四驱、差速锁。各种配置倒是非常齐全：无匙进入、定速巡航、自动头灯、感应雨刷、胎压监测、座椅加热、倒车影像……它不是一柄剑，更像是一把趁手的工具刀。

我一直没有对它产生特别的感情。然而，它胜在车龄短，没什么小毛病，开着安心。最大的好处是空调美丽“冻人”——比起小切诺基的空调似有似无、大切诺基的空调时有时无，简直是天壤之别。游侠可以完全不要舒适性，但游侠还是要考虑老妈和老婆的感受。

曾许愿给小切诺基养老，将它在车库中收藏了 3 年，偶尔开出来遛一圈。就像心爱的佩剑，不再上阵御敌，只是时不时拿出来把玩一番。由于不忍看它蒙尘生锈，加上当时手头紧张，2016 年把它转让给了衡阳的一位车友。回想起来，我还真是“贩剑”啊！

随着环保政策的持续收紧，大切诺基的日子也越来越难过。最终，它无法通过汽车年审，等待它的只能是强制报废的命运。

行走十年，游侠手中已无剑。然而，心中依然有剑。

我经常登录越野 e 族网站、越野主题的公众号甚至闲鱼 App，流着口水欣赏各种越野车。既看经典的老车，也会关注新车，比如 BJ40、坦克 300、哈弗 H9、新款吉姆尼，甚至一些皮卡，以及国内厂家推出的一些新能源越野车。不过我很清楚，也只能看看而已，越野车高高的离地间隙，让我上下车都已经非常困难。

也许，我不会再拥有自己的剑。

仗剑天涯，终成年少一梦。

据说武功的最高境界是，手中无剑，心中也无剑，拈花飞叶，皆可为利器。我不禁想起 10 多年前的那个少年，两手空空，却觉得自己可以拥有整个世界。他在踏板摩托的后挡泥板贴上越野 e 族的盾标，每当驶过坑洼路面，湘大校园就幻化为无边大漠。

开车行驶在湘潭市北二环路，经常遇到重度改装的越野车。绞盘、涉水喉、射灯、顶框、爬梯、3 寸升高、负值轮毂、STT 轮胎……全副武装，威风凛凛，呼啸而过。

每次相遇，我还是不由得热血上涌，下意识地把油门踩得更深。那句熟悉的呼叫几欲脱口而出：“CQ、CQ、CQ，我是 BG7FBY，越野 e 族 - 娇妻美切，能否抄收?”

偏头一瞥，漫子在副驾驶睡得正香。我无声地一笑，抬起右脚，松开油门。

稳稳地朝着家的方向驶去。

下篇　悟道：人间正道是沧桑

我欠父亲一次回乡

在旁人眼中，我或许算得上是个孝子。

父母倾其所有把两个姐姐和我培养成人，我也尽己所能回报父母。既养心智，年纪轻轻就事业有成，让父母面上有光；也养口体，将父母接到身边居住，尽孝膝前。但只有我自己知道，我始终欠着父亲一件重要的东西——回乡。

一

我出生在湖南省衡阳市常宁县的一个小山村，在那里度过了无忧无虑的童年。小学三年级的时候，我们家发生了一个重要的改变。

母亲是随外公外婆下放到我们村的。外公是手无缚鸡之力的知识分子，外婆虽然做过家务，但对于农活儿也是一窍不通。他们下放到了农村，还拖着 3 个儿女，万事皆难。为了找一个精壮劳力作依靠，外公便自己做主，瞒着 15 岁的母亲，与大她 10 岁的父亲定了亲。父亲 29 岁时与母亲完婚，前后生育了 5 个子女，保住了 3 个。“文革”结束后拨乱反正，外公外婆先回了城。到了 1986 年，国家出台一个政策，下放干部留在农村的子女，户口可以迁回父母户籍所在地，其孙辈也可以随同迁徙。

那个时候，沐浴着包产到户的春风，既能干又吃得苦的父母把小家庭操持得红红火火，不愁吃穿，起了新屋，3 个崽女的成绩都名列前茅，是远近知名的幸福农家。走，还是不走？这个问题让父母犯愁了好长一段时间，一边是熟悉的乡土踏实的日子，一边是陌生的地界未知的前程。最后，他们一咬牙，为了崽女的前途，走！毕竟，我们要进城了！虽然那只是湖南省很偏远的一个小城——怀化市通道县。

二

母亲和我们姐弟 3 个变为了城里人，父亲则成了进城的农村人。母亲托着外公的关系，进入县城中学的食堂做了一名临时工，每个月 60 元钱。为了维持这个家庭的生活，供 3 个子女上学，父亲毅然扛起了家庭的另一半重担。

但是，远离了熟悉的田地，又没有擅长的手艺，只能是什么活儿都揽着干。他置办了一辆两轮板车给人家拉煤，满满一车蜂窝煤估计得有 200 多斤吧？我曾跟在板车后面陪他送煤，看着他弓着瘦弱的身体，奋力地往前拉车，到了上坡路段，拉三步歇一步，在最陡的路段甚至要走“之”字形才能爬上去。他给学校食堂劈柴火，一卡车碗口粗的杂木，一个人卸车，全部劈成五六十厘米长短，然后搬进食堂柴房，大概能挣 5 块钱。

夏天他卖冰棍儿，除了卖给学校老师和条件宽裕的学生，还背着泡沫保温箱走两三千米去周边的农村卖，被心疼钱又拦不住馋嘴孩子的村民扔石头驱赶；冬天他卖各种吃食，葛根、瓜子、花生、酸萝卜、红薯干……大冷天缩在学校大门的门洞里瑟瑟发抖，有时还要看保安的脸色。他搬桌椅、贩水果、养猪、种菜，什么来钱干什么。没有尊严，没有乐趣，像一头默默无语的黄牛，只管低着头，拉着这个贫瘠的家庭往前走。

就是靠着这一车车的蜂窝煤、一堆堆的柴火、一箱箱的冰棍儿，加上母亲在食堂里的辛苦工作，父母咬着牙，坚持让我们姐弟三个都读书，供出了两个中专生、一个大学生。

很多年后，父亲回通道省亲，因为突发胃出血入院治疗。查体的时候，主治大夫看着他胸椎后凸、腰椎侧弯的脊柱，感慨地说："老刘，你这是一辈子做了三辈子的事啊!!"我当时工作非常忙，无法抽出时间过去探望，在电话这头听到母亲的转述，顿时泪如雨下……

三

其实，在离开故土的30年间，父亲曾3次回乡。

第一次是1990年，奶奶去世，父亲回家奔丧。接到电报，父母把二姐和我托付给外公外婆，急急忙忙往老家赶。二姐要考中专，我要参加小升初考试，就没有随同回去。父母在柏坊镇下了汽车，三步并作两步，沿着乡间小路往家赶，还是没能见上奶奶最后一面。想来那一次，父亲满心凄惶，来去匆匆，顾不上流连怀旧、走亲访友，心中没有任何喜悦。

第二次是2000年春节，我大学即将毕业，父母带着我和大姐、二姐两家人回到老家。祭祖、探亲、访友、怀旧……一切都很顺利，问题发生在即将离开的时候。因为我从中学开始就睡眠不好，多梦，爱讲梦话，偶尔还会惊醒坐起。父亲特地找了远近闻名的"肖道婆"（农村的巫婆），给我做法"治病"。一番手舞足蹈念念有词之后，肖道婆“化”了一个生鸡蛋，放在手掌心里，那鸡蛋竟然能够自己慢慢竖起来。她神秘兮兮地说，这个鸡蛋就是我的化身，只要睡觉时把鸡蛋放在枕边，醒来后煮熟吃掉，一定药到病除。治病心切的父亲让我马上在大舅家睡上一觉，然后吃蛋“治病”。

我对这种把戏嗤之以鼻。进了睡房以后，就拿着鸡蛋放在自己手心做试验，想证明这不过是运用掌心小肌肉的细微运动造成的假象。我几乎成功了——在尝试了好几次之后，鸡蛋终于慢慢竖了起来，然而悲剧也就在那一瞬间发生了，那个神奇的蛋从我手心滑落，摔得粉碎，蛋清蛋黄溅了一地。我脑袋里“嗡”的一声，知道自己闯了大祸。我垂着头走出房间，来到晒谷坪上。在弄清楚发生什么事情后，笃信“肖道婆”的父亲铁青着脸，当着10多位亲戚和乡亲的面开始厉声斥责我。

一开始我保持沉默，但终于忍不住顶了两句嘴；父亲的声音里突然带了一点哭腔，他用颤抖的食指指着对面的山梁，愤怒而又无助地吼道：“你要气死我啊！我给你死在对面的岭上好不好?!”遗传了父亲倔强性格的我，当时工作还没有着落，心中无比焦躁，被当众数落也感觉很没面子，竟然回了一句：“你凶什么凶，大不了我陪你一起死!”我永远无法知道，这件事，还有这句话，对于父亲的伤害有多深，这是我对父亲做过的最混蛋的事情。他深以为傲的儿子，当着这么多乡亲的面顶撞他，等于是当众打他的脸啊！也许在很长一段时间里，父亲，以及我，成了村里人茶余饭后的笑柄。

第三次是2010年，父亲的第一代身份证到期作废，我陪父亲回老家办理第二代身份证。在蓬塘乡派出所办完手续后，我们驱车回到村里。父亲在20世纪90年代就患上眼疾，视力逐年下降，那时双眼只剩下了一些朦胧的光感，还有一点斜视。他紧紧地抓着我的手，小心翼翼地走在原本无比熟悉的村道上。快到老屋的时候，碰到父亲年轻时的好友建华叔。建华叔身体硬朗，当着村里的支书。在暮春的牛毛细雨中，父亲略偏着头，摸索着握住建华叔的手，寒暄了几句。10年过去了，他明显苍老了许多，已经不是那个威严而激烈的父亲；而我，也不再是那个倔强而尖锐的少年。我在一旁看着父亲，鼻子酸得厉害。父亲饱经沧桑的内心，会想些什么？是时光流逝的慨叹，是命运多舛的自怜，还是相形见绌的尴尬？

四

从那以后，父亲就再也没有回过家乡。

我能想象，背井离乡30年，在通道、衡阳、东莞、湘潭漂泊半生之后，父亲无时无刻不在思念生他养他的家乡。那是山也亲切、水也温柔的家乡，那是弯下腰插秧、直起腰谈笑的家乡，那是喝干八海碗米酒、吹一整天牛的家乡，那是吹笛子拉二胡、隔着山坳唱情歌的家乡，那个小山村，给了他生命，给了他尊严，给了他快乐，给了他荣光。

但是当母亲或者我们三姊妹提议回乡时，他总是不置可否。有一次全家团聚，二姐又一次提起这个话题，并且说得眉飞色舞，想吃哪些土菜，想去记忆中的哪个地方，去找儿时的哪些小伙伴玩儿……一直缄默不语的父亲，突然放下筷子，眼睛定定地看着前方，悠悠地说了一句：“（儿子）媳妇也没讨，崽也没生，回去有什么意思？”我也放下筷子，低着头，无言以对。

回乡的路，那么近，却又那么长。他心爱的儿子几年前得了一种“怪病”，眼看着腿脚越来越没力气。儿子辛辛苦苦打拼出的好前程，突然没了盼头；本来就要娶妻生子，也泡了汤。落得这么个状况，父亲自然觉得没有脸面去见老家的乡亲，也不知道在自己父母的坟前该如何述说。

我对“不孝有三，无后为大”之类的观念不屑一顾，却也完全理解父亲这小小的梦想；我深爱着父亲，却又无法说服自己放弃内心的坚持——我希望有这么一个姑娘，她了解我的病情，但欣赏我这个人，勇敢地接纳我，而不是利用现实条件的差异，找到一个女子传宗接代，今后可以照顾我。在读了这么多年书后，我已经把“孝顺”这个词拆成了两个字，我会竭尽全力孝敬父母，但不会再无条件地顺从。

父亲的老去在加速，我的无力也在继续。是的，我欠父亲一次回乡，一次体面的、圆满的回乡。

五

我曾以为实现父亲回乡的心愿，只取决于我能不能找到心仪的爱人。没有想到的是，2017 年 8 月，父亲被确诊患有乙状结肠癌，做了病灶切除手术；2019 年 8 月，癌症复发并可能伴有转移。在他坚强地熬过了 10 个周期的化疗后，我们被医生告知父亲已经没有手术指征，也没有了治疗价值，只能回到家中忍受疼痛的折磨，等待生命终点的到来。父亲为人善良本分，操劳一生，做过很多好事，但他一生多灾多难，50 多岁时就掉光了牙齿，60 多岁时又因眼疾导致双目近乎失明，即使这样，命运仍然不肯放过他。

另一个没想到的是，我真的等到了自己的爱人。2019 年底，我结了婚。但在看多了人世间的悲欢离合后，我决定不生孩子。

我欠父亲的那次回乡，终究是没有机会实现了。

关于生孩子的问题，母亲怯怯地问过我几次。让我暗暗诧异的是，父亲却从未过问。

一天晚饭后，我坐在沙发上陪父亲看电视。他突然问："期达，你还准备生崽吗?"我没想到父亲突然聊起这个话题，嗫嚅着回答："我这身体状况……养崽太累了……我又上了年纪，生崽怕不容易……"父亲很平静地说："我晓得你的难处。你如果想生你就生，不想生的话我也不怪你。"

我的喉头好像被什么东西卡住了，小声地问："您不要我传宗接代啦……"父亲的脸上仍然很平静："我和你妈妈生了你们姐弟三个，对得起先人了；你还有堂哥堂弟，他们也生了崽女，刘家的香火没有断。至于我们这一脉，生还是不生，你自己作决定。"

父亲说这些话的时候，面如止水。我的手在烤火被下面，轻轻地覆着父亲的手。

不知不觉间，我已是泪流满面。

父亲，总是无言

我的书柜里，一直珍藏着5封父亲的来信。

那是我读本科期间，父亲跟我的通信，这5封信的时间跨度是1996年10月至1998年2月。那个年代，还没有普及手机、电脑、互联网，连固定电话都是稀罕物件儿，跟父母的联系主要靠写信。

我的去信，父亲可能没有保存，又或许是在几次搬家的过程中遗失了。可以想象，刚刚进入大学校园的我，日子每天都是新的，一定会叽叽喳喳地向父母描述新奇的大学生活，询问外公外婆、父亲母亲的身体状况，打听在我高考前夕出生的外甥女婷婷的成长情况，每封信都是满满当当四五页纸。

但父亲的回信却总是很简短。每次来信，都是跟我讲那几个意思：不要苦了自己，缺钱用了就写信告诉他；千万要注意身体，少打篮球，万一受伤了没人照顾；他和母亲都很好，不要牵挂家里；婷婷很健康，就是太调皮。

在父亲第一封来信的开头，他写道：

期达儿：我早就盼旺（望）你的来信，今天忠（终）于旺（望）到，接信后我试（是）多么高兴啊！你已离开我一个多月了，在我身边19年从没离开过，你去湘潭后，我十分想念你，旦（担）心你……

作为一个出生于20世纪40年代的传统男人，父亲从来没有对我说过“儿子，我爱你”之类的话，但在信中却真情流露，难得地“肉麻”了一回。父亲因为眼疾（这是多年以后才检查出来的），那时视力已经明显下降，还有一点斜视，所以他的字写得很大，并且写着写着就往右边下沉。受家庭出身拖累，父亲只上过初小，识字不多，信中难免有一些错别字。父亲的来信虽然通常有两页纸，但如果是正常书写的话，可能只需要一页纸。他好像并没有太多的话要跟我说。

我印象中，父亲一直是个寡言少语的人。

当我们还在湖南省衡阳市常宁县（现为常宁市）老家的时候，父亲是一把作田的好手。他犁田，插秧，施肥，灌溉，除草，割稻，拌禾，晒谷，打米……年复一年，辛勤劳作。由于家境贫寒，父亲29岁才成婚，他用尽全部心力经营着这个来之不易的家。除了农活儿，他还做砖，起屋，喂猪，采茶籽，榨茶油……想方设法抓些收入贴补家里。

然而，父亲很少说话。三个崽女倒也争气，不用他多说什么，我们的学习成绩总是排在班上前几名，父亲参加家长会经常得到老师的表扬，面上有光彩；孩子们时不时还会到乡里去领奖。只是偶尔，三姊妹晚上做作业的时候争夺仅有的一盏煤油灯，难免会起一点争执。父亲也不多说话，鼓起眼睛，拿出“家法”——一根从山上拿回来的带刺的粗枝条，我们三姊妹便不再纠缠。据母亲说，我最狡猾，父亲一拿出“家法”，我就一脸恐惧地举起双手，做出投降的样子，父亲板着的脸瞬间就松弛下来，露出不易察觉的微笑。

1986 年，我们举家迁入湖南省怀化市通道县，进了城。父亲远离了熟悉的田地，又没有擅长的手艺，为了跟母亲一起养活这个家，供三个崽女读书，只能是什么活儿都揽着干。他帮学校食堂劈柴火，给人拉煤，卖冰棍儿，贩水果，卖零食，搬桌椅，养猪，种菜……什么来钱干什么。他把所有的心思都放在了如何谋生上，话就更少了。一天的辛苦劳作下来，也没有多少力气再说话。他的勤劳、善良、坚毅、乐观、担当、远见……都是通过行动传达给我们，而不是靠着耳提面命。

我甚至异常平顺地度过了叛逆期，没有忤逆，没有反抗，没有惹祸。除了天性温和，或许是早早懂事的我敏锐地意识到，我们这样的家庭，没有多少容错的空间。印象中唯一一次跟父亲顶嘴，是租住的老房子被拆除，我们家不得不搬到学校原来的卡车车库里居住。家里有一个磨盘，我觉得用不着了，但父亲觉得还应该要。我们站在老房子的废墟上，拌了几句嘴。

2009 年，父亲母亲来到湘大随我居住。看起来像是跟随事业有成的儿子安享晚年，但其实，更多的是二老过来照顾已经发病、双腿渐渐无力的我。由于惯性，头两年我仍然忙着，并没有太多的时间跟父亲交流。没有经过任何交接仪式，我们似乎就达成了一种默契，我已经是这个家的主心骨，父亲一般不再发表自己的意见，凡事由着我作决定。

我没有把真实病情告诉父母，这显然是他们理解不了更难以接受的。父亲已近乎失明，但他应该是从母亲背着我向他的转述里，知道我的两条腿没有力气。他没有多说什么，他能做的，就是给我按摩，同时督促我做一些肢体活动。年近 70 的父亲，用他苍老的双手，在我的腿上拍拍打打，揉、捏、推、刮……我能想象得到，他是多么希望通过自己的按摩把病魔从我身上赶走啊！

父亲 2017 年 8 月被确诊患上乙状结肠癌。在接下来的几年里，手术、复查、化疗、看医生……占据了他的生活。父亲要忍受频繁的治疗和越来越剧烈的疼痛，他的话也越来越少。每次下班回家，总是看见父亲沉默地坐在沙发上。父亲喜欢看时政新闻，特别是中央四台的《海峡两岸》节目。我便假装因为工作忙、没时间看新闻，问他这两天世界又发生了什么大事。父亲精神好的时候，会如数家珍地告诉我今天美国发生了什么大事，欧洲又有什么事情发生，讲到李登辉、陈水扁、蔡英文等台独分子妄图分裂国家的行径，父亲常常怒不可遏。在他生命的最后一个月里，可能是肿瘤转移到了颅内，压迫了语言区域，父亲已经无法清晰地说话。直到他离世，也没有再向我们交代任何事情。

在父亲的一生中，我和他都没有过深入的交谈。他从来没有长篇大论地跟我阐述什么深刻的话题，更不用说什么哲学、世界观、人生观、价值观，也没有什么追名逐利的技巧传授给我。他只是个上了初小的农民，知识和见闻都很有限，说不出太多的大道理；但是他把很多珍贵的东西，通过自己的行动，植入了 3 个崽女的心灵，融入了我们的血脉。

2021 年 3 月 12 日，父亲永远地离开了这个世界。3 月 15 日，我们安葬了父亲。前两天办理丧事几乎耗尽了我的体力，举行安葬仪式时，我已经无力自己走过长长的墓道。好友们从墓园管理处借了一张轮椅让我坐上去，我把父亲的遗像捧在怀里，大家推着我走到父亲的墓位前。

在举行了简短的仪式后，墓园的工作人员将父亲的骨灰盒放入墓穴，盖上大理石板，用水泥封好。从此之后，我跟父亲就隔着这块薄薄的、却无比沉重的石板，父亲在里头，而我在外头。

就在这个时候，一只硕大的白色蝴蝶悄然出现。它没有理会参加葬礼的其他人，径直飞到我的身边，时而绕着我轻轻飞舞，时而停留在我的肩头，久久不愿离去。

父亲，那是您吗？那一定是您吧!！辛苦了一辈子，才过了几年舒坦一点的日子，您怎么舍得就这样离开啊?！您怎么舍得厮守了 50 年的老伴儿，怎么舍得两个女儿以及她们的爱人和孩子，特别是，您怎么放心得下，那个无比疼爱却在人生最好年纪横遭厄运的满崽？

蝴蝶恋恋不舍地绕着我飞了好一阵，终于翩然飞走，摆脱了我模糊泪眼的追寻，渐渐没入灰暗的天幕。

父亲，依然无言。

妈，我陪您散步去

这么多年，我从没陪母亲散过步。

年少的时候，母亲好像总有干不完的活儿。从中学的食堂下班回来，草草扒两口饭，就到山上去割猪草、喂猪食、淋肥料，或者帮父亲卖货，一直忙到快睡觉才能回家。一天到晚，一年到头，只有劳作奔波，没有休闲、散步的概念。

后来，我考上了大学，然后留校工作。2005 年，母亲曾来校小住，我又忙得不可开交，每天能回家吃顿饭已经是奢望，更别提陪母亲散步。

2009 年，父亲母亲正式来校随我居住，准确地说，是过来照顾我。那时，我的腿已经出现力量减弱的状况，在湘雅医院住了一个月的院，但没有确诊，处在极度的焦躁、恐惧和迷茫之中。母亲是个善于观察的人，一同出门的时候，她会有意识地落在我的后面，仔细看我走路的姿态。我能感觉到母亲的视线像柔韧的丝线，黏在我的两条腿上，让我很不自在。

所以，每次晚饭之后，母亲眼巴巴地跟我说："崽，我陪你去散散步吧？"我总是坚决地说："不要，我自己去锻炼。"我知道，自己一摇一摆的步伐，不只是前行的脚步，更是一把锋利的小刀，一刀一刀扎在母亲的心上啊……

因为父亲双目近乎失明，出门不便，母亲只好独自去散步。

大多数时候，她会从住处走到第二田径场，然后在里面走上几圈。有些时候，她会沿着西山的路一直走到南校门，在毛主席铜像面前祈求他保佑自己心爱的儿子，再经过南阳村走回住处。有段时间，她会绕着第一田径场转上几圈。

一路上，母亲会遇到很多人：晚饭后出来散步的老师，上下自习的学生，形形色色的路人。她走在人潮中，却那么孤独。偌大的湘大，只有两个人真正与她相干：一个是不便出门的丈夫，一个是躲着她、不愿陪她散步的儿子。

一段路程，如果没有闲聊作伴，就会被纷乱的思绪填满。母亲在散步的时候，会想些什么呢？

或许，她会想到老家那些山山水水、恩恩怨怨；想到自己辛辛苦苦一辈子，生活却没有给她什么犒赏；偶尔，应该会想到三个崽女带来的荣耀和开心。

但她想得最多的，很可能是我——她的儿子到底遭遇了什么，今天有没有锻炼，会不会摔跤？她总也想不通，那个眉眼含笑、走路带风的满崽，怎么突然就成了一个跛子（湖南话读作：bāi zi）？

发病后的头几年里，我虽然容易疲劳，但腿部力量保持得还不错，因此有勇气到公共道路上去锻炼。通常的路线是，从东坡村往南走，在学生中心那个十字路口右转，经过南苑宿舍、第一教学楼，走过图书馆前坪，再拐上第二田径场东侧长长的坡道。坡道的尽头就是第三教学楼，然后往东走到外国语学院的路口，再顺坡而下，沿着俱乐部北面的林荫道，回到东坡村。

走在第二田径场东侧那条坡道上，我满脑子里都是自己 20 多岁时的样子。刚参加工作那会儿，没有交通工具，出门全靠两条腿。每天早上，从北青教师公寓走到老办公楼上班，都要经过这条坡道。那时的我，大步流星，意气风发。

2015 年之后，随着腿部力量的进一步下降，在公共道路上锻炼变得愈加艰难和危险。经过一段时间的观察，我终于觅到了一个理想的所在。研究生老宿舍楼西侧原来有 3 块篮球场，后来改造成了人工草皮足球场，僻静，柔软，就算摔倒也不至于严重受伤。在那片球场上，我沿边线走，沿对角线走，走直线，走折线，走弧线……变着法子享受步行和出汗的快乐。

锻炼时，我一直在思考，今后的人生路该怎么走。

一个出身贫寒的少年，拼了命地读书，拼了命地工作，终于看到了命运的笑脸，有了自己的事业。就在他燃起对生活最大热情的时候，命运却要收走这一切。这就像给了孩子一件心仪的玩具，却又一把夺回去，还狞笑着说："我逗你玩儿呢！"不只是收回给他的东西，甚至连他的健康也要拿走，连平淡度过一生的机会也不给。这是一件挺残忍的事情。

最初的两年里，我完全没有头绪。我曾想过抓着那个玩具，哭着闹着不放手，但我知道那终究是徒劳。我注定得走一条跟过去完全不同的路。肯尼迪病虽然残忍，却并不会马上要我的命。既然这样，我就得活下去；不但要活下去，还要活得有乐趣，有价值。除了继续上班，我开始尝试为病友服务，带着他们寻求治愈的希望；同时，做一些公益工作，希望能影响和帮助更多的人。

从小到大，我都是母亲的骄傲。这份骄傲，来自儿子阳光帅气的形象，贴满家里墙壁的奖状，每次家长会收获的表扬，还有工作后领导们的褒奖。我不知道，在发病之后自己做的事情，算不算是闯出了一条路；但我希望，母亲仍然把我当作她的骄傲。

就这样，无数个夜晚，在一个叫做湘潭大学的大院子里，我与母亲分头散步。像两颗永不相遇的行星，沿着各自的轨道运行。

父亲走后，我花了更多的时间来陪伴母亲。有一天，母亲突然喃喃地说：“唉……以前你爸在的时候，虽然两个人经常拌拌嘴，但好歹有个人陪着。现在，就剩我孤孤单单一个人了……”

我听到心里传来轻轻的一声“咯噔”，像是母亲这句话无意间触碰到了某个开关。我突然想，之前的做法是不是错了？

没错，我不愿意陪母亲散步，当然是怕她看到我走路的样子伤心难过。但从某种意义上说，这何尝不是一种自私和残忍？

我光想着不让母亲看见我走路，她就可以不伤心；但我应该想到，儿子的不幸在母亲那儿总是加倍的。母亲并不知道我得的是什么病，在她的想象里，或许比我的实际病情更加严重。如果可以的话，她情愿双腿出了毛病的是自己而不是我，可这事无法代替。

母亲固然不会目睹我日渐虚弱的样子，但是我把她所经受的一切——照顾父亲的疲惫，回顾往事的迷惘，与父亲拌嘴后的委屈，对于我后半生的忧虑，以及日常生活中的烦恼……一股脑儿地丢给母亲，任由她躲在自己的角落里独自咀嚼、消化。她没有什么人可以倾诉，有些话也不便与外人说，她一定是把心爱的儿子作为重要的甚至是唯一的出口，没想到我却狠心地关闭了这个出口。母亲是一个豁达、开朗、乐观的人，但她那颗饱经沧桑的心，又如何经得住这日复一日、年复一年的消磨？

这世界上无法掩饰的，除了咳嗽和爱情，还有肯尼迪病人的步态。10 来年过去了，我走路的样子已无法掩饰，也无需再掩饰，该陪母亲散散步了。哪怕只是找一段平坦的路，牵着她的手来回踱步，甚至我需要拄着手杖。我能陪着她走多久、走多远，并不重要；重要的是，陪伴在母亲的身边，听她絮叨已经重复了许多次的往事，听听她的烦恼，她的不安，跟她说一些好玩儿的事情，逗她开心。甚至可以跟她聊聊我的腿、我的病，宽慰她，这个病，其实没那么可怕。

一天晚上，陪母亲吃完饭，我们照例坐在桌边闲聊了一会儿。她以为我会跟往常一样，准备离开；出乎她意料的是，我看着她的眼睛，轻声地说："妈，我陪您散步去。"

那一夜后，手机为他们24小时待机

从毕业留校工作开始，在长达11年的时间里，我的手机都是24小时待命。

不管是工作时间，还是午休、深夜或者凌晨，随时等着工作的召唤。我被训练成了一个完美的全天候战士，振铃最多响3下，就必须接通，然后用充满活力、略带升调的男中音说出那句——“喂！您好！”

在发病之后，我个人提出了申请，学校把我调整到一个工作压力没那么大的岗位。我心想，终于可以放松紧绷的神经，睡觉的时候再也不用开着手机。这时突然发现，我叫顺口了的“老爸”“老妈”，真的老了。

老爸老妈2009年来校随我居住。后来在学校特别关照下，老妈担任一个废旧物资仓库的门卫，多少有点收入。二老就住在门卫室，我住在自己的老房子里。父亲读过几年书，识得字，但因为眼疾双目已几乎失明；母亲眼神还好，却又没念过书，不认得几个字。他们这种特殊的“组合”，导致碰到事情的时候就只能找我解决。各种大大小小的问题，都打电话给我：煤气用完了要找人送，水龙头、电灯泡坏了要找人修，屋顶漏水要找人补，洗衣机不转了，电饭锅罢工了，摔了一跤要买些药，晚上被蜈蚣咬了要去医院就诊……我的手机，开始为老爸老妈 24 小时开着。

我是他们的大脑、眼睛、手脚，是他们与这个复杂的世界最柔软又最强韧的纽带。

2013 年 7 月，首届全国切诺基车友年会在青海举行，那也是我最难忘的一次切友聚会。24 日，浩浩荡荡的车队从西宁出发，抵达青海湖边。天不作美，淅淅沥沥的小雨一直没停。我有点郁闷，难道我真的跟青海湖没有缘分吗？去年从拉萨回程路过这里的时候，也是乌云密布，风雨交加。但是天气预报说，第二天会放晴。

因为参加年会的人员太多，吃过晚饭，大家分头找住宿的地方。我跟另外两名车友结伴把车开到了离湖边不远的一个小宾馆，我和广东的老邓共宿一个标间。因为结识不久，担心深夜手机来电打扰到老邓，看看时间已过 10 点，我把手机调成静音，然后带着一天的疲劳和对好天气的憧憬，沉沉睡去。

那一夜，我错过了好些事情：一帮来自天南海北的切诺基车友在酒店大堂聊到半夜；两个素不相识的车友喝高了，抱头痛哭；一位车友的切诺基由于线路老化，机舱突然起火，大家手忙脚乱地把火扑灭后，老车被来自广东的切友“白切鸡”神奇地修复，从此他被大家尊称为“鸡爷”。

但跟我关系最大的，是错过了一个来电。清早醒来，习惯性地先拿起手机，睡眼惺忪地扫了一眼，屏幕上显示有老妈的 8 个未接电话。

8 个?! 我一激灵，顿时睡意全无。

昨晚发生了什么事儿?!

我赶紧回拨过去。老妈照例唠叨着责备了我几句，在我的追问下，她跟我讲述了头天晚上发生的事情。晚上 10 点左右，老妈起身去上卫生间（公共的），老爸在门卫室洗脚。洗完后，好强的老爸摸索着把脚盆端出来，准备把水倒在排水沟里。万万没想到，突然一阵风刮来，门卫室的门“砰”的一声关上了！

老妈正好从卫生间出来，老两口都没有带门卫室的钥匙。这下傻眼了！幸好，老妈平时不喜欢带手机，那天却正好带在身上，于是拨通了我的电话，想叫我把情况告诉仓库管理人员，请她拿钥匙来开门。老妈哪里想得到，我在几千千米之外的青海湖边，把手机调成了静音，刚刚进入梦乡……

老妈连着打了 3 次，我一直没接电话。老爸老妈这下没辙了：他们不记得管理人员的号码。两位老人一辈子都没有过正式工作，但对于获得的每一份工作都十分负责。老爸出主意说，要不，我们就在仓库外面的花坛边沿坐一晚上吧。他们就真的坐下来，有一句没一句地聊着天驱除睡意，隔几分钟打一次我的电话。

虽然正是酷暑时节，但夜凉如水。过了半个多小时，老妈提出来，这样坐一夜肯定熬不住，还是回东坡村的家里去睡吧，仓库里也没有什么值钱的东西。因为老爸有一个习惯，裤腰上总是拴着家里的钥匙，但这串钥匙里唯独没有门卫室的，原因让人哭笑不得：配一把钥匙要 6 块钱。于是，老妈牵着老爸的手，走回 800 米开外的家，心神不宁地睡了一觉。这是他们唯一一次没在门卫室过夜。

世事就是这么奇怪：你以为永远不会失去的，人也好，东西也罢，某一天可能突然消失不见，甚至你都没有意识到他们是在什么时候离开的；你以为不会发生的事情，恰恰在你最意想不到的时候发生。

那一夜之后，我再也没有关过手机，特别是离家远行的时候。哪怕是因为开会等原因调成振动，也把手机放在离自己很近的地方。如果是乘坐飞机不得不关机，我会事先打个电话告诉爸妈一声。我与这个世界已经没有很广泛和急切的联系，但手机的那一端，是这世上我最牵挂的两位老人。不知道什么时候、因为什么事情，他们会给我打来电话。我不会再让他们像那天晚上一样，无助地听着遥远的、似乎永远不会有回应的“嘟……嘟……嘟……”的声音，而是响了两声之后就会传来一声清脆的：“妈!”

你睡觉的时候关机吗？或者，你的手机为谁 24 小时开机？

是脾气不好的老板，犹豫不定的客户，还是，那个不知归期的故人？

这首歌，仿佛就是为我们写的

11 点 58 分，我站在舞台左侧候场。

我的左手拿着婚礼手捧花。老蒋在右边紧挨我站着，这是跟我相交 20 多年的好兄弟，今天特地请他做“贴身保镖”。

婚礼主持人用悦耳的男中音说着他可能已经重复过成百上千次的开场串词。我突然紧张起来，这种感觉甚至盖过了激动和喜悦。

串词声音刚落，音乐前奏响起，接着，从婚宴大厅入口的位置传来我无比熟悉的女声：“在没风的地方找太阳，在你冷的地方做暖阳……”来宾们的视线和追光灯一道，转向入口处。

主持人快步走到我面前，我把手捧花递给他，利用短暂的昏暗的掩护开始登台。舞台有半米多高，左侧摆放着一个铁质踏步，共有 3 个台阶。老蒋有力的双手扶着我的腋下，我的左脚踏上第一个台阶，却感觉不到丝毫力量。一个小时之前，我在迎宾的间隙悄悄吞服了两片溴吡斯的明片，这是重症肌无力患者的常用药，一位辽宁的病友寄给我的，据他说可以在短时间内增加肌肉力量，但看来对于我没什么效果。我赶紧用左手抓住布景的不锈钢立柱，在老蒋的搀扶下，拼尽全身气力登上舞台。

我匀了一口气，接过手捧花，女声刚好唱到“往后的余生，我只要你……”我赶紧接上：“往后余生，风雪是你……”边走边唱，踱到舞台的中央。这一句之后，有一个漫长的过门，现场音箱的音量不够大，我有点找不到节奏，于是求助地向站在舞台左侧的主持人看了一眼，他微微点了点头，我再次唱起来：“想带你去看晴空万里，想大声告诉你，我为你着迷……”一边唱，一边向站在交接台位置的我的新娘走去。

主舞台和天桥连接的位置有一个10多厘米高的坎。之前跟婚庆公司沟通的时候，对方确定不会有高差，也不知道是哪个环节出了岔子。走下那个坎时，我把全身的力量都放在左腿上，感受到自己的脚掌稳稳地踩在天桥上，踝关节锁定，膝关节锁定，髋关节稳住……我成功地踏上天桥，然后像一只企鹅，一摇一摆地走向我的新娘。我并不害怕自己当场摔倒出丑，只是想给爱人一个没有意外的、圆满的婚礼，也不想让现场这么多爱我的人为我担心和难过。

虽然小心翼翼地往前走，但我的歌声没有停。唱完我的那段歌词，正好走到新娘面前站定。我们对视，然后合唱：“往后余生，风雪是你，春华是你，夏雨也是你，秋黄是你，四季冷暖是你，目光所至，也是你……”

按照通常的做法，这时我应该单腿下跪，把手捧花献给新娘。但在彩排的时候我已经跟主持人沟通好，把单腿下跪改为轻轻拥抱。我借着拥抱的机会休息了几秒钟，缓了缓。

往回走的时候踏实了许多。看起来是我很绅士地扶着新娘，实际上是新娘挽着我的左臂。天桥略微有些窄，宽阔的婚纱裙摆把左边装饰的盆花一路扫荡倒地，但我无暇他顾，用尽全部力气往前走。在迈上那个坎的时候，主持人不露痕迹地扶了我一把。

婚礼按流程进行。这时，溴吡斯的明片开始发挥作用，它通过促进运动神经末梢释放乙酰胆碱，提高全身骨骼肌的肌张力。于是，我的身体就像惊蛰时节的大地，万物复苏，生机勃勃。腹部、背部、肋部、胸部、颈部的肌肉，甚至嘴唇、眉毛周边的小肌肉，全都毫无规律地交替抽动，悄无声息地奏起狂野的交响乐。我努力排除肌肉跳动带来的干扰，集中注意力配合着婚礼的每一个环节。

主持人邀请岳母大人、父亲母亲上台。两位妈妈神采奕奕，父亲却因为眼疾已几近失明，只有微弱的光感。他牵着老妈的手，看上去像一个不知所措的孩子。他无法看清自己心爱儿子的婚礼，所有的热闹和感动都只是一片若有若无的朦胧。老爸作为家长代表致辞，话语得体，中气十足，完全看不出3天前他刚刚完成第8次化疗。

我突然悲从中来。当话筒递到我的手上时，我忘了拿出事先准备的致辞，语无伦次地表达了对大家的感谢，中间几次哽咽到说不出话来……

仪式礼成，我和爱人再次向大家鞠躬致谢，老蒋和我的外甥卓尔一左一右把我搀下天桥。稍事休息后，我和妻子逐桌敬酒，看着我长大的亲人，培养我成才的师长，相互砥砺的好友，发奋苦读的同窗，并肩战斗的同事，风雨同行的越野好友……齐聚一堂祝贺我的新婚大喜。从他们热烈的眼神里，我读出了欣慰，读出了祝福，还读到了心疼。

等到我和妻子敬完酒，嘉宾们渐次散去。刚才济济一堂、热闹非凡的大厅突然变得格外空旷、安静。猛子、老蒋、泉哥等兄弟在清点酒水，小声地聊着什么，几个服务员无声地收拾桌面。我和妻子在离舞台最远的一张桌子边坐下，四目相对，疲惫地笑了笑。我已经接近虚脱，心里却无比笃定——

我有家了。

附：

一篇未完全发表的婚礼致辞

尊敬的岳母大人，爸爸妈妈，各位亲友、师长、来宾：

谢谢大家来参加我的婚礼！

站在这里，我很激动，有很多的话想说……刚才，从这里走过去迎接新娘，来回只有短短20多米的距离；但今天的幸福时刻，我已经等待了20多年！

在座的亲友和来宾都了解我的情况，知道我的幸福来之不易。这些年来，我越来越深刻地体会到：爱，是这个世界上最神奇和伟大的力量。

我要感谢爸爸妈妈的慈爱，你们付出自己的所有，抚育我、培养我，帮助我成人、成才，现在你们可以放心，我终于有自己的妻子、有自己的小家了！

我要感谢岳母大人对我的疼爱，谢谢您培养了这么好的女儿，能与她结为夫妻是我最大的福气！请您相信，虽然我的腿不是很有力气，但我仍然会做一个顶天立地的男子汉，做您的好儿子，做家芝的好丈夫。

我要感谢各位亲人、各位师长、各位朋友给予我的关爱，帮助我战胜一个又一个困难，没有你们的支持和帮助，我不会像现在这样乐观和勇敢。

我要特别感谢我的妻子给予我的爱。你是那么善良、那么勇敢、那么漂亮，你让我相信，世界上真的有奋不顾身的爱情！我觉得，两颗经历了生活反复打磨的心，会更加懂得如何珍惜生活、创造幸福。往后余生，我只要你！

再次感谢大家的祝福！虽然我早已经是个老司机，但做丈夫这事儿我还是新手上路，请在座的各位好老公多多指教！

谢谢大家！

选择结婚，是我向俗世幸福的投诚

一

我曾以为，肯尼迪病给我判了两个徒刑：一个叫作“无期徒刑”，就是要忍受病情不断发展、身体活动能力持续下降的“凌迟”之苦；一个叫作“无妻徒刑”，像我这种情况，不会再有女人爱上我、嫁给我。

2008 年的时候，我本来拥有一段稳定的感情，甚至已经到了谈婚论嫁的阶段，但最终，我选择了放手；2011 年，我作了最后一次结婚成家的尝试，经人介绍认识了一个女孩儿，在建立了一定的感情基础后，我向她坦陈了病情，然后，就没有然后了……或许，我该认命罢？

2012 年自驾去西藏之前，我在中国肯尼迪病友会网站发的帖子里写道：“既然不能平淡的幸福，何不壮美的精彩？”在之后几年中，我纵情高原、雪山、戈壁、大漠、草原、湖泊，醉心于一个人的狂欢。我对余生的设想非常冷静，甚至于有些冰冷：趁着还能自如地行走，尽可能多地去旅行，同时做一些公益工作；等到走不动了，雇一个保姆照顾日常生活；如果生活不能自理了，就去专业的护理机构；离开这个世界之后，把有用的器官捐献给需要的人，把萎缩变形的遗体捐给医学机构，用于科研和教学。

我不再关注自己生命的长度，而只在乎它的厚度和温度。先尽情燃烧，然后奉献所有，这，何尝不是一种幸福？

二

树欲静，而风不止。

每一个老妈都是执行力超强的催婚人。对于我的终身大事，老妈终于由遮遮掩掩到图穷匕见，从顺其自然到目标管理，通过自己的人脉张罗着给我找老婆。

她不了解我的真实病情，只知道我的双腿没什么力气，所以在物色儿媳妇的时候，她自然也考虑到了我的特殊身体状况。在相亲“市场”中，我仍然有着漂亮的标签：年轻有为的处级干部，风韵犹存的过气帅哥，性格超好的阳光暖男。但是……“他的腿有一点点小毛病”。

于是，包子铺的女老板，超市里的收银员，疲倦思归的打工人，离异多年的大姐姐……接踵而至。

碍着面子，我跟所有的人见面，吃一顿饭或者一块儿散步。我尊重每一个认真生活的人，但无法接受的是，我跟她们根本没有共同语言。我想找到一个妻子，一个灵魂伴侣，而不只是利用现实条件的“优势”，找到一个女子传宗接代，或者让她成为照顾我的保姆。渐渐地，我钻进了看似无懈可击的牛角尖：我不爱的女人，何必娶她？我爱的女人，又何必害她？

三

直到，她重新出现。

她叫漫子，我们是高中同学，但并不熟识。她理科，我文科；她外向，我内向，相互之间没有什么交流。读书期间，我与她仅有的两次交集，是在教学楼旁的十字路口。中午时分，四周空无一人，我们擦肩而过。我缓缓地回过头看她，她也正好回过头看我；从她清亮的双眸中，我读到了羞涩、欢喜和不解，而我的眼睛里，闪现的应是欣赏、愉悦和落寞。我们都没有言语，就这样擦肩而过，那画面，像极了偶像剧里的场景。

然而，也仅仅只是欣赏而已。家境贫寒的我，一门心思攒劲读书，考上大学，通过奋斗改变自己和家庭的命运。早恋于我，既是陌生的东西，更是消受不起的奢侈品。

高中毕业，我顺利考上重点大学；而她因为家庭经济条件不好，在高考前两个月放弃了考试的机会，打工贴补家里，两年多以后前往广东讨生活，我们就此失去了联系。直到20年后，在高中同学聚会上我们才再次相见，但也止于同学情谊，没有太多的交流。

果然，世间所有相遇，都是久别重逢。

四

直到许久之后，我们突然开始聊天，也才知道彼此都是单身状态。

我们聊过往，聊当下，聊将来。由于她当时住在公司的宿舍里，网络信号不太好，我们主要是通过老套的“电话粥”进行交流。我每个月的移动套餐，包含400分钟的通话时间，很快就用完了；第二个月升级到800分钟的套餐，仍然不够用；再次升级为1000分钟的套餐，还是“爆掉”。

我们好像聊了很多，又好像什么都没聊，只记得聊天的时候，心里充满了欢喜，本来难熬的夜晚过得特别快。爱，悄然萌芽，疯狂生长。但是，那个灵魂拷问不失时机地跳出来：“我爱的女人，又何必害她？”

我把自己的身体状况告诉她，她说“我愿意!”我担心她是一时冲动，于是把她拉进了肯尼迪病友QQ群，让她跟病友们充分交流，了解这个病所有可怕的情形，过了一段时间，她还是说“我愿意!”我把自己目前拮据的经济状况，以及今后巨大的财务压力告诉她，她仍然说“我愿意!”……

那个看上去无解的结，被她轻巧地打开。原来，爱情是两个人的事情，强迫自己扛下所有，非但不是勇敢的担当，简直近于可笑的幼稚。

敲门声一阵紧似一阵。犹豫良久，我举着白旗，走出自己苦心经营的堡垒，向着俗世的幸福，心甘情愿地投诚。

总有一些事，值得你拼尽全力

拍婚纱照，是大多数新婚夫妻的必选项目。

我原以为，自己这辈子再也没有机会结婚，也就谈不上拍摄婚纱照。出乎意料的是，漫子重新走入了我的生命，我有了妻子。我对西藏的山山水水有着深厚感情，于是，一个念头很自然地蹦了出来：我要跟漫子拍一套漂亮、别致的婚纱照，而且一定要到西藏去拍。

漫子也很理解我对西藏的感情，当即表示支持。确定思路之后，接下来就是跟婚纱工作室进行线上沟通，拟定拍摄方案。考虑到我的体力问题，我们没有选择旅拍方式，只选择了布达拉宫和大昭寺两个拍摄点，一共 4 套服装：3 套藏族特色服饰，1 套西装 + 婚纱。

拍摄那天，我们起了个大早，打车来到位于布达拉宫附近的婚纱工作室。遇到的第一个考验是，工作室在 2 楼，试衣间在 3 楼，老式木质楼梯没有扶手，又非常狭窄不方便搀扶，我只能用双手撑着两边的墙体，一摇一摆地爬上去。

换上衣服，化好妆，我们跟摄影师、服装师一同打车前往大昭寺。没承想，还没正式开拍就给我来了个下马威，因为车辆不能开到大昭寺跟前，只能在距离入口处两 300 米远的路口下车，再步行过去。通过安检，硬撑着走到大昭寺门口，我的体能已经消耗了一小半。肯尼迪病患者的特点就是“充电几分钟，使用半小时”，我坐在旗杆旁的长椅上休息了几分钟，就正式开拍。第一个场景是大昭寺的正面，我的体能状态比较好，因此拍摄还算顺利。

正面拍完之后，按顺时针方向沿着八廓街往里走，摄影师在我们前面抓拍。朝拜的信徒和观光的游客如过江之鲫，整条街道拥挤不堪。我的右手紧紧地抓着漫子的左手，生怕被后面冒失的行人撞倒。走到一半的时候，我的双腿坚持不住了，正好旁边有个武警执勤点，我们慢慢挪过去，跟他们说明情况，年轻的武警很友善，腾出一张凳子让我歇会儿。

第二次“充电”之后，我们往前走到一条巷子里，以藏式建筑为背景进行拍摄。这些建筑跟湖南的房屋风格迥异，赭红色和明黄色的墙体给人强烈的视觉冲击，散发着古朴、粗犷、神秘的美感。

服装师拖着行李箱跟着我们。第一套服装拍摄完毕之后，就在巷子里换上第二套。藏族服饰的着装方法很有讲究，不经过反复练习，还真难以驾驭。换好衣服，我们走到著名的玛吉阿米餐厅的位置，在这里拍了不少镜头。

离开玛吉阿米，往大昭寺门口走。刚走到广场位置，碰到了七八个外国游客，他们看到我和漫子穿着漂亮的藏族传统盛装，非常兴奋，纷纷竖起大拇指，不停地说着“Beautiful!”“Wonderful!”抢着跟我们合影。

拍完两套服装已接近中午 1 点，我和爱人都有些疲惫。打车回到工作室，随便吃了点东西，休息一会儿，就开始换婚纱、西装。我正在发愁的时候，谢家二哥带着两个同事开车过来，陪同我们进行下午的拍摄。工作室距离布达拉宫广场有400多米，二哥雇了辆人力车，一直把我送到广场安检入口。

我们以布达拉宫为背景，开始拍摄婚纱照。拍了几个造型后，摄影师指挥我做出一个单腿下跪献花的动作，我也不知道从哪儿来的勇气，竟然答应尝试一下。我走到漫子面前，左腿弯曲准备跪下去——不出意料，我的双腿膝盖同时一软，整个身体直接向她扑过去。好在这个新娘不是一般人，她没有花容失色，更没有捂嘴尖叫，而是眼疾手快，伸出双手托住我的胳膊，稳稳地将我扶住。

二哥特地带过来一张折叠沙滩椅，这个玩意儿可帮了大忙了！漫子拍摄单人照的时候，我就坐在椅子上喘口气，充充“电”。没想到我这婚纱照，竟然拍出了18线明星的派头，哈哈！还有个好玩的事情，在给我拍单人照的时候，站在摄影师后面围观的人群里，有一个女子一边鼓掌一边欢呼，弄得我很不好意思——哥有那么帅吗?!

拍完婚纱，我的腿已经软得不行了，摄影师先带着漫子到药王山拍些单人照。二哥和同事一左一右搀着我往白塔的方向走。会合之后，先在白塔位置拍了几张，然后在附近的一个门洞里换上第四套衣服。换好之后，通过安检，走到布达拉宫前面。

天色渐渐暗下来，我的体力也接近枯竭。不巧的是，这套藏族服装的靴子非常重，还不合脚，至少大了两个码；后脚跟接触的位置特别硬，每走一步都疼得厉害，我几乎走上三四十步就要休息一下。

按照拍摄计划，还有3个拍摄点。眼看着天色越来越暗，大家心里都很着急。这时，二哥的一位同事主动提出背着我走，到了拍摄点再把我放下来。于是，很有喜感的画面出现了：一个身体壮实、脸膛紫红的汉子，背着一个穿着藏族盛装的白面文弱男子，在布达拉宫前面的步道上疾走。可惜的是，摄影师也累了，没有抓拍下这个场景。每年在布达拉宫前面拍摄婚纱照的新人不知有多少，但享受这个待遇的估计是前无古人，后无来者。

等到全部拍完，天已然漆黑。我无力走回工作室，只能慢慢走到路边，打了个车绕一个大圈回到工作室下面的停车坪。爬楼是不可能了，就在楼下趁着夜色的掩护换回自己的衣服。

可能会有朋友觉得，阿甘你本来就患有罕见病，身体没有力气，何必费那么大的劲儿跑到拉萨拍婚纱照呢？这是一个难以回答的问题。或许，有的人，值得你用一生去守护；有的事，值得你拼尽全力去做。

宠妻的极致，是她成了孩子

一转眼，我和漫子结婚快 4 年了。

我经常在微信朋友圈“晒”漫子。“晒”她做的菜，种的花，也“晒”她的美照，因此被很多朋友称作“宠妻狂魔”。

宠妻？这些只是冰山一角而已。

结婚之前，征得漫子的同意，我按揭购买了一套小房子。房子面积不大，妙在能瞰湖望江，小区旁边就是一个公园。装修入住之后，这里是我们俩最温馨的小“窝”，也成了漫子的天下、王国和“山寨”。当只有我们两个人在家的时候，她叫嚣乎东西，隳突乎南北，张牙舞爪，摇头晃脑，龙行蟹步；周末她到旁边的公园里晨跑，下雨天就在阳台上做器械锻炼，折腾累了，就四仰八叉地倒在沙发上。有次在家喝了些酒，她含含糊糊地说：“我曾经发誓，谁给我一个温暖的家，我就死心塌地地对他好！”在外面漂泊了 20 多年之后，她终于找到了安放身心的港湾。

或许，在很多朋友的想象里，漫子温柔、文静，还有点文艺范儿；实际上，她是个急性子，秉性耿直，爱憎分明，颇有“女侠”风范。我曾跟她开玩笑，要给她定制一件 T 恤，前胸后背都写上“易燃易爆”。漫子有个优点，从来不记“仇”，有什么“仇”，一般她当场就报了。当然，她不是无缘无故发脾气，而是因为有的事令人义愤填膺，难以自控；有的人不明事理，胡搅蛮缠。每次当她忍无可忍想要“怼人”的时候，我都拼命往回拉她：“没那么严重!”“好啦好啦！没事儿了!”“哎，哎！你轻点儿!”她的另一个优点，是情绪来得快，去得也快，不打隔夜仗，不记小账本，光明磊落，坦坦荡荡。我也曾血气方刚，年少轻狂，但岁月早已将我打磨得分外温润。只要不是原则性的问题——家里面哪儿有那么多原则性问题呢？我从来不针尖对麦芒地跟她斗嘴，所以我们家常见的画面是：她在急，我在笑。

因为我行动不便，家里的事情，大多是我动脑动嘴，漫子动手跑腿，也有不少事情是她自己拿主意。但不管是谁作的决定，效果好的，功劳我都算在漫子头上；万一效果不佳，责任我全揽下来，大到家庭决策、活动安排，小到餐馆的选择、菜式的组合。有一次，漫子跟我开玩笑：“你说说你！学啥啥不会，干啥啥不行，肩不能扛，手不能提，拖地弯不下腰，洗几个碗就腰酸腿软，你能干啥你?!”我翻了翻白眼：“谁说我不干活儿了？家里大大小小的锅都是谁背的?!”

现在，漫子是蜚声湘大内外的“花仙子”，老印刷厂院子早已成为花友的热门“打卡”点，甚至成为“小红书”App 上商业约拍的景点。每年月季花盛开的时候，院子里人来人往，络绎不绝。但是，每一个“花仙子”的背后，都有一个睁一只眼闭一只眼的男人。她最初是在东坡村家属区我们的小房子前种花，当时都是盆栽，“癫疯”期曾经达到两百多盆，弄得我密集恐惧症都要犯了，但我从来没有责备过她，只是提醒她别太辛苦。她的学习能力超强，根据湖南的气候、土壤特点，以及花形、颜色、抗病性，淘汰了很多品种，大幅压缩了规模。后来，她逐渐“殖民”老印刷厂院子里的花坛，我也一如既往地支持。她汗如雨下，我递过毛巾；她需要鼓励，我奉上密集的马屁；她要施肥，我捏着鼻子陪她运牛粪；她念叨种花经，我不懂装懂地听着；她的手扎进了刺，我帮忙挑出来……她的抖音的评论区里经常有人感叹：“有一个支持你种花的老公真是太幸福了！”

漫子长得好看，也喜欢照相。恰好，我一直挺喜欢摄影，于是，除了旅行时拍摄风景之外，给漫子拍照就成了我的业余爱好。其实，我的身体状况很不适合做摄影师，不能自如地前进后退、左右移动、蹲下站起，取景、构图都受到很大的局限。更要命的是，我的手指会不受控制地轻微颤抖，所以经常把照片拍糊；双手做精细动作不太灵活，有时调整对焦点都很费劲。虽然有诸多不便，但我很享受为她拍照的过程，这几年给漫子拍了数以千计的照片，为她定格了很多美好的瞬间。拍照片，修照片，看着照片回味时光，成了我们生活中的一大乐趣。

我原以为，漫子是一个性格外向、大大咧咧的人，但其实，她不善交际，甚至有一点点“社交恐惧症”。与跟人打交道相比，她似乎更愿意和我待在一起，或者跟她的花儿们相处，偶尔我会开玩笑，说她是“来自星星的孩子”。她远离了自己的生活圈来到湘潭，我希望她能融入我的圈子，在这边多交些朋友，但她似乎不太积极，我也就不再勉强，让她自己掌控社交活动。至于跟这个复杂的世界打交道，交给我就好。

年轻的时候，我接待多，也常跟朋友小聚，喝醉酒是常事。发病以后，特别是结婚以来，我喝酒非常节制，但偶尔仍会失控。我的双腿本就乏力，再喝多了酒，其实很危险，漫子为了我的安全，劝过我好几次，但收效不大。有一次，我又喝高了，回到家躺在客厅沙发上就睡，漫子气恼之下，开始了她的“表演”。这家伙，多“坏”啊！大热天的，她关闭了空调，关上了电风扇，然后给我盖上一床被子。据她后来说，中途还从卧室出来查看了两次，看我撩开了被子，又给我捂严实。凌晨4点多，我迷迷糊糊地醒来，感觉自己泡在温泉里，满头满脸、全身上下都是臭汗。但是被她这么一“整蛊”，那次之后，为了自己的安全和健康，也为了漫子安心，我再也没有醉过酒。

这世上，有很多宠爱妻子的男人。因为个体性格、人生追求、家庭条件千差万别，宠妻的结果也各不相同。有的女人被宠成了“女王”，有的女人被宠成了“贵妇”，有的女人被宠成了“公主”……我和漫子只是一对想把小日子过好的平凡夫妻，于是，原本高傲、刚强、坚硬的漫子，被我宠成了孩子。

或许，每个人的心里，都住着一个孩子，只是随着渐渐长大，我们给自己穿上了厚厚的铠甲，全副武装，刀枪不入。只有在感到极度安全和满满爱意的时候，那个孩子才会跑出来，卸下所有防备，无拘无束地撒欢儿，哪怕随时需要再次披挂上阵。即使是女王，应该也有穿着白色长裙、打着赤脚，在草坡上恣意奔跑的狂想吧。

平日里，我能做的事情非常有限，家里的绝大多数活儿都是漫子干，浆洗、晾晒、收纳、做饭、采购、取快递、搞卫生……甚至简单的水电气、家电故障的修理。除了操持好小家庭，有时还要照顾我老妈。她很累，却并不觉得苦；偶尔也有怨言，却从未后悔。她风风火火地做着各种事，脸上却总挂着轻松愉悦的笑容，不经意间，还会哼起古里古怪的歌。

我“慈爱”地看着她，在心里暗想：“我要她一直做一个快乐的孩子……”

女子本柔，嫁罕则刚

我的妻子叫作漫子。

没有人会将漫子跟“强悍”两个字联系在一起。一米五几的个头，九十几斤的体重，骨架纤细，长相秀丽，怎么看都像是一个只管唱歌跳舞、侍弄花草的“女神”，而不是一个特别能吃苦特别能扛事儿的“女汉子”。

但是，在嫁给我之后，漫子很快就扛起了整个家庭的重任。

日常生活就不用说了，搬东西、拿快递、采购物资什么的，都是她大包大揽，我只管两手空空，拄着折叠小手杖在后面摇摇摆摆地跟着。

结婚后，我们有过两次旅行。住店和退房的时候，两个拉杆行李箱，全是她拖着；大大小小的手提袋，都是她拎着；七七八八的旅行用品，也都挂在她的身上，她看起来就像一个满满当当的衣帽架。我既惭愧又心疼，就试探着说：“我来拿些轻一点的东西吧！”她总是干脆地说：“别闹，你走好自己的路，别摔跤就行啦！”

大约从2017年下半年开始，我蹲下去之后就再也无法自行站起，哪怕是有趁手的支撑物。打那以后，我就尽量避免独自前往陌生的公共场所。但即使是在校园里，突发状况也防不胜防，经常在毫无准备的情况下双腿一软，直接蹲坐在地上。好在青年学生心地纯良，每次都会有路过的学生把我扶起来。如果没有人路过，我就只能坐在地上，等待救援。

漫子跟我结婚后，把我从地上拽起来的任务就落在了她的身上。经过不断摸索，我们终于找到了最有效的方法：我在前面蹲着，她蹲在我的身后，双臂从腰后绕过来抱住我的腹部，十指紧扣，然后发力站起来，直到我双腿挺直、站稳为止。但因为她的个头不高，有时候也会因为几个厘米的行程导致失败，只好再尝试一次。结婚前，漫子经常穿高跟皮鞋，身形挺拔，更显气质。结婚之后，她总是穿平跟鞋出门。有次我不解地问："你穿高跟鞋很好看，现在怎么不穿了？"她说："你傻呀！穿着高跟鞋怎么抱你起来？"

这个动作如果只是在平地上做，除了费力倒也没什么。但有好几次，我们有事外出，我突然想上厕所，一时又找不到无障碍卫生间。解决完之后，确定厕所无人，再打电话唤漫子溜进男厕，拦腰将我抱起来。我无法想象，她得忍受多大的尴尬和紧张。

为了方便今后的生活，我们购买了一套小户型电梯房，2020年暑假做了装修。虽然考虑到我的身体状况，我们选择全包给装修公司，但还是有很多大大小小的事情需要自己干，其中包括很多体力活儿。我除了当司机、出主意，什么都干不了。大到搬运五六十斤重的装修材料、小件家具，小到拿一些辅助材料，都是漫子一个人干。房子装修完之后，她变得又黑又瘦，给我心疼得够呛。

年底搬家，我跟漫子商量，把东西整理好，叫搬家公司来辆车，一趟就搞定了。她说，我们每个月要还房贷、装修贷，压力够大的了，反正时不时要去新家，就用自家的车每次带一些东西，能省一点是一点吧！于是，漫子就像一只勤劳的小蚂蚁，一点一点往新家搬东西。

住进新家之后，绝大部分家务活儿还是漫子干。其实在发病前，我是一个挺勤快的人，虽然厨房里的活儿不太擅长，但洗碗、拖地、抹桌子、整理房间都挺在行。但肯尼迪病严重削弱了我的活动能力，目前影响最大的是四肢和腰部的肌肉。先别说煮饭炒菜，帮着漫子剥一碗青豆都能让我双臂酸痛，吃饭的时候夹菜不稳；腰弯到 30 度以上就得扶着东西才能站直。所以，我只能做一些直着腰就能做的事儿，收拾收拾东西，抹抹桌子，其他的家务活儿全指望漫子。

2017 年，父亲被确诊患有乙状结肠癌，做了手术。母亲因为患有严重的腰椎间盘突出，多干点体力活儿就疲惫不堪，因此，大多数时候是我拖着两条腿照顾父亲，复查、化疗、看中医……一趟一趟往医院跑。漫子进入这个家庭后，承担起了照料父亲的大部分任务，每次住院，都是她跑前跑后，甚至通宵陪护。

2021 年春节期间，父亲的病情进一步恶化，发展到卧床不起。漫子跟护工何姨一道，承担起了照料父亲的工作。她每天给父亲喂水、喂饭、翻身、擦洗身子、清理大小便，每隔几天还帮老人家洗头、剃胡须，无微不至，毫无怨言。父亲大多数时候意识有些模糊，说话吐字也不太清楚。有一天下午，老人家难得神清气爽，我陪着他聊了很久的天，我随口问他，这个儿媳妇怎么样啊？父亲说得很慢，但字字清晰：“世（界）上难得找到果（这么）好的（儿）媳妇！”

作为一个神经肌肉类罕见病患者，我知道，这一切还只是开始。随着我病情的进一步发展，拄拐杖、坐轮椅、长期卧床都是可以预见的状况。我能干的体力活儿越来越少，而需要漫子的照料会越来越多、越来越辛苦。

女子本柔，嫁罕则刚。

我跟不少男性罕见病病友交流过，他们都对自己的妻子怀有很深的感恩和愧疚。在人生的道路上，本来应该相互搀扶、互相照顾，但因为患病的缘故，家庭的重担几乎都压在了妻子的肩上。

而我和漫子的情况，与他们又有区别。

大多数病友都是发病前就已结婚成家、生儿育女，夫妻之间建立了比较牢固的感情基础，发病后，妻子不离不弃固然彰显了人性的高贵，但也符合人之常情。而漫子，是在我发病 10 多年、活动能力已经严重下降之后，毅然决然地嫁给我，这需要多大的勇气和决心？

偶尔，我也会半开玩笑半认真地跟漫子说："你是不是傻，明知道我是个火坑，还往里面跳？"

每次她总是先丢给我一个白眼，然后一脸认真地回答："你不是火坑，你是我爱的男人。"

幸福，像花儿一样

天知道，漫子是怎么迷上种花这事儿的。

2020 年 5 月的一天，漫子异常温柔，甚至带着一点讨好的语气跟我说："老公，我想跟你商量个事儿……"

我立刻警觉起来。结婚半年多，我基本上摸到了规律，当漫子这样说话的时候，一般后面都藏着"坑"。我努力保持沉着冷静，先看看她又出什么幺蛾子："嗯，啥事儿，你先说说看。"

漫子说："也不是什么大事，就是……我想种点花。"

我暗暗松了口气。种花？既可以锻炼身体又悦目养心，好事啊！而且，漫子放弃了熟悉的生活，离开了自己的朋友圈，跑到陌生的湘潭来嫁给我，培养点兴趣爱好也是应该的。

我作出一副很大度的样子，右手一挥："嗯，准了！"

其实我心里头还有个"小九九"——如果不给这个精力过剩的家伙找点事儿干，除了上班，剩余时间全缠着我，我这把老骨头可怎么受得了？嘿嘿！

没想到，就这么一挥手，我的麻烦大了！！

漫子相中的品种是欧洲月季。得到我的同意后，她开始疯狂地买小苗、花盆、肥料、药物、工具、营养土……很快，学校各个快递的工作人员都跟她成了熟人。

她先是在抖音上学习基础知识，同时加入各个花友群交流。她的学习能力很强，没过几个月，就结合湖南的土壤、气候特点摸索出了适合本地的培植方法，然后在抖音上和花友群里各种嘚瑟，由一个新手摇身一变成了花友心目中的高手。

种植月季，选用疏松透气的土壤很重要。漫子一开始在网上购买营养土，但比较贵，而且效果并不好。后来她发现，腐叶土混合发酵好的有机肥是最佳方案。于是，只要一有空，她就骑着小电驴，带着锄头、铲子、编织袋，四处搜罗腐叶土。到了周末，还拖着我开上车，给她当运输队队长。

随着时间的推移，漫子的“部队”越来越大，鼎盛时期达到200多盆。我的天啊，这是种“点”花吗?!我一直提防的“坑”原来是在这里!

一个个拗口的名字，漫子却记得滚瓜烂熟：什么弗洛伦蒂娜、粉色龙沙宝石、安吉拉，什么伊蕾莎斯特、布朗天鹅绒、英伦节拍，什么肯特公主、日本玛丽、胭脂扣、黑伍德，还有杰夫汉密尔顿、婚礼之路、权杖之岛……

那句话怎么说来着?“不疯魔，不成活。”漫子种花真的到了走火入魔的地步——她竟然跟花说话！每次养护完、浇好水，她就背着手站在花丛中，好像检阅部队的将军一样，叽叽咕咕地跟花说话。有一次我凑过去偷听，隐隐约约听到她是在许诺：“你们好好表现，谁长得好，我就给谁改善条件，换大盆!”

唉，这个“花”痴！

每天回家的路上，漫子坐在副驾驶室，一个劲地跟我唠叨各种养花知识。什么缓苗啊、打顶啊、压枝啊，什么冠幅啊、强笋啊、横拉啊、顶端优势啊，哪个品种该施肥，什么时候要浇水，近期要打什么药，说得头头是道、津津有味、唾沫横飞。我专心开车，对种花又完全没兴趣，也就“啊”“嗯”“哦”地随口附和。漫子说了半天单口相声，最后只能抛过来一个白眼，悻悻地说一句：“对牛谈花！”

要把花种好，除了日常养护，最重要的工作就是防治病虫害。月季的病害主要有黑斑、白粉，虫害主要是红蜘蛛。为了搞定这些害虫，漫子干脆买来了电动喷雾器，我真是佩服得五体投地。

盆栽还不过瘾，漫子又盯上了学校老印刷厂院子里的花坛。她利用周末去院子里垦荒，开辟出一片新大陆，我笑话她是“殖民主义者”。

藤本月季因为枝干柔软，需要搭在支架上才能长得茂盛，培养出好看的造型。一开始，漫子用竹竿做支架，但不够美观，又容易发霉；后来，专门买来玻璃纤维杆制作盆栽支架；不知道从哪里捡来一些金属杆，给地栽的月季做了几个拱门。那段时间，好好的“女神”弄得跟拾荒大妈似的，走在路上，这里瞟瞟那里看看，总想着发现点什么宝贝给她的花儿用。

没有肥料，花儿肯定长不好。于是，漫子想方设法给她的花儿们做各种“料理”：菜籽榨油剩下的油渣饼只是常规武器，麻辣小龙虾吃完后剩下的壳，埋了；杀了鸡不要的内脏，埋了；从菜市场买来鱼肠子，埋了；榨豆浆剩下的豆渣，埋了；各种水果的皮，埋了……她就差学习曼陀山庄的王夫人对待段誉那样，把我埋了作花肥了！

为了把花种好，漫子把大部分业余时间都用在了花园里。她不逛街，不打牌，很少聚会，白天太阳晒，傍晚蚊虫咬，双手越来越粗糙，肌肤由娇嫩变得外焦里嫩。她甚至自学成才，能够做基本的泥工和水电工的活儿。月季的刺扎进手指更是常事，晚上她自己用缝衣针挑出来，下手那个狠啊，我在一边看得直吸凉气……

在漫子的身上，有一种旺盛的生命力，这一点让我十分着迷，但她折腾起来也确实让人头疼。不过，我又怎么能抱怨呢？就像喜欢一枚硬币，我怎么能够苛求，它只有 A 面，没有 B 面？

一顿疯狂操作之后，漫子指着那一大片绿油油的叶子，信心满满地跟我说："老公，明年春天我会献给你一座花园！"我立马知趣地献上一顿密集的马屁："老婆好厉害！你就是最棒的！"但我的内心，其实并不太相信："这……真的能开花？"

2021 年湖南的雨水特别多，不利于月季开花。阴雨连绵的那段时间，漫子都快急疯了。直到 4 月下旬，花苞终于在枝头悄悄绽放。到了 5 月初，花儿们争先恐后，开得热闹非凡。

花开繁盛，惊艳了我，也惊艳了时光。

随着月季的次第盛开，漫子的花园成了热门的"打卡"地。老太太们每天溜达过来，一看就是老半天；青年男女路过，摆开剪刀手拍几张照片又匆匆离去；附近的孩子也围过来，对着漫子"阿姨""姐姐"地乱叫，跟她请教花卉知识。

我突然有一种隐隐的担心。

今后在校园里碰到熟人，他恐怕会向同行的朋友这样介绍我："哦，这位就是漫子的老公。——什么？漫子你都不知道?！就是月季种得很好的那个美女啊！"

命运兜兜转转，人生浮浮沉沉，人到中年的时候，我和漫子终于走到了一起。一年多来，我感受到从未有过的幸福和踏实，犹如春花盛开，一切美好不期而至。我们得到了很多朋友的祝福，但估计也有不少朋友在暗暗担心：他们的幸福，能持续多久？我理解他们的担心。毕竟，我和漫子的结合，既要面临婚姻的共性问题，又注定会遇到比别的夫妻更多、更艰难的考验。

在跟漫子一起种花的过程中，我们领略了花儿的美丽，也了解了背后的艰辛。我们深知，幸福，就像花儿一样，不只供人欣赏和采撷，更需要培育和呵护。我们会跟种花一样，用心经营和呵护属于自己的幸福，该浇水就浇水，该施肥就施肥，出现病虫害了就及时除掉。

我们会一起加油，让来之不易的爱情之树长得茁壮，幸福之花开得绚烂。

孩子，我决定不做你的父亲

亲爱的孩子，虽然你没有机会来到这个世界上，但我突然想给你写封信。

我得告诉你，爸爸是个病人。得这种病的人很少很少，十万个人里才有一个，所以爸爸实际上是十万里挑一的男人呢！但也正因为这个病，我决定不做你的父亲。

一

你可能不知道，你最初的样子看起来像一只小蝌蚪。你得在一场游泳比赛中跟几千万个小伙伴竞争，拿到冠军才能来到这个世界。因为爸爸得了病，又上了年纪，好消息是，跟你一起竞争的蝌蚪少了很多；坏消息是，你的力气也小了很多，恐怕游不到终点，要靠别人的帮助才能拿到冠军。

上次在长沙开会的时候，爸爸见到了卢光琇奶奶，她说一定可以帮我生一个健康的宝宝。她可是特别棒特别棒的奶奶，帮助好多人生出了宝宝。但是，为了你的降临，妈妈要打很多很多针，吃很多很多的苦。爸爸很在乎妈妈，不想让她为了你的到来吃这么多苦。而且，如果你真的来了，妈妈既要照顾爸爸，又要照顾你，会非常非常辛苦。妈妈抱起你，就没办法抱爸爸；抱起爸爸，就要放下你。

二

爸爸是喜欢孩子的。在我还没有生病的时候，曾经去过好些刚刚生了宝宝的朋友家里做客。爸爸很多次凑在摇篮边上，看着那个小不点在摇篮里伸伸小胳膊、蹬蹬小腿儿，还时不时把手指塞进嘴里，或者露出神秘的微笑。如果当时是你躺在摇篮里就好了，你会看到爸爸眼睛里全是欢喜和温柔。要是没有生病的话，爸爸应该也会有自己的孩子吧。

可你是一个小生命啊！不是一个玩具，也不是一只小动物，我得陪伴你成长。但是，爸爸没有什么力气，不能在阳光温柔的清晨，陪着你在草地上踢球；不能在起风的日子，和你一起放风筝；不能捉着后座，教你骑自行车；不能在风和日丽的周末，陪你去远足、露营……你上幼儿园的时候，我不方便参加你的家长会；你读小学的时候，我不能参加亲子运动会；你大学毕业的时候，我很可能没法参加你的毕业典礼……我会缺席很多事情，错过很多东西。

是的，妈妈可以搞定这一切。但在你成长的过程中，很多东西是妈妈替代不了的，我不允许自己做一个失职的父亲。爸爸的好朋友劝我说："你的精神力量那么强大，会是孩子最好的榜样。"但我知道，哪怕跟你说一百句励志的话，也抵不过一次把你举过头顶，逗你发出"咯咯咯咯"的笑声。

三

也有好些朋友跟爸爸说："生一个孩子吧，等他/她长大了，就可以照顾你。”虽然爸爸嘴上感谢他们，但是不赞同他们的想法。一个孩子带着使命来到这个世界上，这是我知道的非常残忍的事情之一。不管他的使命是照顾一个体弱多病的父亲，还是继承一个应有尽有的王国。

如果你有机会来到人世间，应该自由地生长，自主地选择过什么样的人生。我期待你长成原野里的一棵乔木，挺拔，正直，亭亭如盖，生机勃勃；但你要是想做一株无名的小草，我也会支持你。你不是我和妈妈的私人财产，更不是爸爸的贴身保姆；漫长的人生道路上，爸爸妈妈只是陪你走一程。虽然我确信，你会是一个有孝心的好孩子，但我不愿意你在应该踢足球或弹钢琴的年纪，推着轮椅陪爸爸散步；更不愿意你在应该游历四方、创造自己事业的年纪，守在爸爸的床边，看着我一动不动地躺在那里。

四

爸爸来到这个世界已经 40 多年了，这是一段不算短的旅程，也领略了一些人生风景。在这个世界上，有阳光也有黑暗，有鲜花也有荆棘；有欢笑也有泪水，有祝福也有妒忌；有真诚的帮助也有卑鄙的构陷，有健康的快乐也有病痛的煎熬；有成功的喜悦也有失败的痛苦，有轻松的时光也有沉重的责任；有诗和远方也有无边无际的苟且，有和平的芬芳也有战火的硝烟。这个世界很美好，这个世界也很残酷。这个世界很温暖，这个世界也很冰冷。这是最好的地方，也是最坏的地方。

爸爸经常跟朋友们说，世界上只有一种真正的英雄主义，就是在看清生活的真相后，依然热爱生活。爸爸正在努力这样做。但是我很担心，没有经过你的允许就把你带到这个世界上，如果你过得不开心的话，会不会觉得人间不值得，会不会怨恨爸爸？

五

你妈妈说，想给我一个完整的人生，我很感谢她。但爸爸心中的完整人生，不是形式上的完整——什么都不错过，不留下任何遗憾；而是自我的圆融，是悦纳自己、善待他人。妈妈还说，我跟她长得这么像，眼睛都是大大的圆圆的，鼻子都是挺直挺直的，连嘴唇都很像，好期待看到我们的宝宝是什么样子。我跟她说，用电脑合成一张效果图不就行了，何必那么辛苦生一个呢？

哦，还有几句话要跟你讲。因为得爸爸这种病的人很少，如果以后有药可以治爸爸的病了，肯定会非常非常贵；就算没有药，照顾好爸爸也需要不少钱。爸爸五行缺“金”，没有攒下什么财产，如果必须做一个选择的话，我只能选择跟妈妈过好以后的日子，放弃生你、养你。这是爸爸自私的打算，希望你能理解。

其实，爸爸是有孩子的。走在校园里，阳光打在一张张青春的脸上，爸爸看着他们，就像是看着自己的孩子。前几年，爸爸还资助了好几个小哥哥小姐姐，他们学习很刻苦，成绩也很好，但家里没有钱供他们读书。现在，爸爸刚刚成家，手头有点紧张，等以后经济宽裕了，爸爸妈妈会尽力帮助更多的小朋友；我们还会到福利院去看望没有爸爸妈妈的孩子。我和你无缘相见，就把对你的爱分给他们吧。

亲爱的孩子，说了这么多，就是想告诉你，我决定不做你的父亲。这是对我自己的放过，也是对你最大的慈悲。

为父心意已决。

咱们就此别过。

他俩叫我“叔叔”

在我 20 岁的时候，我未曾设想过这样的情景——

两个孩子跟我生活在同一个屋檐下，他们管我的妻子叫“妈妈”，却管我叫“叔叔”。

漫子有两个儿子，一个叫做桥，一个叫做凯。桥已经成年，我和漫子结婚时他已经是一名大三学生；凯当时还在读初一，由他的父亲抚养。

桥首先进入了我的生活。那年冬天，他来湘潭过寒假，我和漫子开车去长沙黄花机场接他。因为新冠疫情，在到达厅出口等候的人们稀稀拉拉，从里面出来的乘客也寥寥无几。等了 20 多分钟，远远地看着一个年轻人，带着一丝大大咧咧、满不在乎的神气从里面走出来。他头戴一顶前面有着短帽檐的黑色呢子软帽，身穿一件中长款的藏青色呢子上衣，一条黑色的阔腿裤，足蹬一双黑色马丁靴，一眼看上去，像五四运动时期的青年学生，又有点像老电影里快活的南斯拉夫游击队员。他走到我们身边，开心地叫过“妈妈”之后，又看着我大大方方地叫了一声“叔叔”，我们就算是认识了。

凯进入我的生活要晚一些，他是第二年暑假过来的。那天，他穿着一件浅蓝色的短袖足球上衣，一条水磨牛仔裤，脚上穿着一双白色的球鞋。跟他哥哥很自然地融入这个新的家庭不同，他像一头走进了陌生丛林的小兽，总是给人一种警惕的、小心翼翼的感觉。一开始，他甚至不敢看我的眼睛，一碰到我的目光，如同大中午不小心直视了太阳，立即偏头躲开。有好几次，到了开饭的时间，他急匆匆地从书房里走出来，本来已经走到餐桌的位置，但是用余光看到我正从沙发上起身，便又赶紧扭头叫一声“叔叔”。就像是上班开始前最后一分钟火急火燎地闯进办公室的职员，正要坐到工位上，突然醒悟过来，连忙回过头在门口的机器上打个卡。

其实，我又何尝不是小心翼翼呢？

桥有个不太好的习惯，吃饭速度很快，而且喜欢趁热吃。热乎乎的饭菜填进嘴里，常常烫得他微微昂起头，朝前上方保持45度的姿势，张开嘴往外使劲哈气，看上去跟狼嗷似的。我不好直接劝他，就私下里告诉漫子，让她提醒桥别吃那么快，如果烫伤了口腔和食道黏膜，对身体不好。

凯第一次来的时候个子并不高，却有点习惯性驼背，走路的时候含胸溜肩，上身前倾，像个小老头儿。同样的，我也没有直接提醒他，还是让漫子转告。

凯正在叛逆期，虽然他总体上是一个很乖、很听妈妈话的孩子，但还是免不了血气方刚，偶尔也会跟妈妈顶嘴。当他和漫子闹别扭的时候，我便知趣地回到主卧，关上门，做自己的事情，避免参与其中。

我担心的是，如果直接教导他俩，他们会不会偏过头回我一句：“要你管?!”

跟他俩的相处，既容易，也不容易。

容易的是，跟绝大多数年轻人一样，他们痴迷于玩游戏。打游戏所需的装备——电脑、平板、PSP、智能手机，一样不落。每次他们一过来，不用公然宣布，就自然“征用”了我的书房，大部分时间里他们就闷在书房里玩游戏。隔着紧闭的房门，我都能听到他们时而紧张、时而开心、时而懊恼的高声呼叫，夹杂着流行的网络词汇。

不容易的是，跟他们中的某一个单独待在一起。曾经有两次，漫子有事外出，我跟桥在家里吃饭。桥跟他妈妈一样，对烹调充满兴趣，厨艺也相当不错。他待在书房和厨房的时候，我并没有感觉任何异样；但当饭菜端上桌，两人相对而坐，我突然感觉空气变得黏稠起来，做任何动作都比其他时候费劲许多，喉咙好像被人掐住了，发音格外困难。一时间，整个屋子里只有咀嚼的声音。我刻意找出话题来聊，不外乎是“学习怎么样”“工作顺不顺心”“有没有什么困难”之类，聊上几句话题就断了。也许这就是年轻人所谓的“尬聊”吧……

我要找到跟他俩相处的节奏，并不是一件容易的事情。但对于他们来说，要接纳一个原本陌生的中年人，估计也不太容易吧。

我从来没有指望过，他们有一天会叫我“爸爸”。没有产房门外坐立不安的等待，没有婴儿床前满心欢喜的凝视和逗弄，没有巴掌落在小屁股上的狂怒和风暴过后温情的抚摸，没有孩子突发高烧时送往医院的慌乱和焦灼，没有家长会上的煎熬抑或洋洋得意，没有喋喋不休的十万个为什么，没有睡觉前的讲故事，没有青春期的各种斗智斗勇……突然要叫“爸爸”，孩子固然难以启齿，我也会尴尬异常。

更何况，爸爸，可能是这世上最难的职业之一了吧？养育孩子是种一盆花吗？如果生的是女儿，你辛辛苦苦地施肥、浇水、除虫……好不容易等到花开了，却让一个叫“女婿”的浑小子连花带盆给端走了，害得你在婚礼上交接的时候老泪纵横。如果生的是儿子，他的枝丫可能会野蛮生长，你一时不知道该留哪些，该剪掉哪些，有时候望着那个梗着脖子、横眉立目的浑小子，恨不得叫他一声“爸爸”……或者，养育孩子是画一幅画吗？是雕刻一尊塑像？你本来有自己的构想，但总有别的人走过来，在这里添上一笔，在那里上一点颜色，或者凿出你不喜欢的线条，等到最后一看，完全不是自己当初设想的样子。

但是，这些都还不是最重要的。仔细一想，孩子是你的作品吗？他/她是一盆花，一棵盆景，一幅画，或者一尊雕塑吗？

最最重要的是，做爸爸这件事儿跟任何工作、任何项目都不一样，你只有一次机会，不可能推倒重来。

我断断续续跟桥和凯相处了几次，加起来有两三个月的时间。随着我们慢慢熟悉起来，我也会直接提醒桥吃饭慢一点，提醒凯走路的时候昂首挺胸。在餐桌上，他们常常被我风趣的话逗笑。凯开始看着我的眼睛说话，虽然眼神偶尔还是会躲闪，让我惊喜的是，最近一次见面，他还用我醉酒的糗事开了个玩笑。

但是，我跟他们都还没有过深入一点的谈话，也没有肢体触碰——这种常常是基于血缘关系的亲昵感，或许要在我们之间建立更加深厚的信任后才会发生，又或许永远不会发生。但这个不重要。我等着有一天，他们中间的某一个走到我身旁，或者打来一个电话，认真地说：“叔叔，我想跟你商量一个事情……”

我很在乎漫子，所以，我也很在乎漫子在乎的所有人，包括她的妈妈、奶奶，还有桥和凯。一开始，我是因为这个接纳他们；但后来，是因为他们自己——这是两个好孩子，准确地说，是两个很不错的年轻人，我愿意给他们一些好的示范、引导，以及必要的帮助。

我从未想过替代他们父亲的地位，更不想抹去他们成长的记忆。我只想让他们感受到，作为一个男人，可以周全地考虑，温和地说话，耐心地沟通，勇敢地担当。有些东西，或许是他们在成长过程缺少的。

我还希望他们从我特殊的际遇里，学会如何勇敢面对人生的困难。他们没有询问过我的具体情况，可能只是不知道如何开口。但他们看得到，我一摇一摆地走路，从沙发和餐椅上艰难地起身，一旦遇到台阶就必须扶着他们妈妈的肩膀借力……却依然面色温和，谈笑从容，眼神清澈。相信他们会有所触动。

他俩或许会一直管我叫“叔叔”，这辈子我都不会听到有人叫我“爸爸”。但对于这事儿，我并不在乎。

湘大的路

一

我永远忘不了第一次来湘大时经过的路。

1996年9月初，我来湘大报到。乘坐的长途卧铺汽车头天下午从通道出发，第二天清晨驶抵湘潭。汽车在羊牯塘左转，驶入一条狭窄的小路，穿过一个铁路道口，然后继续前行。右边是连绵不断的红砖围墙，左边是泛着水光的稻田。睡眼惺忪的我顿时被吓醒了——我是来读大学的，怎么到农村了?!

直到汽车驶入南校门广场，看到宏伟的三道拱门，以及迎新的高年级同学和通道老乡，一颗忐忑不安的心才算安稳下来。

转眼，我在湘大已经待了26年，对于湘大校园里的道路也了如指掌。

湘大由于依自然地势而建，所以校园道路不像通常大学的道路那样横平竖直、十分规整。如果从空中俯瞰，湘大校园里的路像一棵郁郁葱葱的大树。它的根，深深地扎在铜像广场和三道拱门位置；北京路是它的主干，到了图书馆前坪，开始分出枝丫——

一个枝丫，从第一教学楼北侧往东延伸，途经学生中心、南苑师生餐厅、东坡村1栋、东坡村12栋、国际交流学院，直至松涛村；中途，在南苑学生宿舍门口又分出一个枝丫，向北一直“长”到北苑学生宿舍区。

一个枝丫，从图书馆南侧向西延伸，掠过第二教学楼南侧，再转而向北，伸向化学学院、化工学院；中途，在第二田径场和泉山之间发出一枝，向北延伸到第三教学楼。

在这些大枝丫的中间，又生发出许多小枝丫。整棵树便枝繁叶茂，生机勃勃。

如果给我一双有力的腿，我要从南走到北，我还要从白走到黑，走过北京路、博学路、盛德路、崇文路、广东路……还有那些便道，以及秀山、泉山上隐秘的小径，用双脚丈量这片我深深爱着的土地。

我会邂逅一教前坪的白玉兰，图书馆广场的栀子花，慧山脚下的丛丛修竹，秀山泉山的阵阵松涛，泽园的紫藤，沁园的银杏，双子塔下的樱花，北青公寓上空的圆月，以及北山一年刮两次、一次刮半年的风。

我最爱的路，是一教北面那条横贯东西的林荫道。夕阳西下的时候，温暖的阳光洒过来，树叶，路面，还有路上走着的人儿，便都成了金黄色。路的尽头是图书馆前坪，走到这里的时候，太阳已经收起了它的热力，举目望去，夕阳像一个极圆极温柔的蛋黄，浮在天边的暮霭中。每次走过这里，心间总是一片澄澈，不由得感叹一声：人间，值得。

除了陆续增加的金瀚林、琴湖学生公寓区内部道路，兴湘学院片区道路，以及西边新征地的道路，二三十年来，湘大校园的主干道路鲜有变化。无非是路幅拓宽一些，路面由破损的沥青改为平整的混凝土，后来又铺上舒适的改性沥青，或者人行道改铺更好的砖块，避免雨天师生走过时成为“扫雷”游戏。

湘大人熟悉校园中的路，就如同熟悉自己的掌纹。

这些路，沧南、尹世杰、宋世杰、何文燕、羊春秋、姜书阁、彭燕郊、刘桂斌、张铁夫、郭汉民、陈仲沪、刘政威、袁龙蔚、罗铸凯、童志权……老一辈湘大学人曾经走过；

李佑新、刘启良、王向清、王继平、唐正芒、楚尔鸣、颜佳华、梁丽芝、李伯超、廖永安、胡肖华、欧爱民、肖冬梅、洪永红、季水河、何云波、文卫平、黄云清、喻祖国、舒适、周勇、钟建新、王先友、张海良、罗和安、郑学军、葛飞……中生代湘大学人正在走着；

张今杰、方红姣、杨小军、韩雷、盛明科、肖伟志、刘友华、黄显中、刘中望、宋德发、胡强、杨银、易年余、杨雪娟、毛宇亮、王金斌、钟向丽、裴勇、邓国军、游奎一、刘平乐、刘金刚、李澄清、张俊丰、许银……新生代湘大学人已经走来。

湘大有两条崭新、漂亮的路，“北京路”和“广东路”。我曾以为，它们的命名，仅仅是因为分别由北京校友会和广东校友会捐资修建。细品之下，方觉其中深意。

北京路，是从南校门到三道拱门直至图书馆的中轴大道，象征着一代伟人毛主席从湘潭出发走向北京创建伟业，并倡导创办湘潭大学；之后，湘大的发展也不断得到党和国家领导人的重视和关怀。这条路以“北京”为名，寓意不忘初心，饮水思源，是为守正。

广东路，从东坡村十字路口一直延伸到东校门，是一条全新的、在真正的“原野”上辟出来的路。广东曾得风气之先，高歌猛进数十年；现在成为粤港澳大湾区三足之一，仍将是拉动中国经济社会发展的重要引擎。这条路以“广东”为名，寓意不破不立，开拓进取，是为创新。

二

要想富，先修路。

高校的发展何尝不是如此。出入学校的路，曾经长期困扰湘大人。

如果要去长沙办事，开车从学校南校门出发，经过弯弯曲曲的小路走到羊牯塘，左拐上潭邵路；经砂子岭，穿过市区，过湘潭一大桥，走到板塘铺，上107国道往长沙方向赶。即使不堵车，也要耗费两个小时以上，运气不好的话，就得3个多小时。长沙高校的负责人去省委、省政府或者省教育厅等厅局汇报工作，又回到学校把工作布置下去，湘大人还在107国道上踽踽而行。如果是去长沙开会，上午9点的会，早上6点刚过就要出发。当然，也可以选择头天晚上到长沙找个宾馆住一夜。但湘大人摸了摸干瘪的荷包，咬咬牙：还是明天早点起床吧……

这还是坐小汽车，要是乘坐公共交通工具去长沙，简直是一件有“仪式感”的“大事儿”。所以，湘大人一直把去长沙叫做“进城”，绝不只是一句调侃。

走出去，不容易；请进来，也难。

邀请外地的领导、专家来校，不管是从黄花机场还是长沙火车站出发，得把走出去的路倒过来走一遍。领导、专家到了湘大，已经是人困马乏，倦意渐生。再次接到邀请的时候，心里难免有点打鼓。

据说很多领导、专家来到湘大，曾说过这么一句话：“没想到湘潭大学这么漂亮！”这里面或许有客套的成分，但相信也包含了曲径通幽的惊喜。就像陶渊明在《桃花源记》里描写的那样：

“林尽水源，便得一山，山有小口，仿佛若有光。便舍船，从口入。初极狭，才通人。复行数十步，豁然开朗。土地平旷，屋舍俨然……”

曲径通幽，是一种别具韵味的审美。但对于湘大人来说，却是难以言说的苦涩。

所以，当宽阔笔直的湘潭北二环路2003年正式开通的时候，你能想象湘大人内心的激动。走北二环，经过2001年4月开通的湘潭三大桥，去长沙可以节约近一个小时。

2007年2月，长潭西高速建成通车；2007年7月，湘潭莲城大桥（四大桥）通车；此后，坪塘大道、芙蓉大道、潭州大道陆续通车，高铁、地铁修到了湘潭北，长株潭城轨通勤圈也建立起来……湘大与外界连通的路，变得越来越宽广。

三

生存和发展，是永恒的主题。

出入学校的路，修得越来越好；然而，湘大的出路，在哪里？

1958年，毛泽东主席倡导创办湘潭大学，亲笔写下“湘潭大学”四个遒劲大字，并亲切嘱托“一定要把湘潭大学办好”。1974年，在老一辈党和国家领导人的亲切关怀下，学校恢复建校，并确立为文理工综合性大学。622名优秀教师怀着对毛主席的深厚感情，从北京大学、清华大学、中国人民大学、复旦大学、武汉大学等90余所高校赶来，其中有不少全国知名的专家学者，他们带来了丰富的教学经验，也带来了“兼容并包、海纳百川”的治学精神和传统，湘大办学起点之高，世界高等教育史所罕见。1978年，学校跻身88所全国重点大学之列，也是16所综合性全国重点大学之一。

然而，20 世纪 90 年代，由于种种原因，湘大没有进入国家“211 工程”建设高校之列。悲伤的情绪弥漫开来，学校的发展也陷入低谷。

每一个湘大人都在思考：今后的路，该怎么走？

当年毛主席嘱托“一定要把湘潭大学办好”，并没有指定主语。但作为湘大人，把湘潭大学办好，责无旁贷。

提出“椭圆形”办学模式，学校气象为之一新；两次接受教育部本科教学工作水平评估均获得“优秀”，专家赞叹湘大“人心齐、人气旺、人情真”；先后成为湖南省人民政府与教育部、与国家国防科工局共建高校；扎实开展教学和科研工作，各种国家级、省部级的平台、课题、奖项……逐一揽入怀中；从众多高校中突围而出，获批成立湘潭大学出版社……

但这还是不够。湘大的胸前，没有一枚刻着“211”的徽章；跟人交往时，拿不出一张写着“211”的名片。获取办学资源，开展校际交流，引进和留住人才，招收新生，毕业生就业……都深受影响。

2、1、1，三个普普通通的数字，组合在一起，却成了无数湘大人心头的一根刺。一如 16 岁那年，那个女孩儿的名字。每每提起，便要热血沸腾；沸腾过后，就是久久的惆怅……对于很多校友来说，提起“211”，便要扼腕，便要叹气，酒入愁肠的速度便也快了一些。

那间门楣上贴着数字“211”的会议室，大门紧闭。这间会议室还有一个里间，是门楣上贴着“985”的小会议室。湘大徘徊在会议室门外，手里拿着无济于事的号码牌——

据武书连《中国大学排行榜》，湘潭大学的综合办学实力在全国高校的排名，2000—2008 年保持在第 90 名左右，2010 年跃升到第 78 名，之后常年保持在第 80 名左右。

湘大一次次地前去敲门。有时候自己敲，有时候请了人去敲。但是，大门紧闭，没有回应。在不经意间，会议室似乎开启了一条缝，旋即又关上。然后，那扇门就再也没有打开过。

跻身“211”无望，改个名字，如何？

远有中山大学以纪念中山先生立校、成为百年名校在前，近有湘潭师范学院和湘潭工学院合并、顿享更名红利在侧，湘大何不效而仿之？但由于种种原因，更名未能如愿。

请进来，难；那么，何不走出去？

偌大体量的学校，整体搬迁不太现实；如果在长沙争取一块“飞地”，在那里重点建好一个学院，作为学校的基地、窗口，是否可行？学校出面联系、制订方案，不少校友也积极奔走、鼎力相助。但最终，迁址也不了了之。

或许，不断进行理念的刷新、制度的创新、机制的革新、文化的更新，比迁址更为重要。羊牯塘，可以成为一种情结，却不应成为一个标签。

一次次求索，一次次失利。在漫长的蛰伏中，湘大人感受着凛冽的寒意……

敢问路在何方？

2018 年 9 月，在湘潭大学建校 60 周年之际，习近平总书记就学校的建设发展作出重要批示，希望湘潭大学扎根伟人故里，把学校办得更好、更有特色。习近平总书记的批示，为湘大的建设发展提供了根本遵循，指明了前进的方向。

众里寻他，望尽天涯，原来，路一直在脚下。

扎根，是守望，是担当，是赓续。湘大人贯彻落实习近平总书记的重要批示精神，更加投入地开展教学和科研，扎实推进学科建设工作。

2022 年 2 月 14 日，教育部、财政部、国家发展和改革委员会联合发布通知，公布第二轮世界一流大学和一流学科建设高校及建设学科名单。湘潭大学入选“双一流”建设高校，数学学科入选世界一流学科建设名单。在阔别 26 年之后，湘潭大学这所老牌全国重点大学，终于重返高等教育的“国家队”！

失之十六岁，收之情人节。

这份甜蜜和幸福，延迟许久，但终于到来。

当晚，湘潭大学南校门内的毛主席铜像广场，有人放起了焰火，三道拱门上方的夜空被点缀成五彩斑斓的画卷。那冲天而起、灿然怒放的，不只是焰火，不只是硫黄、硝石和木炭的热烈相逢，也是湘大人郁积胸中 30 年、沉甸甸的块垒，是望穿秋水、一朝梦圆的盛大喜悦，更是而今迈步从头越的磅礴激情。

如今的湘大，站在了“双一流”的新起点上。学校将牢记伟人嘱托，以习近平总书记的重要批示精神为根本遵循，扎根伟人故里，弘扬优良传统，坚持立德树人，勇于改革创新，努力把学校办得更好、更有特色。

踔厉奋发，接续奋斗，则湘大有路！

（**注：**在湘潭话中，“路”，读作 lǒu，主要有三个意思：（1）实际的道路；（2）事情、项目、工程等；（3）希望。）

心目中的湘大十二景

都说熟悉无风景，但我在湘大待了将近 30 年，依然觉得处处可亲、步步皆景。走在校园里，常常在不经意间收获欣喜和感动。

第一景：南阳追怀

从南校门缓步北行，犹如穿越湘大的时光隧道。

毛主席亲笔题写的校名，遒劲有力，洒脱不羁。几串足印，铭刻湘大发展的重要时间节点。毛主席铜像巍然屹立，面带微笑注视着家乡大学的日新月异。三道拱门，长身玉立，卓尔不群。书有“数风流人物，还看今朝”的诗词碑历久弥新，催人奋发。右转而行百余米至南阳村，有几栋古朴沧桑的红砖房，复校初期却是湘大的“高档小区”。这些老房子，留存着湘大人筚路蓝缕的记忆。

抚今追昔，在这里，读懂湘大的不易、不懈和不凡。

第二景：北苑沐风

有人说，湘大的风每年刮两次，一次刮半年。这风，以隆冬时节为猛，北苑区域为烈。风起于北面，越过北青楼，经过学生宿舍和食堂之间狭长通道的加速，顺着地势直扑而下，威力在外国语学院和商学院教学楼中间的位置达到峰值。

凛冬时节，迎风而立，高举双手，仰天长啸，竟然有治愈的效果，与青年毛泽东通过“风浴”“雨浴”强身健体、锻炼意志的做法遥相呼应。

一代代湘大学子，走进三拱门时，或许是未经风雨的小苗；走出三拱门时，已是经得起风吹雨打的大树。

第三景：西湖揽月

湘大崛起于黄土高坡，多土而缺水。学校西边600亩新征地中，有池塘一口，稍加整理，遂成一湖；水面不大，名头不小，叫做西湖。

湖上有桥，桥有三拱，半月形的桥拱倒映水面，好似满月。到了每个月的农历十五前后，明月升于法学楼上方，映入水中，天上月与水中月交相辉映，自成一景。

夜空静谧，恰如心境澄明。

第四景：东坡烟火

人间烟火气，最抚凡人心。

东坡村向来是烟火缭绕，菜香扑鼻。当年的服务大楼，儒园、曲园、五味馆三足鼎立，乌江鱼、茄子煲、紫芸牛肉、糖醋排骨、拔丝香蕉、麻辣烫……成为无数湘大学子的共同记忆。如今，位于东坡村的南苑师生餐厅、雅园餐厅、清真餐厅菜式繁多、质量上乘，可以让师生大快朵颐。

莫要以为唐突大师、辱没斯文，东坡先生固然文传千古，却也是妥妥的“吃货”一枚。东坡肉、东坡鱼、东坡肘子、东坡豆腐、东坡羹……有记载的“苏氏私房菜”多达百种。

第五景：画眉春晓

土木工程学院大楼以北，有一小潭，叫画眉潭。潭如其名，娇小如画眉鸟，精致若柳叶眉。春可赏花，夏可品莲，秋可观叶，冬可踏雪，我却独爱春天的画眉潭。

初春时分，画眉潭从肃杀中醒来，迎春花悄悄绽开蓓蕾，垂柳生发鹅黄的嫩叶，桃树在酝酿一身好运，鸟儿在枝叶间嬉戏歌唱，浅草的清香调皮地钻入鼻中，连潭中的水也由枯瘦灰暗变得丰满油润。一切都在欢快地宣告：春天来了！

第六景：琴湖夕照

落日磅礴，仿佛能吞没凡尘所有的琐碎和不堪。也因此，傍晚的琴湖，最是让人着迷。

夕阳西沉，为霞满天；微风不起，水波不兴。不论你经历了一天辛劳的教学、管理工作，还是紧张的科研、学习，漫步湖边，兵荒马乱渐渐远遁，一切变得松弛和温柔，一颗心复归平静。

琴湖虽小，却容得下全部的疲惫、焦躁和怨怼。

第七景：泉山藏珠

泉山南麓，有一栋通体白色的建筑，远远望去，犹如一颗熠熠生辉的明珠，这就是图书馆。馆藏丰富，印本文献、电子图书、电子期刊、学位论文……总数逾千万，大珠小珠静候鉴赏。另有镇馆之宝，全国唯一一套完整的《钦定古今图书集成》，有如传家之夜明珠，并不轻易示人。

板凳要坐十年冷，文章不写一句空。人的成长成才，恰似珍珠的孕育，艰苦而漫长。

第八景：秀山听涛

秀山之上，草木繁盛；清风徐来，松涛阵阵。

遥想当年，湘大先贤信步林间，或曼声吟哦、击节而歌，或结伴同行、激昂而辩。徜徉小径，心驰神往，可听历史涛声。

互联网时代，世界加速扁平化，湘大虽坐落湘潭西郊，亦可放眼全国、观照世界。驻足此间，凝神静气，可闻时代潮音。

第九景：雏鹰展翼

身体不强，何谈栋梁？要想飞得高飞得远，除了具备过硬的专业知识，还要有个好身体。

湘大体育馆按照高标准建设，篮球馆、羽毛球馆、健身房、体操房、游泳池……一应俱全，它的外形就像一只振翅欲飞的雏鹰。在它的西面，还有6个室外篮球场，一个400米标准塑胶跑道运动场。体育馆一带，已成为湘大最有吸引力的运动区域。

第十景：泽园诵书

泽园地处南苑、北苑交界处，被商学院、外国语学院、文科楼、逸夫教学楼、公共管理学院、大礼堂环抱，南来北往，东奔西走，这里是必经之地。

阳光温热，可以在草地上打两个滚儿；或者闭上眼睛，放空自己。当然，在这里读书，也是极好的。你在紫藤花下读书，少年在远处读你；书温柔了你的身影，你温柔了别人的青春。

第十一景：荷塘流连

东坡村 15 栋以北，国际交流学院以东，有半亩方塘。塘中种有荷花，惹人驻足流连，反复玩味。

每年 6 月前后，小荷崭露头角，让人体味成长的欣喜；到得季夏，荷花次第盛开，令人钦羡出淤泥而不染的高洁；及至仲秋，荷花逐渐凋谢，又可参悟残荷之中的禅意。

第十二景：双子比肩

秀山之巅，有两座水塔。双子塔比肩而建，若师生并立，似同门对谈，如眷侣依偎。

塔下有樱花园，每年 4 月前后樱花盛开，白胜雪，粉似霞，花开绚烂而花期短暂，提醒人们韶华易逝，莫负流年。

塔的东面是书山雕塑。南面有一个长坡，湘人发音，难以区分前后鼻音，这个坡也就有了两个名字，官方称为“勤人坡”，民间唤作“情人坡”。若为“勤人坡”，愿你书山有路勤为径，登攀不止；若为“情人坡”，愿你有情人终成眷属，齐头并进。

这十二道风景，陪伴了一拨又一拨的湘大人，每一天的十二个时辰，每一年的十二个月份，每一轮的十二个寒暑。

春华秋实，夏菡冬蕴，教学相长，生生不息。

少年渐行渐远，我却从未离开

骊歌响起，又是一年毕业季。一大拨少年，告别他们学习生活了几年的湘大，奔赴下一场山海。

23 年前，4 月的某一天，我站在学校老办公楼 3 楼一间办公室的窗户边，透过铁质防盗网眺望对面老体育馆的侧门。那里正在举行招聘会，跟我同届的毕业生们进进出出，寻觅着自己人生的出路。我放弃了几个就业机会，已经确定留校工作，心里觉得分外踏实，却又不免泛起些许失落。

或许每一个少年的心里，都觉得外面的世界更加精彩。直到许多年之后，我才意识到这是生活对我最好的安排。仿佛，母校早已预知我将遭遇人生的大挫折，于是温和地将我揽进怀里，巧妙地阻止我走进吉凶难卜的社会丛林。

23 年来，这里发生了太多的变化。

我清晰地记得，自己来校报到的那天，卧铺大巴在羊牯塘的位置拐进小道，穿过一个铁路道口，沿着肉联厂、蓄电池厂围墙边的羊肠小道驶往湘大，道路边是绵延不绝的稻田，顿时把睡眼惺忪的我吓醒了。2003 年，宽阔笔直的北二环路修到了南校门外，学校的交通得到根本的改善。再后来，三道拱门前敬立了毛主席铜像，南校门广场经过多次扩建，端庄大气又清新秀美。

步入三道拱门，左手边有一条不宽的马路直通北山。以前，在马路的西边，从南到北依次排列着老煤店、废旧物资仓库、两个水塘、一个橘子园。后来，在废旧物资仓库的位置建成了土木工程学院大楼，南面的水塘建成了画眉潭，北面的水塘填平后修建了第二田径场，这是湘大的第一个标准塑胶跑道体育场。原来橘子园的位置，建起了公共管理学院大楼、逸夫教学楼。

而在西边的西边，新征的六百亩地上建设已初具规模，慢慢掀开了她美丽的面纱。法学院、研究生院大楼、毛泽东思想研究中心以及数学与计算科学学院、环境与资源学院、商学院等机构的大楼已经投入使用。

学校图书馆作了扩建，纸质书籍和电子图书资源的藏量都位居省内高校前茅。这里不只是藏书的场所，更是文化传承、思想碰撞、学风凝聚的所在。

沿着俱乐部北侧的林荫路往南苑走，会途经一栋“回”字形建筑，叫作“服务大楼”，这里当年堪称湘大的“万达广场”，买书、聚餐、会友、理发、购物、租碟……服务大楼可以为师生们提供“一站式”服务。儒园的乌江鱼、清炖鸡、茄子煲，曲园的紫芸牛肉、糖醋排骨、拔丝香蕉，五味馆的发财猪手、水煮牛肉、瓦罐鸡……热辣浓郁的香气飘荡在服务大楼，甚至氤氲了整个校园。南面二楼是雄风书店和渴望书社。治学与烹饪原本同理，不外乎“猛火炒”“慢火炖”。于是乎，每到饭点，服务大楼总是书香融菜香一体、诵读与锅铲齐鸣，好不热闹。

随着学校周边第三产业的急速兴起，加上学校整顿校园环境的需要，服务大楼的商业功能被逐渐削弱和剥离，各类门店渐次退出。一楼装修后用做招生与就业指导处的办公用房，天井里经常举行小型招聘会，毕业生们或左右逢源志得意满，或四处碰壁出师不利。五味馆已经不复存在，他们却从这里开始，体验人生的五味杂陈。二楼两个书店的位置，成了保卫处的办公室。这些高门大嗓的粗豪汉子，在师生们看得见或看不见的地方流汗甚至流血，守护着一张张安静的书桌。位于二楼东北角的儒园酒家，则做了学工处的会议室。以前，学生们在这里等着老板上菜；现在，学工系统的工作者们在这里为青年学生量身定做成长成才的“菜单”。服务大楼从未辜负莘莘学子，以前服务青年学生的味蕾和胃，现在服务他们的成长和前程。

服务大楼和东坡村教工小区的中间位置，曾有一个露天电影院，它有着高高的院墙和梯田般整齐排列的水泥长凳。后来人或许会嫌弃它简陋，但它曾给业余文化生活贫乏的师生员工带来无尽的乐趣和美好的回忆。2003 年左右，露天电影院完成了它的历史使命，推倒之后，原址建设了一方休闲园林，取名“沁园”。

我读大学的时候，一个寝室住 10 个人，甚至要住 12 个人，盛夏时节，赤裸上身是大家纳凉的主要方式。后来，学校建设了金瀚林学生公寓、北青学生公寓、琴湖学生公寓、西湖学生公寓，数十栋宿舍楼拔地而起，学生的住宿条件得到了根本改善。四人寝室是标准配置，更有“高端”的两人寝，所有宿舍都配备独立卫生间，安装了空调。

一教南面的田径场，承载了多少人的青春，他们在这里跑步、踢球，表白、失恋，独饮、畅谈，高歌、大哭……晴天一层土，雨天一潭泥，少年们却乐此不疲。后来这里改建成了文化广场，据说不少校友颇有微词。但“90 后”“00 后”在这里晨读、跳街舞、玩轮滑、开演唱会、招聘社团新人……他们正在积淀属于自己的青春记忆。

是的，这么多年来，湘大一直在变动、进化。但是，有些东西，却始终没有改变。

不变的，是三道拱门。

有人说，三道拱门是文理工的朴素表达；也有人说，单看每一道拱门像汉字“人”，三道拱门代表三人成众、众志成城；整体看三道拱门像汉字“山”，象征着不断进取、勇登高峰；还有人说，三道拱门包含着“道生一，一生二，二生三，三生万物”的哲学意蕴。

不管如何解读，湘大的三道拱门，无论是在修建之初，还是跨越40多年的漫长岁月之后，都散发着别具一格的气韵和强烈的现代审美气息，让人过目难忘。而无论来自江南塞北，或是去往繁华宁静，一进一出中，每个湘大人挥之不去的，便是这拱门情结。

不变的，是饱经沧桑的文科楼和一教。

谁也说不清楚，曾经有多少大师在文科楼和一教里授课，从这两栋教学楼里，又走出了多少大师。现在的湘大已是楼宇林立，今后肯定还会建起更多的大楼，但文科楼和一教的地位和价值，无可替代。

不变的，还有三座小山。

在湘大的校园中，保留着三个小山包。无法揣测当年建设者的想法，单纯是由于推倒的工程量太大，还是出于质朴的浪漫，湘大校园却因此成了一个园林，起伏有致，草木葳蕤。复校之初拓荒者们在山上种下的树苗，大的已近环抱，亭亭如盖，小的也有海碗粗细。三座小山像不知疲倦的绿肺，为校园提供源源不断的新鲜空气。后来，每一座山都有了一个温暖的名字，分别叫做秀山、慧山、泉山。

不变的，还有她的名字。

湘潭大学的名气，一直远远滞后于自己的实力，或许跟稍显“土气”的名字不无关系。这个校名，听起来像是一所地方性专科院校，而不是办学实力稳居全国百强的名校。据说，学校也尝试过更名，换上一个更有纪念意义或者更“洋气”的名字，但由于种种原因未能如愿。要我说，这也挺好。更名或许有利于提升学校的知名度，从而争取更多办学资源，但从某种意义上来说，却是对于过去的一种割裂和背弃。就好比，如果母亲改了名字，游子该如何以母亲为骄傲，又该如何带给母亲荣耀？难道在跟旁人自我介绍的时候，说“我是某某某的孩子，她原名某某某”吗？

不变的，是那份坚定不移的信念和热望。

湘潭大学是1958年根据毛泽东同志“想在家乡办一所大学”的愿望创办的。同年，毛泽东同志亲笔题写校名并嘱咐“一定要把湘潭大学办好”。60多年过去了，无论风云变幻、人来人往、领导更迭，但是在一代又一代湘大人的心里，这个信念从未淡去。仿佛伟人亲笔写下的“湘潭大学”四个遒劲大字墨迹未干，仿佛“一定要把湘潭大学办好”的温厚嘱托言犹在耳。

不变的，是从这所学校走出的学生独特的气质。

湘大毕业的学生，鲜有“天之骄子”的盲目自信，却如同黄土地里长出的高粱，饱满而谦逊；他们在考虑该为自己、为家人做些什么的同时，也会思考能为国家、为社会做些什么；他们会在遇到问题的时候，多问自己几个“为什么？怎么办？”他们会在眼看就要坚持不住的时候，再咬牙坚持一下。

湘大的学生，就像洞庭湖的垂柳，倒插着也能活。或许，当伟人挥毫写下两纸“湘潭大学”，反复比较哪张更合用的时候；当第一批师生挥舞锄头、挑着箩筐，汗如雨下建设校园的时候；当622位名校教师舍弃自己的安稳生活，从四面八方奔赴这座当年几乎一无所有的“大学”的时候；甚至上溯到将近千年之前，当周敦颐前来隐山闲居讲学，胡安国、胡宏父子迁居碧泉开门授徒的时候，这种基因，便已种下。

不变的，是学校的“不便”。

社会上广为传播，湘大是一个读书的好地方。除了校风、学风建设抓得好之外，我始终觉得，交通不便是一个重要因素。那些处于市中心的高校，得享近水楼台之便，学生却也容易出则繁华、入则浮躁。

直到今天，湘大的通讯地址仍然是——湘潭市西郊。或许，当年的决策者选择在此复校，仅仅是出于战天斗地的豪迈情怀，但数十年后回首望去，这个校址的选择非常聪明而近于狡黠。不管是交通闭塞之时还是交通条件大为改善之后，从湘大前往湘潭市中心区域，至少要在“楼篓车”（湘潭方言发音，意为“6路车”）上摇摇晃晃半个小时，打车则要20块以上；如果要去更加繁华的长沙，以前需要三四个小时，现在也要耗时一个多钟头。

既然这样，不如读书吧！

在文学与新闻学院H老师的文章里，她自比为“村口的老太太”；如此，我就好比是逸夫教学楼的一名保安。每天坐在一楼大厅角落的值班桌后面，看着三五成群的少年走进来，他们或欢欣雀跃叽叽喳喳，或面如平湖眼神坚定，或眉头轻蹙若有所思，或目不斜视大步流星……我欢喜地看着他们，就像看着自己的孩子，就像看着自己的过往。

那个23年前的少年早已远去。一拨又一拨的少年也渐行渐远。只剩下一个油腻不堪的保安大叔阿甘，被母亲呵护着，也守护着老母亲。

偶尔，还是会因为一些什么事情发发母亲的牢骚。却执拗地，不许别人说她一句不是。

高烧相伴的高考

1996 年 7 月 6 日晚。9 点半。

大姐接过我从腋下抽出来的体温计，举到眼前仔细查看。老爸老妈的眼睛也几乎贴到那根小小的玻璃管上。从屋顶悬垂下来的 15 瓦白炽灯不够明亮，细细的水银线很难看清。大姐观察良久后，皱着眉摇了摇头。37 度 8。

明天，将是高考的第 1 天。而今天，是我连续发烧的第 28 天。

一

时间回到 28 天前。

那天，我在教室里专心致志地复习，渐渐地觉得脑袋昏昏沉沉，额头发烫。跑到校医务室找袁医生，一测体温，38 度 5。

袁医生开了点药给我，吃了两三天，没有明显的效果。于是老爸带我到县人民医院去检查，医生说要住院治疗。但如果住院，肯定会影响复习，而且大姐 6 月 1 日刚生了女儿，在家坐月子；一个坐月子一个住院，爸妈肯定照顾不过来。大姐中专读的是卫校，学的是护理专业，老爸跟医生好说歹说，医生才同意处方，让我们把消炎药和葡萄糖注射液带回家。就这样，每天大姐在家给我输液，我一边打吊瓶一边晕晕乎乎地复习。

原以为最多输液一个礼拜就能恢复正常。没想到，这一打就是 20 多天。当时的葡萄糖注射液都是玻璃瓶灌装的，打完之后老爸就把瓶子放在床底下。本来空荡荡的床底，后来摆满了玻璃瓶。

二

时间回到 3 个月前。

那天上午第三节课，班主任刘老师走进教室，给大家布置了一个任务：每个人拿出一张纸，在纸上列出自己每门功课高考得分的目标，然后算出总分。

他布置完任务后，就在各组之间来回踱步，不时低下头，看看学生们估分的情况。刘老师国字脸，蓄着不是很浓密但好看的络腮胡；因为业余时间喜欢钓鱼，他的脸被晒成古铜色。来回踱步的时候，他像一位辛勤耕耘的老农徜徉在稻田中间，看着饱满的稻穗，脸上洋溢着丰收的期待和喜悦。

我伏在桌上开始估分。语文，从小到大就没怕过谁，不过还是谦虚点，算 128 分吧；英语，虽然语法是我的软肋，但胜在语感无敌，做题的时候总是感觉“So easy!”，算 130 分吧；历史没问题，120 分；政治也是咱的强项，122 分；唯独数学，实在是我难以言说的痛……但考虑到在最近的一次模拟考试中打了 59 分（满分 150 分），比 3 月底那次模拟考足足增长了 55%，所以还是要有信心，就算 80 分吧！咦……怎么有 580 分了?!

就在我暗自盘算的时候，刘老师悄无声息地走到了我的课桌旁边。他弯下腰，亲切地问：“期达，你打算考好多分啊?”虽然所有人都知道数学是我最短的那块木板，但在老师们的眼里，我仍然是这届文科生中冲击重点本科的种子选手。

我还没来得及把估分的纸藏起来，刘老师已经拿起了那张纸。他看了看上面的数字，直起腰，微扬着头，若有所思，然后咧开嘴笑了一下，几乎是难以察觉地摇了摇头，又轻轻地把纸放回我的课桌。我后来回想，在他的表情里，有欣慰，有期许，但更多的应该是不敢相信。

三

时间回到 18 个月前。

一个叫期达的好学生，决定离家出走。

那天早上，爸妈都出门了，我背上牛仔背包，那里面塞着两套换洗衣服和一些课本、参考书。在高中部教学楼 3 楼的拐角处，我跟班主任肖老师在约好的时间见了面，简单地聊了几分钟，把请假条交给她，然后下楼，决然地走出校门，走向长途汽车站。我的目的地是长沙，准备投奔在那里工作的二姐。这次“出走”，只有二姐和肖老师知道。

出走的原因，回想起来很可笑，就是我数学成绩不好。初中 3 年，我还能勉强应付；上了高中，数学就开始拖后腿。那些什么阿尔法、贝塔、伽马，什么函数、sin、cos、等比数列，更别提什么圆柱圆锥、棱柱棱锥、棱台圆台……这些概念搞得我头昏脑胀、云里雾里。每次考试，数学带来的巨大苦涩总是掩盖了其他 4 门功课带来的甜蜜。

如果数学考不好，我就考不上大学；考不上大学，怎么对得起父母的期盼，怎么改变自己和家庭的命运，又怎么对得起两个姐姐作出的牺牲？巨大的压力让我喘不过气来，那个念头越来越强烈：我要离开这里，我要自由呼吸！

当时通道没有直达长沙的汽车，只能先坐班车到邵阳的绥宁县，然后转车去长沙。在绥宁下车的时候，发现牛仔包右边的背带断了。蒙蒙细雨中，我坐在绥宁县汽车站的候车室里向火，一颗心却像掉进了冰窖里。

经过漫长的旅行，终于到了长沙。二姐当时在沙湖桥小学当老师。心爱的弟弟来了，姐姐当然很高兴。白天二姐上课，我就自己拿张长沙地图四处晃悠，近的地方走路去，远的地方坐公交。到了周末，二姐带我去景点玩儿，去见她的好朋友。在一个小镇少年的眼里，长沙简直是一个光怪陆离到不真实的世界。

从沙湖桥小学顺着一条陡而长的坡道往上走，就到了湖南省邮电学校（时名）。小学没有食堂，大家都是在邮校吃饭，二姐变着花样给我打好菜吃。对于平时难得吃一回肉菜的我来说，那是多么幸福的一段时光啊！吃饭好解决，睡觉却是个大问题。二姐住的是集体宿舍，一个单间里挨挨挤挤住了 6 个女老师，何况我已经是个大小伙子，不可能住在女教师宿舍里。二姐只好跟两个男同事商量，让我跟他们轮流睡。好在我从小嘴甜，小兵哥、康龙哥地叫，他们倒也不好意思拒绝。二姐又跟传达室的张爹爹说好话，让我跟着他在传达室的小屋里凑合了几个晚上。

在长沙逍遥了一个月之后，我终于回到了学校，心沉下来了，目标也更加坚定。在当时，对于寒门子弟来说，考上大学几乎是最好的出路。不就是数学嘛，我跟你死磕上了！

当我长大成人、走上工作岗位后，我才明白自己曾给肖老师和二姐带来多大的麻烦。我不知道，肖老师是怎么搞定我的请假手续，又是如何跟我父母解释的？她担着多大的风险啊，万一我在“出走”期间出现什么意外呢?！而我的二姐，刚参加工作没两年，那一个月里她的经济压力可想而知，说不定还得跟同事借钱；更不用说，每天安排我睡觉，是一个多么令人头疼的问题。

但是，请原谅那个16岁的少年吧！如果不“离家出走”，他可能真的会被巨大的心理负担压垮啊……

四

7月6日晚，囫囵睡了一觉。7月7日早上醒来，却觉得神清气爽，身体说不出的松快。在高考的两天半里，我的身体没有任何不舒服，好像绵延了20多天的高烧不过是一场缥缈的梦。

9日上午考完最后一门，我松了一口气。老妈在县土特产公司打零工挑选薇菜（当地一种特色野菜），中午我步行去给她送饭。把饭盒交给母亲后，我坐在旁边的小板凳上，埋头读带来的《少年科学》杂志。渐渐地，书上的字模糊起来，身上燥热不堪。我含含糊糊地说了一声：“妈，怎么那么热啊……”老妈赶紧放下饭盒，走过来摸了一下我的额头，滚烫。她赶到街上叫了一辆“慢慢游”（出租载客的三轮带棚摩托车），把我送到医院，一测体温，39度5。我踏踏实实在医院住了一个星期，才算彻底康复。

7月下旬，高考成绩出来，我打了541分，在全县的文科生里排在第二名，数学竟然考了95分！当年填报志愿安排在分数出来之前，全凭自己估计分数，根据估算的总分填志愿，就像“拆盲盒”一样。1996年的重点本科线正好是541分。我是在少数民族自治县就读的汉族考生，可以加10分的优惠分，总分551分。填志愿的时候，我满脑子里都是跨过长江去、跨过黄河去，第一、第二志愿都是北方高校，通过调剂才来到湘潭大学。很多年之后，我才意识到，来到湘大学习然后留校工作，是生活对我最好的安排。

按照我的基础，如果没有那一场发烧，或许我真的能多考三四十分，被某一所遥远的大学录取，然后现在不知道在哪里漂泊……

至于那一次漫长的发烧是什么原因导致的、高考那两天半为什么突然恢复正常，就成了永远的谜。但不管怎样，有一点是确定的：这一烧，我与湘大缘定终身。

他乡？故乡？

我常常陷入一种迷惘。

哪里是他乡？何处是故乡？

一

湘潭，是红太阳升起的地方，伟大领袖毛主席诞生于此；这里还走出了彭德怀、黄公略、罗亦农、陈赓、谭政等一批无产阶级革命家，以及王闿运、齐白石、黎氏八骏等文化巨匠，拥有“全国文明城市”“中国优秀旅游城市”等众多闪亮头衔。历史上，繁荣富庶，曾有“金湘潭”之称，“财赋甲列县”；湘军兴起，“军饷半出湖南，湖南又半出湘潭”。

不算不知道，我才 46 岁，却已经在湘潭生活了 27 年，湘潭“控股”了我的人生。然而，我一直没有真正融入这座城市。

我在基建营逛过步步高，雨湖公园划过游船，一大桥的桥洞下吃过夜宵；在换新街享用过魔芋鸭和全菌宴，湘钢附近寻觅过血鸭，望衡亭旁品尝过河鱼，涟水桥旁大啖小龙虾；在易俗河考过驾照嗦过粉，犁头嘴的河滩玩过越野。不用导航，我可以开车到达市区的任何一个角落。但如果放在 27 年的时间轴里来衡量，我与湘潭市的交互还是太少太少。

绝大部分时间，我都待在湘大。这里就是一座独立的小城，面积3000多亩，人口超过4万，可以满足我所有的物质和精神需求。在潜意识里，我是“湘大人”，但并不是湘潭人。

考察融入程度的另一个指标是语言。如今的我，听到“卧倒!”不会再下意识地想匍匐在地，听到“酿（niǎng）一哈”知道要往旁边让个道，“扮恶（恶，读作ó）”不是示威而是认怂，“西夏滴”并不是指某人从西夏王朝穿越而来，坐公交的时候我也会提高音调喊一嗓子——“踩一脚（jió）!”

但哪怕是发挥最好的时候，我也不过是用想象中的“湘潭话”说着普通话。我一开口，外地人以为我是本地人，本地人却晓得我是外地人。尤其是跟湘潭朋友聚会时，大家飞快的发音里夹着大量俚词俗语，我如在云里雾里。

在湘潭生活了27年，我仍然没有学会吃槟榔。嚼上几口，就感觉喉咙被人狠狠掐住，呼吸艰难；更严重的时候会大汗淋漓，脑壳发晕，一如20多年前。

醉里亦知身是客，此心安处是吾乡。

二

那么，常宁呢?

这个由衡阳市代管的县级市，位于湖南省南部、湘江中游南岸，是中国油茶之乡、杉木楠竹之乡、中国民间文化艺术之乡。抗日战争期间，衡阳陷落后，常宁孤城曾固守32天，是一座充满血性和韧性的英雄城市。

我出生在常宁市蓬塘乡的一个小山村。8岁的时候，随父母离开家乡，此后回到这里的次数用两只手的手指就可以数得过来。

8岁，按理说已经有长时记忆。然而，我关于常宁的印象，却如同许久未作磁盘整理的286电脑的硬盘，不但容量小得可怜，而且支离破碎。

油茶树开花的季节，跟小伙伴们在树丛中穿行，撅下一种坚韧、细长而中空的植物茎秆用作吸管，插入花蕊中吸食蜜汁；或是采摘状如蟠桃的茶泡、形似薯片的茶耳，"嘎吱嘎吱"地吃到嘴巴发麻。

起风的时候，攀上杨塘水库的堤坝，像猫儿一样悄无声息地伏在堤坝的一个缺口周围。大风吹动水面形成波涛，从缺口处涌上来，偶尔会带来几条大大小小、运气不好的鱼儿落在堤坝上，被我们逮个正着。

大雪天去上学，带着父亲用旧搪瓷口杯做的小火炉取暖。火炉有一个长长的、用铁丝做的提手，末端分别固定在杯口下方两个正面相对的小孔里。课间的时候，同学们纷纷来到操场上，把自己的小火炉挥舞成摩天轮状，让木炭燃得更旺一些。

村口昏暗的榨油坊里，父亲赤裸着上身，与几位同村叔伯合力推动一根悬吊着的大木头，一次次地撞击榨机上的楔子，整齐摆放成一排的茶籽饼被越挤越紧。我坐在烧得通红的灶火旁，只顾盯着埋在火灰里煨着的红薯。当第一缕新油从油槽中缓缓流出，红薯也刚好煨熟。忍着烫手的热度拍掉火灰，把红薯掰开，凑到油槽下面，黄灿灿的茶油滴在红薯中间，渗入红通通的瓤中。我一边吹气一边狼吞虎咽，那种无法言喻的甜香至今记得。

这就是我对于常宁的全部记忆。从2017年至今，我9次回到常宁。但由于少小离家，阔别已久，走在家乡的田间小径上，偶尔竟会感到几分陌生。

儿童相见不相识，笑问客从何处来。

三

1986 年，我随父母离开常宁，迁到怀化地区一个叫做“通道”的地方，直到 1999 年父母搬离这里。

通道侗族自治县，位于湖南省西南部，湖南、广西、贵州三省交界处，自古就有“南楚极地”“百越襟喉”之称，宋代起改名“通道”沿用至今。

我进入通道县双江完小读三年二期，两年多后以全县第一名的成绩考上通道民族中学（现通道县第一中学）初中部，再后来，免试进入高中部，以文科生第二名的成绩考入湘潭大学。

在这里，我像漫山遍野的茅草、像稻田里的禾苗一样，拔节有声，野蛮生长。我在这里欢笑，我在这里哭泣；我在这里激昂，我在这里迷惘；我在这里消沉，我在这里奋发。这座叫做双江的小镇，承载了我全部的青春记忆。

县城很小，在街道的转角常常遇到老师、同学、熟人。路过餐馆、菜市场时，空气中飘荡着腌酸萝卜、剁椒生姜、甜藤粑粑、“臭菜根”（折耳根）……的味道。人们用通道方言热烈地交谈，那是我说得最好最地道的语言；侗家人的“客话”水平已经提高了很多，但上年纪的人还是不可避免地带着“侗音”……一切都是那么熟悉。

双江，成了我这一叶浮萍暂憩的港湾。哪怕重又开始漂泊，我也始终想念着她；每次回到这里，我都感到格外亲切和舒服。

回首故山千里外，别离心绪向谁言？

四

西藏，是巍巍青藏高原的主体，被誉为“世界屋脊”“地球第三极”。它是千山之宗、万水之源，亚洲众多大江大河发源于此，因此有“中华水塔”“亚洲水塔”的美誉，是我国乃至整个亚洲重要的生态安全屏障。西藏更是公路旅行的“天花板”，在这里，你会邂逅草原、荒漠、大江、湖泊、峡谷、冰川、雪山、林海……自然景观类型之齐全多样、异彩纷呈，世所罕见。

2012 年，我随“阿甘梦之队”第一次自驾游览西藏，从此便上了瘾。3 年后，我独自开车去了西藏；7 年后，我的婚纱照也选择在拉萨拍摄。

我已经去过 4 次西藏，走过了“此生必驾”的 318 国道，也走过了 317 国道、滇藏线、青藏线、丙察察线。西藏那么大，那么美，我还想一去再去，领略不同地方、不同季节的风景。

这是一种无法解释的情结。不只是高天厚土、蓝天白云，不只是人烟稀少、远离喧嚣，这些都不是西藏所独有。但只要开着车行驶在雪域高原，我就感觉无比的自在和放松，一颗心格外宁静，就连含氧量低的呼吸我都不以为意、甘之如饴。

对于他人，去西藏只是旅行；但于我，却是回家。没有经过任何人的同意，我就这样，单方面地把西藏当作了自己的故乡。

第一最好不相见，如此便可不相恋。

第二最好不相知，如此便可不相思。

第三最好不相伴，如此便可不相欠。

第四最好不相惜，如此便可不相忆。

…………

五

故土之感，在农业时代最为丰沛酣畅。生活封闭自足，人们安土重迁，悲喜歌哭、生老病死在同一个地方，是人生的普遍样式。除了科举及第等极少数情形外，背井离乡多与战乱、动荡、灾祸等种种不祥之事相连。这种背景下酿造出的故乡情感，既是审美的，也在不知不觉中被赋予了某种伦理的意义。

在这个剧烈变动、蓬勃发展的时代，我们早已不再害怕和抗拒漂泊。但在内心深处，仍然有一个故乡。那里埋葬着我们的先祖，居住着我们的亲人，收藏着我们的记忆，那里有熟稔的朋友、语言、食物、气味，以及让我们开心、放松的一切。我们一次次地出走，终是为了还乡。

那个故乡，或许很偏僻、很落后，不一定能每年回去；甚至由于一些陈规陋习、恩怨情仇，你厌弃她、躲避她。但你知道，她一直都在。

就像——大树不管长得多高，知道根一直都在；风筝不管飞得多远，知道线轴一直都在；决裂的初恋情人不管话说得多狠，知道爱一直都在；学步的孩子不管走得多快，知道母亲的目光一直都在。

七彩通道就在你身旁

通道侗族自治县，位于湖南省西南部，怀化市最南端，湖南、广西、贵州三省交界处，自古就有“南楚极地”“百越襟喉”之称，宋代起改名“通道”沿用至今。

这里是歌的世界、舞的海洋，古建筑的栖息地、侗族文化的博物馆，更是一片色彩斑斓的多情土地。

红色。

这一抹红，来自红军的旗帜。

1934 年 12 月，中国工农红军长征途经通道，在县溪镇恭城书院召开了“通道会议”，采纳毛泽东同志的正确主张，作出“放弃原定计划、转兵西进贵州”的正确抉择，实现了伟大的战略转移，史称“通道转兵”。通道会议在危急关头挽救了红军和中国革命，为遵义会议的召开打下了重要基础。这次邂逅，也给通道烙下了“侗汉一家亲，永远感党恩”的鲜明印记。

这一片红，来自丹霞岩体。

通道地处云贵高原与南岭西端的过渡地带，全境集中分布和散布着丹霞山体。褚红色的赤裸山岩，像侗家阿哥宽阔结实的胸膛，为阿妹遮风挡雨。

红色，还是吊脚楼火塘里跳动的火苗，风雨桥廊檐下摇曳的灯笼，三省坡满山怒放的杜鹃，以及侗乡人民红红火火的日子。

橙色。

陇城镇东江村四面环山、中间低洼的地形，为种植夏橙提供了绝佳的自然条件。因其色泽鲜美、肉质脆嫩、酸甜适口，“东江夏橙”销路大开。“甜甜的怀化欢迎您”，东江夏橙是一份来自通道的邀约。

黄色。

很多地方都有油菜花，但与大多数地方油菜花田的平铺直叙不同，通道的油菜花层层叠叠，错落有致；花朵的鲜活靓丽与侗族建筑的古朴厚重，相映成趣，相得益彰。

陇城镇种植生姜历史悠久，尤其是甘溪片区优良的气候和土壤，产出的小黄姜色泽黄亮、纤维细密、姜香浓郁、品相极佳，远销省内外。

黄色，还是收获季节金灿灿的水稻，横岭村盛开的金丝皇菊，甜美多汁的临口黄桃，以及活蹦乱跳的稻花鱼。

绿色。

置身通道，满眼都是绿色。作物、茅草、灌木、森林，仿佛给大地铺上了一层厚实绵密的绿毯。通道全县森林覆盖率高达77.24%，空气质量平均优良天数比例98%以上，2019年被国家气象部门授予“中国天然氧吧”称号，2022年通过复查，继续保持这项殊荣。这里，是通向身心健康的“绿色通道”。

优良的生态，涵养出秀美的水系。通道县境内溪河密布，如同一条条玉带，飘荡在山峦之间。小时候，我经常和小伙伴们在学校旁边的小河里游泳，在临口、二步桥清澈见底的小溪里抓鱼、捉螃蟹。

青色。

中国古代，青色为黑色。侗族人民的传统服饰以青色为主；侗族建筑“三宝”——鼓楼、寨门、风雨桥，青色也是主色调，全县有117座风雨桥、267座鼓楼、118座寨门遍布各村各寨。

风雨桥又称花桥、福桥，不用一钉一铆，只以质地结实的杉木凿榫衔接，历经数百年风雨仍坚不可摧；桥面铺板，桥顶盖瓦，形成长廊式走道，两旁还有长凳可供路人歇脚。

农历四月初八是侗族吃“黑米饭”的节日。侗寨妇女采摘杨桐和杨嘎树叶，洗净后捣烂取汁，将糯米浸泡染色，蒸熟为饭。黑米饭乌黑发亮，有清热解毒、利尿消肿、健脾补肾之功效。关于黑米饭还有一段美妙的爱情故事，留待您亲自去了解。

蓝色。

在有些地方，蓝天白云难得一见，几乎成为奢侈品。通道“九山半水半分田”的特殊地貌，不便于发展工业，没有什么污染源，因此空气质量非常好，天空澄澈，白云如棉，让人恍如置身西藏。在通道，酒管够，肉管够，歌管够，舞管够，蓝天白云，管够！

侗族素有织布做衣的传统，男性穿着以黑色为主，女性穿着则有天蓝、藏青、紫红之分。其中蓝色最为养眼，仿佛是心灵手巧的侗家阿妹随手采下一缕蓝天，缝制成了衣裳。

紫色。

在通道县很多地方的山坡上，都生长着杨梅树。儿时，每年端午前后爬树摘杨梅是一大乐趣。其中，深紫色的杨梅个大浑圆、酸甜适口，堪称上品。

勤劳的侗乡人民，把这七彩织进了繁复绚丽的侗锦里，编进了高悬长天的彩虹里，揉进了甜美安逸的日子里。

通道，就在你的身旁。在这里，总有一些收获让你觉得不虚此行。

如果你爱好建筑艺术，这里有数量众多的侗族古建筑供你慢慢探寻、欣赏。

如果你喜欢摄影，通道的山山水水、楼桥门亭、独特人文会贪婪地占据你的内存。

如果你喜欢民俗文化，悠久而神秘的侗族文化等着你来了解。

如果你想图个清静，打着赤脚走在乡间的小路上，只有蝉鸣和鸟啼陪伴你。

如果你就喜欢热闹，大戊梁歌会、侗族大歌节、“三月三”节、“吃冬节”等你来释放激情，抢鱼塘、打糍粑、合拢宴、唱侗歌、哆耶舞邀你参与。

如果你是一个美食家，这里有土鸡土鸭、侗家腊肉、魔芋豆腐、剁椒生姜、稻花鱼、打油茶、蕨粑、枞菌、滑菌、薇菜、米酒、雕花蜜饯、甜藤粑粑、当季水果……让你大饱口福；还有腌肉腌鱼、油炸竹虫、红烧蝗虫、“羊瘪”、虫茶……等你来挑战。

来吧，来通道！

暂时褪去都市的优雅和精致，放下 KPI、PPT、客户、报表，来一场热烈、酣畅的自我放逐，大口呼吸，开怀大笑，无拘无束地奔跑。

来吧，来通道！

假期苦短，何必从一种拥挤转场另一种拥挤，从一团忙乱陷入另一团忙乱，从一场喧嚣赶赴另一场喧嚣？

来吧，来通道！

体验静心、洗肺、养眼、悦耳、暖胃、润肠、亲子、好眠的沉浸式旅行，看白云飘过侗寨，听清风拂过山林，任溪水流过脚趾，完全放空，自在逍遥。

双江小城里，那些隐秘的快乐

我又回到了这座小城。

这是一个位于湖南省西南边陲、不太起眼的小城，通道侗族自治县的县城。马龙河从西南方向、坪坦河从西偏南方向，逶迤而来，双向奔赴，在寨上村的位置终于合为一体，改称渠水，继续向北流去，直至汇入沅江。我没有做过认真的考证，或许这就是小城的名字——“双江”的由来。

在那个物资匮乏的年代里，这座小城收藏了我许多隐秘的快乐。

在我 8 岁那年，我们举家迁入这座小城。我的外公是通道民族中学（简称“民中”）的退休老师，托了这层关系，母亲在民中的食堂做临时工，我们一家也就租住在学校的一间小平房里。

民中去往马家坝村的路旁，有一口小鱼塘；鱼塘西北面是一座山，山脚有一个废弃的防空洞。到了周末，我和小伙伴们常去防空洞里玩儿。洞并不深，估计也就一百来米。没有手电筒，我们就用油毛毡或者富含油脂的枞树块做成火把，进洞“探险”。除了偶尔惊起的蝙蝠，洞里面照例一无所有。出洞的时候，大一点的孩子把火把一扔，故意发出惊骇的叫喊，拔腿往洞口逃去。

其他人不明就里，也纷纷丢掉火把，手忙脚乱地往外跑。出洞后，受惊吓的不住口地埋怨，导演恶作剧的则想方设法辩解。在没有PSP、平板电脑、智能手机，没有“吃鸡”、英雄联盟、王者荣耀等游戏的岁月里，我们乐此不疲。

出了学校大门，有条弯弯曲曲的马路通往城区。走到县财政局的位置，一座水泥桥横跨在坪坦河上。我们过桥的时候，会习惯性地扒着栏杆往河面看一眼，因为经常有渔夫划着小船在这里打渔，船头和两边的船舷上站着七八只通体漆黑的鸬鹚。间或，一两只鸬鹚从船上一跃而下，如同日本忍者遁地一般，直插入水中；待到它们重新浮出水面，大张着的嘴中往往叼着一条肥美的鲜鱼。

经过严格训练的鸬鹚，通常会乖乖地把大鱼交给渔夫；但也有那些个新入行的生瓜蛋子，梗着脖子想把自己的猎物吞下去。然而它们的脖子早已被渔夫用绳子拴住，万般无奈之下，鸬鹚只得衔着大鱼悻悻地走到渔夫面前。渔夫用左手捉定鸬鹚的脖子，右手从它们嘴里夺下大鱼，放进船上的大鱼篓；然后从系在腰间的小篓中摸出一条小鱼，作为给鸬鹚的犒赏。

每一次，我们都看得津津有味，还会被鸬鹚的窘态逗得哈哈大笑。年幼的我们怎能料到，那些鸬鹚，竟是多年后的自己。

过了桥，就是寨上村的地界。往右顺着寨上路前行几百米，就会到达双江小城的主城区，它的地形像是两片叠放在一起的叶子。正街（街，在我们方言里读作“gāi”，当年的正街现在叫“长征中路”）和行政街是两根南北走向的主叶脉；友谊路、迎宾路、平安街、城东路、卧龙巷等是次叶脉，向西延伸到山坡上，向东则延伸到渠水边；而寨上路，则是叶柄。

双江大桥的桥头位置，当年是一个百货公司。里面有两排长长的柜台，玻璃柜台里和柜台后面的陈列架上，摆着各种各样的商品，叫人眼花缭乱。但所有这些我毫不关心。每次去百货公司，我都径直奔向最靠近桥头的那个柜台。那里面总是摆着一把气枪，乌黑的枪管，海棠木色的枪托，看得我口水直流。我现在还清晰地记得它的价格：105 元。这对于当时的我来说简直是一个天文数字。

每次站在这个柜台前面，我都能呆 10 多分钟。售货员阿姨知道我买不起，既不问我也不赶我，任由我看。现在，我可以随便掏出 105 块钱，却再也买不到气枪，更久别了当年对心爱事物的那份痴迷。

依依不舍地走出百货公司，横过马路，再走下 10 多级台阶，双江大桥和独蓉桥（也叫“花桥”）中间的地带，就是农贸市场。现在市场搬到了城东，这里变成了滨河公园。市场是侗乡人民烟火生活的中心，也是重要的社交场所。这里有卖肉的、卖鱼的、卖蔬菜的、卖油条馒头的，有卖衣服、卖布匹、卖扣子的，还有喝茶的、下棋的、吹拉弹唱的……五花八门，无所不包。

在靠河边的位置，经常有一个老奶奶在那儿摆摊。一个木头钉的架子，加上一根长凳，往那儿一摆就能开张。木架子上，牵着几根细麻绳，每根细绳上挂着几本小人书。摆摊的老奶奶坐在长凳上，等待客人。她的嘴里含着一根细长的烟袋，当她干瘪的双颊愈加凹陷下去，黄铜小烟锅里面的烟丝就变得红亮；而当她把青白色的玉石烟嘴抽出来，鼻孔就向外喷出白色的烟雾。这个小小的摊位像一块吸力强劲的磁铁，把我们一帮猴孩子牢牢地吸附在它的周围。偶尔手头有点零钱，我们也会扬眉吐气地消费一次；但大多数时候，只能两手空空去“蹭”书看——怯生生地走近摊位，从麻绳上拿下一本小人书，先假装试看一下内容精不精彩；接着顺势坐在地下，死皮赖脸地一头扎进书里面去了。

老奶奶早就看穿了我们的伎俩，但一开始并不赶我们。直到我们看得太久了，或是她坐得闷了，想找点乐子，就把烟袋在长凳的边缘上用力磕几下，装作不耐烦地吼上两句：“看嘎嫩过久嘎，阔以了哈!”（意为：看了这么久了，可以了吧?!）我们便忙不迭地把小人书在麻绳上挂好，四散逃开。透过眼睛的余光，却分明看到老奶奶满是皱纹的脸笑成了一朵菊花儿。晃悠好一阵之后，瞅着老奶奶心情不错，我们便重又聚拢来。

芒果 KTV 和福乐多超市中间空地的位置，原来是个电影院。正门的右侧有一个铁门，里面是一条 20 多米长的窄巷，巷子尽头是厕所。遇到有好看的电影，我们就会像小猴子一样，爬过铁门，然后掀开侧门厚厚的布帘，猫在观众席侧面的暗影里“看”电影。

电影院的台阶下，经常有人摆着泡沫保温箱卖冰棍儿。在手头宽裕的时候，会花上 5 分钱买一根绿豆冰棍儿。接过冰棍儿，先剥开上半截的包装纸，看看绿豆有多少；如果绿豆太短，就把包装纸裹好换一根。

在友谊路和长征中路交界的位置，有一个书报亭。每过一两个月，我常常会带着辛苦攒下的一点零花钱，去买一本《少年科学》或者《小溪流》，然后津津有味地反复看上半个月。

从建材酒家往河边走，有一座简易石板桥，对面是一个叫作“蔬菜队”的地方，一望无际的地里种着各种蔬菜。穿行在蔬菜的绿色方阵中，鼻子里满是农家肥刺鼻的气味儿……

在年复一年兴致勃勃或是百无聊赖的游荡中，我不知所措地长大了。

民中校园的南面，有一长溜空心砖砌成的围墙；中间的位置，开了一个门通向河边。出了门，走下七八个台阶，再走过20来米的小路，就到了岸边。正对着小路的，是10多个水泥台阶，通往女士码头；而在小路尽头右拐，再走100来米，便是男士码头。学校建有男女澡堂，但有些喜欢游泳的女老师、女学生，也常来码头洗澡。

经过女士码头的这二三十米，是最难过的一段路。左右太阳穴仿佛各拴着一根绳子，左眼的余光里，河道中一片朦胧的白花花，耳朵里是女人们戏水时清脆的笑声，这些都牵扯着脑袋，不由得要往左看；而本能的羞涩和老师的教导，又像一根柔韧的绳索向右拉拽，提醒自己目不斜视，要做一个“正经人”。如果有同伴在旁边起哄，这种内心的挣扎就更加强烈。当时我很费解，为什么要把男士码头设计在上游，必须经过女士码头，让我们受这样的煎熬？长大以后才明白，洗澡码头的安排里竟包含了“男尊女卑”的观念。男人用过的水可以给女人使用，反过来则不行。

暑假的一天下午，我独自来到学校大礼堂晃悠。大礼堂西北那一头是个舞台，东南那一头是学生食堂。中间30多米长、20多米宽的开阔地带，在开大会和有演出的时候，可以容纳听众，平时则供学生们上体育课和排队打饭菜。

礼堂中空无一人。从舞台西北角的琴房里传出断断续续的琴声，听起来，弹奏者还不是很熟练。这个时候，是谁在弹琴呢？时断时续的琴声抓挠着我的心，让我迫切地想知道这琴声的主人。我突然想到一个办法。舞台是用木头搭建的，下面是个空腔；朝向观众席的一侧有3个用来通风透气的方孔，本来被梅花状的镂空水泥隔板堵住，但其中一块隔板已经破碎，只留下一个黑漆漆的洞。我和小伙伴们经常从这个洞钻进去，然后从另一侧的一个洞爬出来，外面就是农田。我想起来，琴房的窗户就在农田的正上方，扒在窗沿上应该可以看到谁在里面弹琴。

我钻进舞台下面的空腔里。虽然已近黄昏，但外面仍有些燥热，舞台底下却凉飕飕的。地面的泥土在犬科、猫科以及啮齿类动物的反复践踏下，成了细碎的粉末。我猫着腰往出口方向走，在袭人的凉意和扬起的粉尘的刺激下，忍不住打了一个喷嚏。只用了两三分钟，我就钻了出去，扒在窗沿上，屏住呼吸，往琴房里看去——

弹琴的是一个女孩儿，看上去比我小一两岁。她的脸圆圆的，皮肤很白，留着齐耳的短发，耳边的发梢刚刚盖过耳垂，向前上方微微翘起，形成一个好看的弧形。她穿着鹅黄色的连衣裙，温软的阳光透过窗户斜照到琴房里，笼罩着她的上身，让她看起来仿佛是透明的。可能是还不太熟练，她不时停下来，微微蹙起眉头，嘟起小嘴，表达心中的懊恼；但歇了两三秒，仿佛下定了决心似的，又继续自己的练习。我在窗户外，一时竟看得痴了……

也不知过了多久，我终于觉出自己行为的不妥，不管是被小女孩儿发现，还是被田埂上路过的农人看到，怕是都大大的不妙。我悄悄地原路返回，依依不舍地离开了大礼堂。

15 岁那年的夏天，我第一次感到了异样的惆怅。

30 多年过去了，双江小城的面貌发生了巨大的变化，城区面积和常住人口都大幅度增加。它由一个养在深闺人未识的边远小城，发展成为一个敞开怀抱、笑迎四方游客的特色旅游小镇，变得分外精致、靓丽。

得益于交通的极大改善和互联网的高度发达，小城与外界同步的速度大大提高。当你漫步在小城的街头，或是坐在“青春锋味”“花田错”里享受美食，几乎感受不到与一些三四线城市的区别。只有当邻桌欢聚的人们，用悠扬的韵律唱起“闷奶奶，闷奶奶……”的祝酒歌，你才会意识到，自己身处一个少数民族自治县的县城。

当年的“蔬菜队”早已不再生长蔬菜，和所有的县城一样，这片新区“长”出了许多房子。拔地而起的小区里，既有“凯旋门”“得鑫苑”“富贵花园”“锦绣新城”“公园世家”这种比较“洋气”的名字，也有“芦笙国际”“侗胞华府”“侗湘水岸”这样带有民族特色的名字。

各村各寨的年轻人，从全县的四面八方聚拢到这里，然后又从这里，背起行囊走向外面的世界。不管这些游子归来的时候是功成名就神采飞扬，还是一无所获身心俱疲，小城都会温和地接纳他们，分享他们的荣光，或者抚平他们的伤痕，鼓励他们再次出发。

常住在这里的人们，跟其他地方的人一样，上演着喜怒哀乐的剧情。谁家的孩子考上了清华北大，谁家的老公犯了错误可能要坐牢，谁家的堂客被传销骗去了多少钱，哪位老师因为脑出血只能卧病在床，过几天萨岁广场又会有什么演出……小城的消息传得特别快。但是，这里毕竟没有大江大河，也就没有大风大浪，总的来说，生活舒缓而恬淡。偶尔爆出的“大新闻”，也像穿过城区的渠水翻起的浪花，很快就会消失，生活继续平缓地流淌向前。

不管岁月如何流逝，小城如何变迁，我时常想念她，总是迫不及待地想回去见她。因为，在这里，安放着我无邪的童年，以及迷惘的青春。

今天，我和妻子正式登记了

刘，期，达。

我认真地在登记表上“志愿登记者签名”后面的横线上写下自己的名字。虽然由于手部小肌肉的萎缩，书写略为艰涩，签名不复往日的飘逸洒脱。

我签署的，是《人体器官捐献志愿登记表》。身故后捐献可用的身体组织和器官，是我在发病前就萌生的念头，几年之后，我在一个网站作了意向登记。但出于权威性和专业性方面的顾虑，我取消了那个意向登记，2021 年 6 月 10 日，我专程来到湖南省红十字会作正式登记，这样也更有仪式感。

据工作人员介绍，中国目前志愿登记已有 340 多万人，每年等待器官捐献的约有 30 万人，却仅有约 1 万人等到了机会（数据截至我签署登记表的当天）。

我无法预知，自己会在什么时候、以什么方式离开这个世界；我也不知道，到那个时候，科技是否已经发达到不再需要器官捐献，在实验室里就可以随意培养；我更无从知道，到那时自己有哪些器官还能用……但，此时此刻，这是我的郑重承诺。

这么多年来，读到过许多关于志愿捐献器官的故事，“一个人的篮球队”让我尤为感动。

2017 年 4 月 27 日，16 岁的湖南少年叶沙，因突发脑出血去世。他的父母强忍丧子之痛，捐献了爱子的心、肝、肺、肾和眼角膜，帮助 7 个人重获新生。因为叶沙生前酷爱打篮球，在中国人体器官捐献管理中心的组织下，其中 5 名受捐者组成了一支特殊的球队，象征性地参加了 2019 年 WCBA（中国女子篮球联赛）全明星赛，并出现在 2019 年国际篮联男篮世界杯的开幕式上。几年来，带着叶沙的篮球梦，“一个人的球队”认真训练，积极参加公益比赛，宣传器官捐献事业，感动了无数社会公众。

生而为人，我还有太多的事情没有做，还有太多的地方没有走过。我也酷爱打篮球，曾经有一个梦想，自己到了六七十岁的时候还能成为球场上的“勾手老大爷”；但因为身患肯尼迪病，肌肉萎缩无力，我在 29 岁就不得不告别了篮球。期待将来，有一个少年，带着我的眼角膜，在篮球场上自由奔跑，他的投篮跟我一样神准；或者有人带着我身体的一部分，去饱览这个我还没看够的世界。

没有人能够永生，但生命可以用这样一种特殊的方式延续，想想都是很奇妙的事情。

但是，曾让我纠结的，是要不要捐献遗体。

我是典型的天秤座，注重优雅，追求和谐，我无法接受自己萎缩变形的身体呈现在医学生们的面前，那显然不是一具完美的人类躯体。

让我最终下定决心的，是一则新闻。湖南省怀化市通道县第一人民医院的口腔医生储昌安离世后遗体捐献给了母校——湖南医药学院，用于教学和科研。通道县是我的第二故乡，所以这篇报道也给了我特别的感动和震撼。既然储医生能够做到，我为什么做不到呢?!

促使我下定决心的，还有另一个理由。捐献的遗体有一个很神圣的名字，叫作“大体老师”，他们是引导医学生们初窥门径的第一位老师。我从工作伊始就待在高校，内心却一直有个缺憾，虽然我很注重管理育人，但没有机会走上三尺讲台直接面对青年学生，为他们传道授业解惑。如果可以做一名“大体老师”，也可以了却我这个遗憾。虽然到时候，我这个老师，只能身教，不能言传。

让我感到意外的是，漫子也作出了跟我同样的决定。

2016 年，我曾经应邀在 Health Talk 健康科普平台做过一次分享，宣传、科普肯尼迪病和罕见病，她反复看过我的那个视频。在分享中，我表示自己将在身故后志愿捐献器官。

婚后的某一天，她突然跟我说：“我也想在去世后捐献器官，要不我们一起去登记吧!”我担心她是一时冲动，所以照例给了她一段时间冷静和思考，就像当初她说要嫁给我的时候我所做的那样。

随着时间的推移，漫子不但没有退缩和改变，捐献的念头反而更加坚定，好几次催促我去办理登记手续。于是，2021 年 6 月 10 日，在我入党 23 年的“政治生日”这天，我和妻子携手来到湖南省红十字会，办理了正式登记。

或许，正应了那句话——不是一家人，不进一家门。

（**注：**根据国际惯例，器官捐献采取“双盲原则”，即捐献者家属和受捐者互不知晓对方信息。但出于科普、宣传等需要，在受捐者自愿的前提下，可以公开身份。）

无力的我，想给更多人传递力量

我曾经是一名症状比较严重的“演讲恐惧症”患者。

在日常工作和生活中，讲话落落大方，可以很好地表达自己的观点，甚至不失幽默风趣；但只要在比较正式、尤其是听者众多的场合讲话，就会变得特别紧张，口干舌燥，说话结巴，甚至脑袋一片空白。

我的“病根”，可能源于小学时一次失败的演讲经历。当时，我在通道县双江完小念书，成绩一直名列全年级前茅，语文成绩尤其优秀，深得班主任陈老师的喜爱。

按照学校惯例，每周一早晨举行升国旗仪式，有时会安排一名学生代表发言，表达对党和国家的热爱、对英雄的景仰。四年一期时的某个周一，轮到我们四（一）班推举一个代表发言，陈老师自然而然地想到了我。我很开心，甚至带着一点自豪地接受了这个任务，精心准备了发言稿，并且倒背如流，主题是向老山英雄致敬。

星期一的早上，全校的学生统一穿着深色裤子、白色衬衣，系着红领巾，在操场上排成整齐的方块。老师们也在教学楼前的花坛边列队站立。升国旗之后轮到我发言，我走到国旗下，把嘴巴凑到话筒前，说了一句“今天我要给大家讲的故事是……”稚嫩清脆的声音在广场上回响。这时，我看了一眼台下黑压压的同学们，又偏头瞟了一眼花坛边的老师们……突然！我的脑袋一片空白，之前背得滚瓜烂熟的稿子，好像被谁恶作剧地按下了删除键，什么都没有留下。我再也没能发出一个音节。

广场上死一般的安静。过了一会儿，同学们开始窃窃私语，人群中“嗡嗡”的声音越来越大。老师们也开始交头接耳，轻声地说着什么。我感觉自己的脸火辣辣的，双手抓着裤缝，手心开始冒汗，像寻找救命稻草一样地望向陈老师。我能感觉到陈老师的失望。他走上前，牵着我的手回到班级的方块里，却没有责备我。我低垂着头，站在四（一）班的队伍中。仪式后来是如何进行、如何结束，我完全没有印象。

从那以后，我就患上了“演讲恐惧症”。我小心地逃避每一次当众讲话的安排。直到工作之后，这个病仍然没有断根。哪怕是10多个人的座谈会，发言的时候都必须照着稿子念，声音会不自觉地颤抖。

我的“演讲恐惧症”逐渐自愈，始于一次分享视频的拍摄。2016年，经过亦师亦友的金辉先生推荐，“Health Talk”健康科普平台邀请我去北京录制一个健康教育视频。为了让更多的人了解肯尼迪病，我决定挑战一下自己。录制在一个小剧场进行，我随身带了一份打印稿，入场之前，找了个角落第N次背稿子。我是第三个出场，这减轻了我的心理负担。另外，拍摄过程中剧场灯光全部关闭，只有一个追光灯打在分享者的身上，这也避免了观众目光注视的影响。我走到舞台中央开始分享。虽然练习了无数次，却还是有点紧张，声音微微颤抖。但因为对稿子非常熟悉，讲得很顺利，现场多次响起掌声。这个科普视频在优酷、腾讯视频、今日头条等平台推送，累计播放量超过150万次，对于宣传肯尼迪病起到了一定的作用。后来，不少新确诊的病友联系上我，都说曾经看过我这个视频，通过里面留的联系方式找到了“组织”。

2017年4月，湘潭大学外国语学院邀请我给本科生做一次“青春正能量”励志报告，这是学院“语‘种’心‘长’”成长辅导系列活动之一。我对稿子作了修改和充实，除了讲述发病过程以及对生活的影响外，增加了自己的人生感悟和对同学们的寄语。报告会在逸夫教学楼第二报告厅举行，听众估计有三四百人。第一次面对这么多人讲话，而且他们不再是隐没在黑暗中，而是会注视着我，怎么办？我跑到学校购物中心买了一瓶二两装的白酒，放在西装口袋里，酒壮怂人胆嘛！报告会是下午两点半开始，两点十分左右，我坐在泽园的石凳上分4口喝下那瓶酒，然后嚼上两粒口香糖，这才走进报告厅。最终，我顺利地完成了报告。

当年9月，我应广州大学公共管理学院院长陈潭教授的邀请，给2017级的本科新生上“开学第一课”。陈教授是国内公共管理学界的知名学者，他在听说我的故事后，非常感动，盛情邀请我前去讲课。有了上次作励志报告的成功经历，我对讲座充满自信。讲座也取得了成功，现场多次响起热烈的掌声。结束后，不少同学跟我合影，要求加我的微信，跟我谈他们的收获，以及自己在学习、生活中的困惑。其中一位同学，在笔记本上手写了3页纸的感受，拍照之后发给我。

2020年，我开始撰写微信公众号，也逐渐认识了更多的朋友。2021年下半年的某一天，湘潭大学图书馆的周凌云老师邀请我为学生做一期“真人图书馆”。2022 年 3 月 20 日下午，在妻子的陪伴下，我来到图书馆二楼的“知行讲堂”。我分享的主题是《绝境中的四大支柱》。这是一个全新的演讲稿，跟 4 年多前的稿子相比，体系更完整，内容更丰富，还加入了一些新的思考和感悟。我开始了自己的分享，但很快遇到了麻烦。我坐在沙发上，需要手持话筒讲话。由于手臂肌肉萎缩，我已经不能长时间手持话筒，每隔两三分钟就要换手。这对思路造成了一些干扰，导致分享不是很流畅，但好在最终顺利完成。

几乎跟图书馆周老师同时联系我的，是湘潭大学心理健康教育与咨询中心的伍艳老师。她邀请我给青年学生做一个“悦享生命”专题讲座，这是湘潭大学的品牌活动“5·25 心理健康月”的子活动。我从中学时期就对心理学感兴趣，所以欣然答应。

我对演讲稿做了较大幅度的修改和充实，主题确定为《愿你拥有一颗这样的心》。2022 年 5 月 23 日，讲座在逸夫教学楼第一报告厅举行，面向湘潭大学和湘潭其他三所高校的师生，线上线下同步进行。能容纳 400 多人的报告厅坐得满满当当，有几十名同学只能席地而坐。伍老师后来告诉我，还有 3000 多人次通过线上参与讲座，点赞数超过 6 万。一开始，我的嗓子有点打不开，状态不太好，但渐渐的，越讲越自在，现场的气氛很好。讲座结束之后，又跟现场和线上的同学进行了互动，我向来有急智，因此互动环节效果也很好。在讲座和互动的过程中，不时响起热烈的掌声和会心的笑声。不少同学加了我的微信，表示听了我的讲座很受感动、很有收获。

2022 年 6 月份，我又收到了湘潭大学国际交流学院直属党支部和环境与资源学院党委的邀请，让我给同学们上一堂党课。经过认真思考，我找到了一个切入点，那就是“困境”。我是一名湘大人、一个罕见病患者，同时，我还是一名共产党员。在遭遇人生特殊困境的时候，作为一名党员，我是怎样面对的？我的故事可以给青年党员和准备入党的学生带来什么启发？讲课的题目自然就出来了——《困境之中，更显党员本色》。这两堂党课也取得了很好的效果。

2023年以来，我又先后为湘潭大学公共管理学院、机械工程与力学学院、数学与计算科学学院以及湘潭理工学院的青年学生做讲座。上海交通大学国际与公共事务学院、上海海洋大学爱恩学院也向我发出了邀请，下半年将会赴上海与这两个学院的青年学生们开展交流。

我还远远不是一个出色的演讲者。我领略过许多演讲高手的风采，他们气场强大、旁征博引、张弛有度、风趣幽默，这可能是我永远达不到的境界。但是，我不再害怕面对听众和镜头讲话，可以对着摄像镜头侃侃而谈，也能面对数百名听众做一个小时的分享，还能就自己熟悉的话题做即兴演讲。

从我战胜“演讲恐惧症”的经历，我体会到，永远不要给自己的人生设限。要勇敢地走出自己的舒适区，对于自己恐惧的事情，面对它，挑战它，征服它。生命的意义不在固守，而在开拓。

随着病情的发展，喉部肌肉萎缩加重，我将逐渐失去说话的能力，实际上，有些病友已经出现了构音困难。我想趁着还能流利地说话，把自己的故事和人生感悟讲给大家听；虽然我的身体越来越无力，但希望把这种源自内心的力量传递给更多的人。

渠水河畔的少年，如今已满面尘烟

把缸是我儿时的好友。

把缸，是他的绰号。他的大名叫做“贤刚”，既贤能，又刚毅，朗朗上口，寓意也很好。但人们在给别人取绰号的时候，总喜欢找一个刁钻的、有趣的角度，就这样，“贤刚”成了“把缸”。把缸，在通道方言里是“搪瓷口杯”的意思。

8岁那年，我来到了这个叫做双江的小县城。一个孩子要想被一个陌生的地方接纳，难免经历艰难的磨合。一个阳光明媚的下午，刘家二“少”把我摁在收割后的稻田里，狠狠地揍了一顿。我天性温和，加之初来乍到，肯定不敢冒犯他们。也许他们觉得，应该揍这个新来的一顿，立立威风；或者，觉得揍我一顿不会有任何后果；也可能他们只是闲得无聊，纯粹是找个乐子。

就是在这种情况下，把缸接纳了我。他比我小两岁，但从气场看俨然是“大哥”。孩子之间的相处很简单，就是一起玩儿。“斗鸡”、“榨油”、打弹弓、滚铁环、抽陀螺、砸弹壳、捉迷藏、放风筝、做纸风车、叠纸飞机、捡冰棒棍、弹玻璃球、跳“人肉”马、滋竹筒水枪……时兴的游戏一个不落。至于女孩子热衷的跳皮筋、打沙包、跳房子、捡石子、踢毽子、丢手绢、翻绳子、编“花篮”……我们这些“男子汉”是不屑于玩的。

春天，我们去学校附近的防空洞“探险”；夏天，捉一种外壳散发奇特色彩的甲壳虫，把一段两三米长的缝衣线一头拴在它的一条腿上，另一头拴在手指上，一放手，它便拖着棉线“嗡”地飞在半空；秋天，爬上学校单车棚旁边那棵大梨子树，摘沁甜的梨子吃；冬天，买来各种炮仗，在学校的操场上尽情地玩儿。

把缸家庭条件比较好，自理能力却很强，小小年纪就会自己煮饭做菜。我印象最深的是他做的煎糍粑。往锅里倒一些油，把糍粑煎到两面焦黄，煎的过程中均匀地浇上白糖水——当年白糖可是稀罕物，煎好后，糍粑又香又甜。那是我吃过的最美味的糍粑。

在我三四岁时，有算命先生跟爸妈说我“命中犯水”，千万不要下水游泳。马龙河从学校旁缓缓流过，水深只及大人胸口，清澈见底，夏天大家都是在小河里游泳、洗澡。每次我偷偷跟着把缸去河边，总记着爸妈的叮嘱，不敢下水，仿佛眼前流淌的不是清凉可人的河水，而是滚烫的沸水。有一次，我脱光了衣服，只穿一条裤衩，坐在码头的水泥台阶上，双脚浸在水里打水玩儿。把缸从水里钻上来，悄悄地绕到我身后，在我背上踹了一脚，我一头栽进水里，呛了两口水、扑腾几下之后，发现并没什么危险。

我很快学会了游泳，从此进入了一个新奇的世界。阳光穿过浅水照在河底的鹅卵石上，摇曳出迷人的光斑。色泽艳丽、身形扁平的“苦瘪丝”在腋窝下悠闲地游来游去。一种形似泥鳅的鱼灵活地穿梭，背上有一条钢锯般锋利的鳍，我们叫它“钢鳅”。妖冶的水藻在深水区殷勤地招手，但我们都知道要远离她的诱惑。我最喜欢的是深吸一口气，一个猛子扎进水里，几乎贴着河床游到对岸，在胸膛就要爆炸的时候浮出水面，换一口气，再游回来。

我和把缸只闹过一次别扭。那年，一个旅部要在学校旁边建设驻地，推土机吐着黑烟把两座小山头推平。一天，我们和几个小伙伴又去这片开阔地玩儿。我们深一脚浅一脚地走在泥地里，这时，我看到一个废弃的白炽灯泡，顿时来了灵感，捡起灯泡握着手中，想象自己拿着一个手榴弹，嘴里喊着“冲啊！杀呀!!”把缸也很配合，慌慌张张地往前跑。我把灯泡朝着他扔了出去，灯泡划出一道美妙的弧线，不偏不倚地落在了把缸的头顶，发出“噗!”的一声闷响。

我愣住了，把缸也愣住了。过了一会儿，他突然哭了起来，哭得鼻涕都冒出了泡泡。他一边哭一边喊：“我要到公安局去告你！让警察把你抓起来!!”我感到从未有过的害怕，哭着哀求他：“我们是好朋友，你莫让警察抓我咯……”我们甚至都忘了去察看那并不存在的伤口。把缸还是不依不饶：“那不行！除非你让我在你脑袋上坐几下!”我犹豫了一下，蹲在泥地里，低下头；把缸转过身，撅起屁股，在我脑袋上坐了三下。然后我们都破涕为笑，又愉快地玩耍起来。

一天下午，我们玩累了，席地坐在小山坡上，两个人的嘴里都叼着一根狗尾巴草，注视着快要落到山那边的血红的太阳。我们都想着自己的心事，没有说话。过了许久，把缸轻声地问我，他的声音如同天边的暮霭一般，透着莫名的朦胧和惆怅：“期达哥，我们会是一辈子的好朋友吗?”我转过脸，他也偏过头来。我看着他的眼睛，毫不犹豫地答道：“会!”

那时我们还太小，哪里懂得“一辈子”这三个字的分量。如果一辈子就是无数个这样的下午，那我们当然会是一辈子的好朋友。

在好几年里，我和把缸的人生都是并肩同行。但是命运早已注定，到了某个时间节点，我们终将渐行渐远，走成字母“Y”的形状。我打小学习成绩就好，一心想着攒劲读书考上大学，改变自己和家庭的命运；把缸极聪明，心思活泛，却没有放在学习上。我也曾试着帮他把学习赶上来，但没什么效果。我们渐渐长大，也渐渐疏远。没有矛盾，没有争吵，但就是来往不再频繁，关系不像儿时那样亲密。那个该死的时间节点，到底是在什么时候，我却完全记不清了，就像是宿醉醒来，昨夜发生的有些事情断片了一样。

1996 年，我考上大学，大部分时间待在湘大；1999 年，老爸老妈搬离了双江。父母在的地方就是家。之后 20 余年里，我回到双江的次数屈指可数，跟把缸也断了联系。

我没有料到，再次见到把缸，会是这样一种情景。

2021 年五一小长假期间，我和妻子陪母亲回到双江。我突然很想跟把缸见个面。曲折打听到了他的手机号码，拨通了他的电话，说想去看看他。电话那头，把缸很兴奋，说“期达哥，我也想见你!”但当天正好是他母亲 80 大寿，家里有不少客人，电话里人声嘈杂。多年未见，我不便贸然上门拜访，只好作罢。

第二天，为了避过高速拥堵，我们一大早就准备返程，先载着母亲到菜市场买一点侗乡特产。母亲在市场门口下了车，我向左拐进一条岔路，慢慢往前开，想找一个停车位。这时，一个中年男人骑着电动车，从左后方开过来，几乎贴着我的车头横过马路。我一脚急刹，停住车，定睛一看，男人身材瘦削，穿着深色长裤和黑色 T 恤，短短的头发稀稀拉拉，脸色看起来憔悴不堪，下颏还留着几根长须。我的脑海里闪过“碰瓷儿”这个词，随即心念电转：“这好歹也算是我的地盘!”但还是本能地想起了那个在县交警队上班的高中女同学的名字。

我正在胡思乱想的时候，那个中年男人透过副驾驶室的窗户，快活地大叫了一声：“期达哥!”我瞪大了眼睛，嘴巴张成“O”形：“你是……把缸?!”他乐呵呵地应道：“是我啊!”由于剧情反转太快，我竟然忘了下车，两个人就这样隔着窗户聊天。我们相遇的地方是条窄巷子，为了避让来往的行人和车辆，我们聊上几句，便不得不往前开一段路，我们的交谈也就磕磕绊绊、断断续续。不一会儿，我接到了老妈的电话，把缸也要陪同他的老板出差，我们只好匆匆而别。

分别之后，我翻阅把缸的微信朋友圈。之前听说他在开小超市，从朋友圈看，他目前又在承揽农村小型修建工程，挺辛苦。而我大学毕业后留校工作，不料在而立之年确诊患有罕见病，10多年过去了，活动能力越来越差。渠水河畔那两个少年，如今已是满面尘烟。我们都在用力地活着。

我们也试着在微信里聊聊天，但客套地问了问彼此的状况，聊起一个中了风的童年玩伴之后，话题便戛然而止。儿时绵密的友谊，30多年各自经历的厚重时光，不知从何说起，像是把装满水的玻璃瓶倒转，满瓶的水骤然涌向狭窄的瓶口，一时竟无法流出来。或许，我们要面对面坐在一起，先喝上两杯，微醺之下，那些过往才会奔涌而出。我期待着这一天。

把缸，我很想你。

阿甘的运动“生涯”

2021 年 7 月 23 日至 8 月 8 日，东京奥运会在新冠疫情的阴影下成功举办。但是，除了观看一些比赛集锦和特别钟爱的项目的比赛，我并没有过多地关注这届奥运会。

作为运动能力加速丧失的肯尼迪病患者，体育运动对于我来说，就像年少时心仪、却清楚地知道已经永远失去的女孩儿，想着她、盼着见她，却又刻意地忘记她、躲着她。

但是，在这股体育热潮的激荡下，我仍然不禁回想起自己的运动“生涯”。

8 岁之前，我在湖南省衡阳市常宁县（1996 年撤县建市）的乡下生活、上学。村里小学的师资有限，生源也不多。我们三个年级挤在一个教室里上课，最右边的两排是一年级，中间的两排是二年级，最左边的两排是三年级。老师操着口音浓重的本地方言，依次给三个年级授课。

在这样的条件下，当然不可能开设体育课，只能保证基本的数学、语文教学。对于我们这些农村娃来说，田埂就是跑道，晒谷坪就是操场，鱼塘就是泳池，下课铃就是发令枪。虽然是“野性体育”，却也玩得不亦乐乎。

1986年，我们举家迁往湖南省怀化市通道侗族自治县，我进入双江完小读书。学校有一个很大的操场，煤渣铺的跑道环抱着两栋教学楼；在教学楼的中间，是一大片紧实的黄泥地。我们平时就在黄泥地上做课间操，男生滚铁环，玩儿玻璃球、子弹壳和“金沙江畔”的游戏，女生打沙包、踢毽子、跳皮筋儿。只有上体育课和举行校运会的时候，才用得上跑道。

我们的教育讲究德智体美劳全面发展，作为学业优秀的尖子生，我自然被要求积极参加体育活动。印象最深刻的，是有一年的校运会，我报名参加了4×100米接力赛，我是最后一棒。虽然我使出吃奶的劲儿超过了一个对手，但最终我们班只获得了第二名，与冠军擦肩而过。冲过终点线后，我流下了难过的泪水。

初中没有值得特别记录的事情。同学们陆续开始发育，但由于营养条件跟不上，大多是长短不一的豆芽菜。印象最深的是，浑身腱子肉的大勇同学在校运会100米比赛中跑出了13秒2的成绩，让我们惊为天人。

1993年，我升入高中。随着大家身体的加速发育，我跟同学们身体素质的差距越来越大。在各种体育测试中，我虽然不至于垫底，但落在我后面的也没几个。当时有几个同学参加体育特训，男生有繁富、甲成、志勇、昌献，女生有建飘、家芝、明霞、亚群，看着他们在操场上不知疲倦地奔跑，我满心羡慕。

唯一值得骄傲的是，我曾经被体育老师点名给大家做动作示范。

跨栏跑是田径运动中技术比较复杂、节奏性比较强、锻炼价值比较高的项目，可以有效地发展速度、弹跳力、柔韧度和灵敏度等身体素质。它主要分为起跑、过栏技术和栏间跑技术。过栏技术和栏间跑节奏是关键。在上跨栏课的时候，我和俊勇同学的攻栏、过栏和着地动作规范、干脆、漂亮，俊勇步幅大，栏间跑只需要三步，我的步幅略小，栏间跑要四步，王剑星老师点名由我们两个给大家做示范动作。

这也是我整个运动“生涯”的缩影：涉及跑、跳、投掷等对绝对力量、爆发力和耐力要求较高的项目，我的表现都很一般；但技巧性比较强的项目，我的表现都很不错，比如各种球类。我的悟性比较强，能够很快掌握动作要领，甚至可以为其他人解说和示范。

因为跨栏动作得到了王剑星老师的肯定，我报名参加了校运会 110 米栏比赛。我特地跟王老师借了一双钉鞋，信心满满地准备为班级拿名次、挣积分。

单膝跪在煤渣跑道的起点处，我感觉自己全身的肌肉都在微微颤抖。“各就各位……预备……跑!”随着明永红老师一声发令枪响，我迅速起跑，很快来到第一个栏架前。我紧跑两步，调整好步点，然后腾空而起——左腿攻栏，身体前倾；同时右腿抬高，大小腿折叠，与地面平行并且由体后向前上方摆动，膝关节超过栏架高度，小腿迅速前摆……突然，好像有人在身后恶作剧地拉住了我的右脚踝关节，同时耳朵听到一声清脆的撞击声，我还没搞清状况，整个身体已经扑倒在煤渣跑道上。

原来，由于过于紧张和兴奋，我的右脚勾到了栏架上的木条，然后带倒了栏架，导致我在通过第一个栏架的时候就重重摔倒在地。我的膝盖、两个手掌都严重擦伤，鲜血直流，红中带着黑，黑里透着红，血肉模糊之中嵌着许多煤渣。同学们赶紧跑过来，把我扶到学校医务室，袁医生费了好大的劲才把我的伤口清理好。我透过医务室敞开的房门，看着外面热闹的体育场，心里说不出的难过……

大学期间，所有的体育项目，包括 50 米、100 米、1500 米、实心球、立定跳远……我的成绩基本上都是在男生及格线、女生 100 分的位置。我的体育成绩非常稳定，牢牢占据着班上男生的最后一名。

临近毕业的时候，要进行体育考核。其他科目我都勉强合格了，但引体向上怎么都无法达标。及格线好像是 8 个，而我拼了命也只能做 4 个。最后体育老师实在没办法，只好换一种考核方式：向上引体，待到下颚高于单杠后静止悬垂，时间超过 3 分钟就算合格。一开始还没问题，过了不久，我的手臂肌肉开始抖动，接着腹部肌肉也出现抖动，到最后上下牙齿也打起架来。大概悬垂了 2 分 40 多秒，我再也坚持不住，从单杠上摔下来，一屁股坐在沙坑里。老师摇摇头，叹了口气，在合格一栏里打了个“√”。

留校后，工作特别忙，除了偶尔能够在傍晚打打篮球，很少有时间运动。学校组织的各种群众性体育比赛，我也没时间参加。

但是，2002 年底，我运动生涯中的“名场面”来了！

湘大有一个惯例，每年 12 月份下旬举行教职工万米接力比赛，以纪念新中国的主要缔造者、也是湘潭大学的倡办者毛泽东同志。比赛的规则是，每个分工会选派 25 个人参加，每人跑 400 米，按照团体的最终成绩排定名次。

虽然已经过去 20 多年，但我仍然记得很清楚，建勇跟我同一棒。他是一个体育健将，跑步、足球、篮球……样样精通。前面几棒并没有拉开差距，建勇他们队略微领先。接到接力棒，他旋风一样冲了出去；我也不甘示弱，赶紧追上去。40 米之后进入第一个弯道，然后是第二个弯道，进入直道后，我仅仅落后 10 多米。

但是，我跟建勇的距离被越拉越远，我感到口干舌燥，双腿发软，速度也越来越慢。等到通过第四个弯道，我一个人远远地落在了后面。我的脚底下像踩着棉花，身体摇摇晃晃，只能竭力保持着向前跑的姿势。在我模糊的意识里，跑道两边的观众都好奇地望向我，一边小声地议论着。

我已经顾不上比赛，也顾不上观众，脑袋里只剩下一个念头：不要摔倒！不要摔倒！不要摔倒……在所有对手完成了交接棒、把我甩开了六七十米之后，我终于慢吞吞地挨到了终点。我的下一棒低声抱怨了一句，从我手中抢过接力棒，然后发足狂奔。

我垂头丧气地离开运动场，从台阶登上一田径场西面的主席台，准备返回办公室。当时一位副校长正在主席台观看比赛，他用特有的响亮嗓门跟我打趣：“小刘啊，听说你女朋友周末过来了？要注意身体啊!”周围四五个相熟的同事倚在栏杆上，发出会意的哄笑。我讪讪地应付了两句，赶紧逃走。

后来才了解到，400 米跑一直被称为难度最高的径赛项目，它对于运动员的速度能力、抗乳酸能力和有氧能力都有极高的要求。在比赛的中后段，运动员必须在高强度缺氧状态下完成比赛。此时，乳酸已经堆积到一定强度，也就是到了俗称的“极限”，选手需要克服极大的生理不适与身体机能障碍，才能继续比赛。同时，400 米跑包含了弯道起跑、进出弯和直道冲刺技术，相对于直道短跑和长跑，难度也更高。除了这个因素，还有一种可能的原因是，肯尼迪病在那时虽然还没有影响我的日常生活，但已经在偷偷作祟，让我损失了一部分肌肉。

胜负乃身外事。但这一辈子都未曾拥有过健壮的身体，终究是，意难平。

那个下午，以为自己是乔丹本尊

没人会记得那场球赛。除了我自己。

因为那其实都算不上是“球赛”，不过是一帮老球友约着一块儿打全场而已。

比赛时间是2005年某一天的下午，地点是学校老体育馆。我读大学的时候，这里是正儿八经的体育馆，我们就是在这儿上体育课。2006年学校的现代化体育馆落成，它就“退居二线”成了体育训练馆，大家习惯简称它为“体训馆”。

它已经很老了。金属窗棂锈蚀不堪，暗褐色中夹杂着些许铁红色。窗户玻璃灰蒙蒙的，显然已经多年没有擦拭。不知道是拜愤怒学生的足球还是调皮孩子的石子所赐，有几块玻璃被打破了，留下形状各异的缺口。西斜的阳光从缺口照进来，灰尘在昏黄的光柱里悄无声息地舞动。在适应了室内的光线后，你会看见窗户下的暗影里，摆放着一副沧桑的双杠。

体训馆的室内空间并不大，东头是一个标准篮球场，西头是两块并排的羽毛球场。篮球场的地板是木质的，木板上全是摩擦的痕迹，磨损特别厉害的地方像是长着一层细密的绒毛。有几块木板微微翘起，还有几处木板损坏，上面留下一个小洞，熟悉这个场地的人们甚至知道，跑到哪个位置得当心一点。

组好队之后，正式开打，单出来的一个小伙伴充当裁判，在有人要求休息时递补上场。我还是打熟悉的控球后卫位置，运球来到前场。

打半场 3 对 3 或者 4 对 4 的“野球”，我其实是有一定竞争力的。北青教师公寓的南面有两个篮球场，球场的北面是单车房，东面是混凝土浇筑的挡土墙，西面和南面没有遮挡，用金属防护网围起来防止篮球逃逸。我们亲切地叫它“铁笼子”。在工作的头几年里，那里挥洒了我们无数的汗水和青春。猛子，老蒋，华仔，安哥，刘导，大罗，谷子，芳华，小告，小兰，聪灵，阳老师，小汤哥，敬波，计哥，发哥，鹏飞，“史泰龙”，周维，胡海，王麻，周博，蒋博，谭医生……那些年一起在球场厮混的兄弟们，如今都疲于跟家里的“神兽”斗智斗勇。你们还在打球吗？

2003—2006 年那几年，我练出了一手稳定的中距离投篮，投篮热区覆盖各个角落，两边零度角位置命中率最高。野球场“斗牛”的规矩是，进球的一方在中圈位置发球，然后开始新一轮的进攻。由于对自己的投篮极度自信，我开发出了一句伤害性不大、但侮辱性极强的口头禅——在出手的一瞬间，大喊一声“发球！”气人的是，篮球往往随着我这一声喊，乖乖地落入篮筐。斗牛的规则是五球制胜，我经常能进两三个球，甚至包办过 5 个进球。

但是一旦打正规的全场比赛，我的弱点就暴露无遗。我的特点是球感好、投篮准、传球意识和技术上佳，我对队友的位置有一种天然的洞察力，总能巧妙地把球传到处于空位的队友手中。但从初中开始，跑、跳、对抗一直是我的弱项。

大学期间，所有的田径类项目的成绩，包括 50 米、100 米、

3000 米、实心球、立定跳远……我都是男生及格线、女生 100 分的水准。唯独篮球项目的考试，是运球在两个篮架间跑 4 个来回，期间必须 8 次上篮入筐，我是班上 3 个满分得主之一。靠的就是从小学四年级开始练出来的人球一体的感觉。

作为控球后卫，我把球从后场带到前场的三分线附近，双腿就已经有些疲劳，既不能自主进攻，也无法耐心地组织进攻，只能把球传给队友，对防守队员完全没有威胁和压迫，作为后卫这显然是不合格的。那时候怎么会想到，这是一个叫做“肯尼迪病”的家伙在我身体里作怪？

但今天好像有点不一样。我把球运到前场，感觉双腿仍然充满了能量。

防守我的照例是计哥。篮球场上有“四大怪”：瘦高远投王，矮壮篮板怪，灵活死胖子，勾手老大爷。计哥就是那种身材不高却极为壮实的类型，进攻一般，但痴迷防守，比赛风格完美复刻 20 世纪 90 年代 NBA 的强硬和坚韧。他吃准了我对抗差、体能不足的弱点，防守起我来是手拿把攥，简直跟每个月 6 号发工资的感觉是一样的。

我从右侧 45 度的位置逼近计哥，右手运球，做了一个向他左侧突破的假动作。计哥果然吃晃，往底线方向横移，试图封堵。我收步，跳起，稳稳地中投入框，然后轻松地倒退着往后场跑。

我看上去文质彬彬，上了球场却是个拼命三郎。23 岁之前，我更多是模仿 AI3（伟大的阿伦 · 艾弗森）的打法，通过反复的变向运球和假动作，尽量往篮下钻，在靠近禁区的位置，把球往篮筐里扔，把自己往地板上扔。大学期间的病历本，我只使用了不到 3 页纸。上面没有其他的药，全是广西玉林正骨水，正红花油，医用棉签，紫药水，脱脂棉，纱布……我的双腿，特别是膝盖下方的位置，布满了青春的勋章。

两个回合后，我再次运球来到前场。还是45度的位置。计哥好像也看出我今天不太一样，他凶狠地贴上来，以防我起手跳投。我在心里轻笑一声，沉肩，加速，迅速地从他的左侧溜过，三步上篮成功。

虽然我从小学四年级就开始混迹球场，但由于身体条件的制约，在全场比赛中，从来没有获得过稳定的出场时间。

中学的时候，青春逼人的同学一个个跟出栏的小马驹似的，我跟着跑几个折返就气喘吁吁了。

大学时，我进了班队。班长戈瑞担任队长，司职大前锋，他浓眉大眼，国字脸络腮胡，接近180厘米的身高，站在场上威风凛凛，擅长组织、突破、中投和关键球处理。中锋是肖帅，身高183厘米，一个灵活的肉盾，背身单打、抓篮板、护框如同他的身板一样稳健。小前锋是长腿欧巴——哦不，是长腿欧克，跑动如风，给人的感觉是从中线附近就能三步上篮，颇有“野牛”皮蓬的飘逸。控球后卫是戴着镜片像啤酒瓶底一样厚的眼镜、相当壮实的大志，他跟德隆·威廉姆斯一样是地板流，控球很稳，远投靠谱。得分后卫是身材不算高但弹跳出众的明菲，球风轻灵，三分精准。替补队员除了我之外，还有生性淡泊的老五，技术糙了点但肩宽体壮；鸡哥，内心极温柔但球风极强硬；以及各有特长的老韩、老鱼、建平、中和……

我们班队从北苑打到南苑，从文史哲干到理工科，除了国贸、法学、机械、建工等院系以体育特长生为主的“正规军”班队，我们赢多输少，风光一时无两。

由于身体对抗比较弱，我总共的上场时间不超过10分钟，统计数据大概是2分，0篮板，0助攻，0盖帽，0抢断。唯一进的那个球，是突破成功正准备上篮的时候，被对方从侧面狠狠推了一把，我顺势将球扔向篮筐，身体踉踉跄跄地冲向底线，被观众一把抱住；球在我的身后打板入筐，耳中传来啦啦队女同学们穿云裂帛的欢呼声。

比赛继续进行。我跑动到左侧，接球后背身站定，计哥紧紧地贴着我，右前臂顶着我的腰。我能感觉到他双膝微屈、交叉站立、身体前倾。被我多次单打成功后，他提升了防守强度，开始上身体。我心里暗喜：是时候展示我的助攻绝学了！猛子在三分线附近摆脱防守队员，从我右侧高速切入。这是我和他的惯用配合套路。我根本不用看他，一个很隐蔽的体侧击地传球，猛子默契地接球上篮成功。

我体前交叉运球，胯下交叉运球，肩部虚晃假动作，运球转身过人，背后运球过人……双手传球，单手传球，击地传球，no - look - pass（不看人传球）……出球，无球跑动，接球再组织……我予取予求，得吃得喝，仿佛有99种方式折磨防守队员。只要我有一双不知疲倦的腿，就没有人能阻挡我。

在某种意义上，我甚至不是在跟防守队员对抗，而是重现自己欣赏过、膜拜过、模仿过的那些NBA经典比赛镜头，乔丹，基德，艾弗森，“白巧克力”，斯塔克斯……他们的动作早已植入我的大脑，成为我的肌肉记忆。

我旋转，跳跃，我不停歇；我摩擦，摩擦，迈着魔鬼的步伐。随着我再次命中一记中投，球赛结束，比分定格在45∶41，我们取得了胜利。计哥满头大汗，有点沮丧。我迎着他咧嘴一笑，长长地舒了一口气。

就像是从被击中后缓缓下沉的潜艇中侥幸逃脱出来的水手，拼尽全身的气力往上游，穿过厚重而幽暗的海水，终于浮上海面。先深吸一口新鲜空气，然后大张开嘴——

“呼……”

阿甘的“创业史”

这些年来，湘大学子在各级各类创新创业比赛中捷报频传，让我这个“老”湘大人由衷地感到高兴和自豪。我不由得想起了自己高中时的“创业”故事。

一

我从小就是一个很懂事的孩子，除了千方百计节省，总想着自己挣点钱，为爸妈减轻负担。我看上的第一个“项目”是：人造鸡蛋。

读高中那会儿，在杂志封底和报纸中缝，经常能看到《人造鸡蛋技术转让》之类的广告。广告声称，“人造鸡蛋”造价低廉、工艺简单、口感丰润，在市场出售可以“以假乱真”。学会这门技术，鸡就可以下岗了。一开始，我半信半疑；但看得多了，也就慢慢动了心。

看准了“项目”，接下来要解决的就是“启动资金”问题。一开始我想到的是卖血。那天，来到县人民医院的问询窗口，用自己都听不清的声音问道：“你们要不要血？我想卖血……”工作人员看了面黄肌瘦的我一眼，冷冷地说：“小孩子的不要。”我如获大赦，落荒而逃。犹豫再三，跟一个家庭条件比较好的同学借了 100 元钱。

按照广告中的地址汇去 99 元，半个月后，收到一个包裹，里面有一份薄薄的名为《人造鸡蛋技术》的油印资料、两个模具以及几包原料。资料中说，人造鸡蛋的主要原料是“海藻酸钠、氯化钙、食用色素、食用石蜡和碳酸钙”。怀着对“赚钱”的美好憧憬，我开始了第一次“创业”。

首先是制作“蛋清”“蛋黄”。往一个盛着大半杯水的玻璃杯里加入海藻酸钠，不停地搅拌，就形成一种和蛋清一样有黏度的液体。把这种液体分出一部分，加入少量的柠檬黄食用色素，这就是“蛋黄”的雏形。

然后是固定“蛋黄”。将形似蛋黄的液体用球形容器装好，马上放入溶解了氯化钙的水中，“鸡蛋黄”外面迅速形成一层透明的凝固物，一分钟后，“蛋黄”就做好了。

将凝固了的“蛋黄”小心地放入“蛋清”中，一个没有壳的“人造鸡蛋”就成型了。然而，最为关键的一步——“封壳”，却怎么也无法成功。按照“资料”上的说明，用缝衣线穿过鸡蛋，浸入以食用石蜡、碳酸钙调制成的蛋壳溶液中，反复数次，待外壳稍微风干后，浸入冷水中，抽线，定型，人造鸡蛋就有了外壳，大功告成。但经过反复试验，根本无法形成外壳，传说中“工艺简单”的人造鸡蛋，就这样，烂尾了。

我这才意识到，我贪图的是“人造鸡蛋”可能带来的收益，但这些“公司”想要收割的就是我汇过去的资料费。在还没有电信诈骗和网络诈骗的年代，纸质出版物的文末、封底、中缝就是骗子们的“钓”场。

回头想想，幸好我的“创业”没有成功。否则，我的人生很可能因为一个蛋而完蛋。捣毁经营窝点、查抄生产设备、没收违法所得……关于我的报道至少会上《怀化日报》的头条吧？题目我都想好了——《学业优异奈何误入歧途，红心少年竟造黑心鸡蛋》。

二

第一次“创业”失败后，我消停了一段时间。一年多之后，我决定东山再起。这次看上的“项目”是：制作石膏像。

同样是在杂志上看到的广告，然后汇款，购买了资料和七八个硅胶模具，有孙悟空、猪八戒、老寿星、米老鼠、唐老鸭、维纳斯……

当时，我们家住在通道民中一个车库改成的房间里。车库中间摆两个衣柜，隔作两个房间，爸妈住里间，我住外间。里间有个门，通向用木板搭建的杂物间兼厨房。我把模具和买来的石膏粉藏在杂物间里。到了晚上，先假装上床睡觉；11 点左右，从鼾声判断，劳累了一天的爸妈已经熟睡，我就悄无声息地起床，蹑手蹑脚地走过里间，悄无声息地推开杂物间的门，再轻轻合上，然后开始我的“生产”。

把石膏粉倒进桶里，按比例加入清水，搅拌成糊状，再把石膏糊灌进模具里；静置一个多小时，待石膏凝固后，就可以取掉模具边缘用于固定的铁夹子，脱模，稍加修整，一个二三十厘米不等的石膏像就诞生了！每天晚上“生产”两个小时，能做三四个。十来天之后，一共做了 30 多个。

石膏像做好了，必须卖出去才能产生效益。我找来两个纸箱，把石膏像全部装进去，然后到校门口叫了一辆载客三轮摩托，运到电影院前坪摆好，这是我们小县城人流量最大的地方。别人摆摊都扬着头，还要拿腔拿调地吆喝招揽生意；我蹲在地上，低着头，一声不吭，知道的这是摆摊卖工艺品，不知道的，还以为是小偷在指认现场呢。

电影院前面人来人往，川流不息。看着无数条腿在眼前晃来晃去，我有一种被公开处刑的烧灼感。我倒不害怕陌生人，最怕的是突然走过来一个同学，惊奇地大叫一声："牛皮！你在这里干什么哦?!"

令人费解的是，1995 年 11 月的那个下午，我所有的同学、老师、熟人跟约好了似的，没有一个人经过那个路口，以免给那个已经窘迫万分的少年增加难堪。

我从中午 2 点多一直坐到下午 6 点。在几个小时里，只有四五个人停下来，弯下腰，拿起石膏像看了看，甚至都没有询价。好不容易有一个人蹲下来，仔细看了一遍之后，问："多少钱一个?"我说一块五，他说太贵了；我说一块也可以，他还是笑着摇摇头；我咬咬牙说八毛吧，他没有再做声，起身离去。

起风了。风卷起灰尘，吹得眼睛发涩，我的心更加苦涩。我突然站起身，头也不回地走向医院，把那一堆孙悟空、猪八戒、米老鼠、维纳斯、老寿星们留在原地。两天前父亲因为突发胃出血，正在县医院住院。

卢老师正好来医院看望我的父亲。他听母亲述说了我想做石膏像挣钱的事情后，非但没有表扬我，反而严厉地批评了我一顿，大意是我现在的任务是好好复习，考上大学，不要想着挣这些小钱。再次"创业"失败的懊恼，以及遭受无妄批评的委屈，让我悲从中来。我扑倒在旁边无人的病床上，失声痛哭。

一年多后，在大学修读《社会心理学》课程，我才知道有个叫亚伯拉罕·马斯洛的美国人，说人的需求分为五个层次，最基本的是生理需要（如：食物和衣服）和安全需要，然后才是社交需要、尊重需要、自我实现需要。1995 年，在那个叫作双江的小城里，人们还在为温饱奔忙，一尊惟妙惟肖的石膏像，远不如几颗鸡蛋、三两猪肉、一篮子蔬菜来得实在。石膏像没问题，我的第二次“创业”，是败给了需求层次理论。

三

我单薄而可笑的“创业”经历，跟漫子比起来，简直是小巫见大巫。从初中开始，她就跟着奶奶，从县溪火车站坐着绿皮火车，到相邻的靖州县的菜市场批发蔬菜，然后坐火车带回来卖，赚一点差价。再大一点，她又到饭店给人家帮厨，小小的个子攥着大大的菜刀切姜切蒜，杀鸡杀鸭。

许多年后，在古装战争电影中看到尸横遍野的镜头，漫子仍然会感到一些不适。她说，这让她想起自己宰杀的、胡乱摆了一地的鸡鸭。

走上社会之后，她摆过摊，跟城管赛过跑；开过店，为筑路工人烧过饭；办过厂，跟各色人等打交道；打过工，在广东的各个城市飘摇……

在漫子的身上，有一种旺盛的、甚至于生猛的生命力。这跟她的性格有关，更得益于艰辛生活的淬炼。

四

对于很多出生于 20 世纪 70 年代末期、80 年代初期的大学生来说，贫穷和匮乏是刻骨铭心的记忆。穷人家的孩子读书，就像是不停地吮吸母亲干瘪的乳房，一开始吸出的是奶水，到最后吸出的可能是血。所以，很多大学生是带着对父母和家庭的愧疚感甚至负罪感读书的。开学了去读书，一放暑假就回到家帮着父母搞“双抢”，或者寒假打一份零工，是很多大学生的生活节奏。

我听过两个故事：一个高中生考上了湘大，但家里交不起学费，他只得先跟着父亲挖了一年煤，第二年才来校报到上学。另一个是我的师弟，读了一年书后，家里实在供不起了，于是他休学去广东打了一年工，才能继续学业。

而对于在校读书的大学生来说，“创业”有三件宝：投稿，跑腿，做家教。

投稿，不只关乎文学，如果能在报纸、杂志上发表一篇“豆腐块”文章，之后的几天就可以不再打红烧豆腐，而是打一份肉菜。跑腿，包括但不限于当店员、发传单、“扫楼”、搬运……出卖自己的时间和体力，换取一些碎银贴补生活。做家教，就是利用自己在某一科或某几科学习的特长，给学习有困难的中小学生补习功课。

在他们的“创业”故事中，没有丝毫的兴奋、激越和成就感，只有挥之不去的苦涩、焦灼和张皇。

五

创新、创业，很重要的条件是试错机制和容错空间。出生于20世纪90年代末期、21世纪初期的大学生，已经不再需要为基本的生存条件发愁，更为重要的是，他们获得了宝贵的容错空间。在“大众创业、万众创新”的时代背景下，新时代大学生的创新创业激情空前迸发。

他们的兴趣，涉及数学建模、新材料、化学化工、机械设计、人工智能、无人机、无人驾驶、机器人、穿戴式设备等广阔的领域；他们的探求，既有立足本学科专业的研究，也有对多学科融合的摸索。

这些研究性成果，表现出相当高的专业水准。比如在第八届中国大学生机械工程创新创意大赛中，湘潭大学获得全国一等奖的作品分别是：“In 改性的 Q235 钢热浸镀锌镀层组织和耐蚀性研究”“轧制温度对铁基合金组织和力学性能的影响”“基于热扩散法的 $TiAl_3-Al_4C_3$ 颗粒增强 Al_2O_3 层的复合涂层制备”。

他们的创新和创业，完全摆脱了争取基本生存资源的、低层次的挣扎，而是瞄准了最前沿、最深远的领域。他们的征途，是星辰大海。

格局，到底是个什么局？

有人的地方，就有局。

日常生活中，我们常常要赶饭局、酒局、牌局……不知道从什么时候起，大家又把“格局”挂在嘴边。人们将它奉为圭臬，用它来膜拜胜者、度量他人、审视自己、激励后学。

但是，格局，也是局。

只讲格局，缺乏认知，人生极易陷入困局。

最典型的是那些涉世未深的年轻人，怀着一夜暴富的“梦想”，加上好逸恶劳的怂恿，深陷传销、电信诈骗等各类骗局。他们言必称格局、团队、财务自由、人生巅峰，满腹“鸡汤”，满嘴“鸡血”，生活却是满地鸡毛。他们或身处骗局而不自知，或早已醒来继续装睡。毕竟是击鼓传花，花在手，鼓莫停。

如果说这是“割韭菜”的低端局，主要面向认知和辨识能力较差的年轻人；那么，还有各类“投资项目”“金融产品”“杀猪盘”“荐股”等高端局，瞄准的则是有一定家底的上班族、老年人，甚至社会精英，让人防不胜防。除了努力遏制贪婪的本性，还应牢记：不要轻易触碰自己认知范畴之外的东西。

拥有格局，不知克制，人生终究难逃棋局。

人生如棋。看似风轻云淡，实则步步惊心，却也只能落子无悔。没有人能一直做棋手，更大的可能是，做着棋手的同时，又当着别人的棋子；还有更多的人想当棋子而不得。而世间这盘大棋，竟不知谁在执子。

当今社会，高度分工又深度连接，只靠单打独斗，很难成就大事。花花轿子人抬人，在任何领域，都免不了要相互帮衬、凭风借力甚至选边站队。有大智慧者，不只想着如何入局，更要谋划怎么破局，万不得已时怎样体面出局。更何况，还要提防他人做局。

不少人信奉富贵险中求，习惯于逾越规则，或者在规则的边缘疯狂试探。他们可能忘了，遵守当下的通行规则，方能行稳致远，才有可能应付各种变局。否则，就会面临危局，甚至败局。

也有一些人，将人生看做一场赌局，明知前面是万丈深渊，还是决然前往。他们自以为的格局，不过是被理想包裹的欲望。在他们中，身败名裂者有之，锒铛入狱者有之，登高一跃者有之。他们的人生，早已注定成为僵局甚至死局。

古往今来，凡成大事者，必有大格局。真正可贵的格局，是以境界的高度、胸怀的广度、眼界的宽度、思想的深度和执行的力度，锻造一个团队，拓展一个领域，造福一个群体，影响一个国家，甚至改变整个世界。名利只是事业的副产品。

一个人的大格局，到底由什么决定?

是父辈基因的传承，经年累月的训练，饱读诗书的顿悟，还是海量资源的加持？我认为，格局有后天养成的因素，但也是天赋的一种。

否则，我们就无法理解，2200 多年前，几个被抓壮丁前往渔阳屯戍的贫民，如何能在大泽乡的暴雨中喊出振聋发聩的那句口号：“王侯将相，宁有种乎?!”更无法理解，90多年前，一个30岁出头、正在想法躲避湖南军阀赵恒惕逮捕的农家伢子，站在荒凉的橘子洲头，慨然吟道：“怅寥廓，问苍茫大地，谁主沉浮?”

一生平凡，从未“成功”，人生仍然可以是胜局。

“格局”之所以高频出现，无非是进入了成功学的话语体系，时时撩拨我们敏感而脆弱的神经。在40多年改革开放的大江大河里，涌现了很多时代弄潮儿和造富神话。除了传统的经商、办企业，抓住某个机遇陡然而富的人很多，炒房，炒股，还有近年来的“网红”、带货主播等等。“成功”，需要天时地利人和，也取决于很多偶然的因素。

或许一个身家千万的人，格局还不如你。这句话听起来不像是阿甘说的，更像是阿Q说的，但有可能是事实。所谓格局，归根到底是如何处理自己与他人、与世界的关系。“格局”也许是成功的条件之一，“成功”却不是衡量格局的唯一标准。你加诸于己的“格局自卑”，很大可能是“成功焦虑”。

作为凡夫俗子，上敬父母，下抚儿女，家庭和睦；胸怀坦荡，公平厚道，热心助人；喜欢学习，思维活跃，视野开阔；不斤斤计较，不蝇营狗苟，不睚眦必报。胸中虽无万千沟壑、星辰大海，却有光风霁月、静水流深；不能治国平天下，却足以修身齐家。这就是普通人的大格局。能做到这些，你已是人生赢家。

我不是二舅，我是大舅

二舅，火了。

他的外甥、B 站（哔哩哔哩）UP 主@ 衣戈猜想 发布了一条长达 11 分钟的短视频——《回村三天，二舅治好了我的精神内耗》。短短三天时间里，观看量突破 2000 万，作者的关注者增加量超过 100 万；话题长时间占据 B 站、微博等社交平台的热搜榜首位。

在满屏“敬二舅”的弹幕以及为“二舅”而感动的文字之外，我也看到了不少评论，对这个视频不屑一顾甚至恶言相向，说什么“歌颂苦难”，说这是毒“鸡汤”，是弱化不公与罪恶，说这是在给人灌迷魂药，是教人认命、不争。看着这些文字，我都能感觉到它们的作者恨不能从屏幕中伸出一根食指，直指“二舅”的鼻尖，然后哀其不幸怒其不争地说：“你不是真的快乐!”“你怎么能逆来顺受呢?!”

二舅苦难的根源显然是小时候生病打针导致左腿残疾，所以，他应该对那个赤脚医生见一次骂一次，或者走上“维权”的不归路，一辈子生活在仇恨里；他的残疾人证办不下来，所以他应该不断地去县里、去省里、去北京上访；他应该身残志坚，继续读书求学，成为一名体面的工程师……或许这样，批评者们就能心满意足，对着他们从没见过面、其实也毫不关心的“二舅”遥遥拱手：“二舅，我敬你是条汉子！”

对于二舅，没有必要刻意拔高，但更不应该嗤之以鼻。不要以世人皆醉我独醒的姿态，带着思想上、道德上、生活境况上的优越感，对二舅的生活指指点点、说三道四。

如果要挑毛病，我觉得这个视频有三个瑕疵：第一，“二舅治愈了我的精神内耗”是个伪命题，特别是加了一个“回村三天”的时间状语。每个人的困境和精神内耗都真实而强烈，没有谁能治愈谁，我们唯有自渡，唯有自愈。他人的故事可以给我们启发，却像是一粒芬必得，止痛但不治痛，治标但不治本。第二，以二舅肉眼可见的残障状况，为什么办不了残疾人证，让人费解（但从后续的信息看，已经顺利办理）。第三，“首长帮二舅搓澡”的桥段，可信度太低，而且跟主题也没什么关系。

作为一个主要症状为全身肌肉不断萎缩无力的罕见病患者，我对于二舅的苦难感同身受。

二舅的苦难主要是没有机会获得——因为少年时遭遇的医疗事故，他没能获得健康的身体、求学的机会、爱情和婚姻、外面的世界，以及人生的无限可能性。

而我的苦难，是不停地失去——从而立之年开始，陆续失去奔跑和跳跃能力，失去事业，失去未来，失去行走能力，失去自理能力，失去自主吞咽和呼吸的能力……

这些年来，我坚持为肯尼迪病患者服务，开展疾病宣传和科普，做了一些公益工作，同时四处旅行。我做的这些，并不比二舅在一个我所不知道的小山村里，为村里人修理燃气灶、插线板、床头灯、玩具车、洗衣机……来得更有价值。但这是我选择的路，或者为自己奋力推开的一扇窗。活着，是一件漫长、艰辛而复杂的事情。我要活下去，但不只是肉身的存续，还得活出一点价值，一点滋味儿。

苦难，是人类生活的常态，是亘古不变的主题。过去有，现在有，今后一定还会有。战争、疾病、出身环境、意外事故、自然灾害……苦难要么命中注定如影随形，要么不期而至猝不及防。所以，最重要的从来不是苦难本身，而是我们面对苦难的态度。苦难本身不是财富，苦难就是苦难；但人经过苦难的淬炼，可以把苦难转化为财富。人人都喜欢顺境、可以相对容易地掌控顺境，但恰恰是如何面对逆境、绝境，如何面对苦难，在某种意义上，可以成为高尚与卑下、勇敢与怯懦、磊落与阴暗、智慧与愚昧的分野。

我很不喜欢一句话，“一切都是最好的安排”。哪怕审问我一百次，我也不会认为得了肯尼迪病对于我来说是最好的安排。但既然已成事实，怨天尤人就毫无意义。我只能想出法子，活得漂亮一点，努力让这个安排不那么糟糕。

在视频快结束的时候，作者“衣戈猜想”说道：“都说人生最重要的，不是胡一把好牌，而是打好一把烂牌。二舅这把烂牌打得是真好，他在挣扎与困难中表现出来的庄敬自强，令我心生敬意。”我觉得，他还是不够懂他二舅。“庄敬自强”用在二舅身上，自然是妥当的。但二舅的一生，最成功的不是打好了一把烂牌，而是以大智慧退出了生活的牌局。

既然是打牌，自然就有对手，就会想赢怕输、患得患失。对于处在闭塞小山村、没读过多少书的二舅来说，真要“打好一手烂牌”，他会怎么做呢？虽然我腿瘸了，但我还是能比“正常人”挣得多，盖的房子漂亮，娶的媳妇儿贤惠，生的儿女有出息……“该有的”一样不落。

二舅的大智慧恰恰在于，他做到了和解与放下：与“仇人”和解，与命运和解。他似乎完全摆脱了所处环境的影响，没有拼尽全力去追求那些外在的东西。他孝敬老母亲，让老人家衣食无忧；他做木工，实现了自立自给；他帮村里人修理各种物件，收获了尊重和善意。打牌有打牌的乐趣，但看牌的人，洞若观火却观牌不语，自有一番乐趣。

不是只有愤怒和抗争，才称得上勇士。在看清生活的真相后，与命运和解，然后把自己的生活过得明亮饱满，也是一种英雄主义。当苦难避无可避，二舅在逼仄的人生处境中，不能说活到了极致，但活得相当漂亮。

我和二舅一样，早已退出了生活的牌局。或者换个说法，我们仍然在打牌，但对手只有一个，那就是命运。然而我们手中的牌已经烂无可烂，我们的人生也已经败无可败，命运又能奈我何？每做一点自己觉得正确的、有趣的事情，都是一次不按常理的出牌，都是对命运的一次嘲弄。我喜欢看命运那张气急败坏的脸。

巧的是，我也有个外甥，我看着这小子一点点长大。奇怪的是，他一直管我叫“大舅”，虽然他只有我这一个舅舅。所以这个“大”，显然不是排行的意思。二舅这个视频火了之后，我问他：“你为什么管我叫‘大舅’？”他有点羞涩地说：“我也记不太清楚了……可能是小的时候，觉得你很高大，很有力气，所以就叫你‘大舅’吧！”

是啊，当他还像一只小青蛙的时候，我就陪着他去湘大体育馆的游泳池学习游泳；暑假陪着他在校园里瞎逛、疯跑；晚上搂着他睡觉，给他讲笑话，逗他露出一口小白牙。等他稍微长大一点，我又陪着他打篮球。再然后，他记忆中“很高大、很有力气”的大舅行动越来越迟缓，渐渐变成了一个残疾人；而他越来越强壮，个头长到跟我差不多高，脸上长出了青春痘，上大学后还爱上了器械训练，身形健美，一身的肌肉疙瘩。扶着他的胳膊上坡的时候，我能感受到自信而沉稳的力量。

我其实有点好奇，如果让他也做一个视频，他会怎样讲述自己“大舅”的故事？他心目中曾经“很高大、有力气”的大舅形象，已经坍塌了，还是依旧高大？

附录：愿你的心，面料是牛仔布，内衬是丝绸*

虽然已经过去了 14 年，但我清楚地记得，那一天是 2009 年 4 月 18 日，星期六。我来到学校老办公楼，艰难地爬到 3 楼，走进自己的办公室，关上门，准备加班。

但刚刚坐进椅子，我的眼泪就无声地流下来，很快就泪流满面，终于忍不住哭出声来。到最后，我瘫坐在椅子上，哭得稀里哗啦、声嘶力竭，哭到全身发麻。

我为什么哭呢？

因为，我陷入了深深的恐惧和绝望。我知道自己将失去一切。一年半之前，我 29 岁，刚刚获得晋升，命运似乎对我这个寒门子弟展开了笑脸；但仅仅一年之后，我就被诊断患有一种叫做肯尼迪病的罕见病，它的学名是脊髓延髓肌萎缩症，将导致全身的肌肉萎缩无力。病人渐渐不能自理，到最后，无法说话，无法自主吞咽和呼吸，可能只有一根手指可以活动，或者眼球能够转动。最残忍的是，在整个过程中患者的意识始终是清醒的，只能眼睁睁地看着自己的生命力一点一点地溜走。没有治疗药物，连延缓

* 本文系作者面向青年大学生发表演讲的文稿节选。

发展的药物也没有。

《庄子·田子方》里有句话："夫哀莫大于心死，而人死亦次之。"所以，虽然我的身体不可阻挡地萎缩，但我必须想办法，让自己的"心"不死。还好，我找到了四种营养，滋养自己的心灵，让自己有勇气面对看不到尽头的苦难，坚定地前行。

第一种营养是：价值感。

心理学家阿尔弗雷德·阿德勒说："我们终其一生，都在寻求两样东西，一个是价值感，一个是归属感。"

生病之后，我一直没有放弃追寻自己的价值。我坚持工作，享受工作带来的价值感。同时，为病友服务，积极投身罕见病宣传工作和公益工作。

自从确诊患有肯尼迪病后，我就不再关注自己生命的长度，而只在乎生命的厚度和温度。

第二种营养是：社会支持。

在生病之后，我感受到了很多支持。首先是来自家人的支持。与此同时，湘大也给予了我很多关爱，她就像一位慈爱的母亲，一直把我拥在怀里。所以，我对湘大始终怀有深深的感恩。此外，许多认识的、不认识的朋友也一直在关注我、帮助我。

其实，我比很多人更有理由怨天尤人、自暴自弃，但正是因为有这么多的支持和爱，我活得坚定而勇敢。

第三种营养是：乐趣。

法国作家罗曼·罗兰说过："世界上只有一种真正的英雄主义，就是看清生活的真相后，依然热爱生活。"

对于我来说，生活的真相是什么呢？今天很残酷，明天更残酷，后天或许还要残酷。我度过的每一天，都可能是余生中最好的一天。但我仍然热爱生活，充分享受生活的乐趣。

我最大的爱好是自驾旅行。2012 年，一帮玩越野的朋友组成“阿甘梦之队”，帮助我圆了自驾西藏的梦；2013 年，我一个人开车穿越青海、内蒙古、东北三省；2014 年，围着北疆转了一圈；2015 年再次进藏，这次是一个人一台车，最终到达珠穆朗玛峰大本营。

旅行对于我的心理建设起到了非常重要的作用。在旅途中，越野车就是我的腿，让我暂时摆脱了被束缚的状态。同时，美丽的景色本身就有治愈功能。最重要的是，旅行消解了我内心的恐惧和绝望。在一次一次的旅行中，我遇见了壮丽山河，遇见了百态人生，最终，遇见了更加平和、坚韧、强大的自己。

第四种营养是：希望。

大仲马在《基督山伯爵》的结尾写道：“人类的全部智慧，就包含在这四个字里面，那就是‘等待’和‘希望’。”

由于罕见病的发病机制复杂，愿意研发药物的企业不多，失败的概率也很大，所以罕见病病人会一次又一次地体验“燃起希望—希望破灭”的过程。即使研制出了药物，因为研发投入巨大，而单一病种的病人数量很少，大概率会是天价，患者每年自己负担的费用可能达到几十万甚至几百万元。但是，罕见病群体没有放弃自己，在他们的努力推动下，越来越多的社会公众知道“罕见病”，越来越多的人参与到罕见病防治工作之中，党和国家、各级政府对于罕见病群体的呼吁作出了积极回应，陆续出台了很多政策。

我想起电影《阿甘正传》里的那句经典台词：“不是因为有希望才去坚持，而是因为坚持了才有希望。”这种坚持，不只是咬着牙忍受，消极地等待，而是朝着目标，拼尽全力地去争取和努力。

在令人绝望的困境中，我找到了四种营养，价值感，让我的心丰盈；社会支持，让我的心安稳；乐趣，让我的心鲜活；而希望，让我的心勇敢。我全身的肌肉都在萎缩，只有我的心不但没有萎缩，反而越来越强壮。

我们需要一颗怎样的心呢？

一件外套，有面料，有内衬。我由此想到，最理想的“心”，应该面料是牛仔布，非常坚韧，经得起挫折、苦难的反复揉搓甚至蹂躏；内衬是丝绸，非常柔软，能够感受到真，感受到善，感受到美，感受到爱，同时也会传递真善美，传递爱。

为什么要有一颗坚韧的心呢？简单来说，第一，成就大事业，心必须坚韧。在干事创业的过程中，要面对形形色色的人，经历各种各样的事，要经历很多挫折、失败甚至是屈辱、苦难。没有一颗坚韧的心，不要说成大事，达成小目标都很难。第二，过好小日子，同样需要坚韧的心。有句话叫做“人生不如意事，十之八九”，幸福只是生活吝啬的犒赏，失意、失落、失利、失望、失败才是生活的常态。还有一句话：“明天和意外，你永远不知道哪个会先来。”2023 年 2 月份土耳其和叙利亚发生的大地震，5 万多条生命消逝在瓦砾中；2022 年 3 月份，在广西发生了一起空难，123 名乘客和 9 名机组成员不幸丧生……当时有人在微信朋友圈发了几句话，引起了很多人的共鸣：

其实，真正的送别，
没有长亭古道，
没有劝君更尽一杯酒，

就是在一个和平时一样的清晨，
有的人留在了昨天。

所以，哪怕你只想做个普通人，也必须要有一颗坚韧的心，才有可能应对各种状况，努力过好这一生。

怎样才能获得一颗坚韧的心呢？没有任何捷径，方法只有一个：磨。

《传习录》记载了明代大儒王阳明与弟子的一段对话。问："静时亦觉意思好。才遇事便不同，如何？"先生曰："是徒知静养而不用克己工夫也。如此临事，便要倾倒。人须在事上磨，方立得住；方能静亦定，动亦定。"王阳明认为，历事才能练心，在事上磨炼，内心才会拥有强大力量，个人才能真正成长。我们要有意识地打磨自己的心，把日常生活中的挫折、艰难、困苦当作磨炼心性、超越自我的机会，把自己的心磨出血，磨出一层厚厚的茧子，磨出牛仔布的面料，只有这样，才能经得起巨大压力、重要选择、重大变故、屈辱磨难的考验。

偶尔，我也会为自己骄傲。我当然为自己的心足够坚韧而骄傲，但更让我骄傲的是，自己的心始终柔软。因为，"那些没能摧毁我们的，终将让我们更加强大"，但保持一颗柔软的心，却并不容易。

作家林清玄写"柔软"，他说："唯其柔软，我们才能敏感；唯其柔软，我们才能包容；唯其柔软，我们才能精致；也唯其柔软，我们才能超拔自我，在受伤的时候甚至能包容我们的伤口。"我理解的柔软，就是始终保持对生活的热爱，能够感受生活中的美好；心中怀有大悲悯，能够设身处地地为他人考虑，愿意尽己所能帮助别人。

伏尔泰说过：“一个人往往要死两次：不再爱，不再被爱。”柔软，让我们有能力爱，也有能力被爱。只有始终保有一颗柔软的心，我们才不会在抵抗苦难的过程中，变成苦难本身；才不会从一个屠龙少年，最终变成恶龙；我们才不会活成当初自己最讨厌的模样。

我们经常听到一句话：“愿你出走半生，归来仍是少年。”那么，如何证明我们仍是少年？是宛如冻龄的容颜吗？是吹弹可破的肌肤吗？是轻快如风的腿脚吗？这些都是做不到的。

那么，怎样证明我们仍是少年？

唯有一颗，千磨万击还坚劲，依然鲜活、充满好奇、柔软如初的心啊！

我有一颗这样的心，衷心地祝福，你也拥有一颗这样的心。

图书在版编目（CIP）数据

罕见的旅程 / 刘期达著. -- 湘潭 : 湘潭大学出版社, 2024.1
ISBN 978-7-5687-1276-7

Ⅰ. ①罕… Ⅱ. ①刘… Ⅲ. ①纪实文学—中国—当代 Ⅳ. ① I25

中国国家版本馆 CIP 数据核字（2023）第 187607 号

罕见的旅程
HANJIAN DE LÜCHENG
刘期达 著

策划编辑：申永丰
责任编辑：牛敬丹
封面设计：谢玮玲
出版发行：湘潭大学出版社
社　　址：湖南省湘潭大学工程训练大楼
电　　话：0731-58298960 0731-58298966（传真）
邮　　编：411105
网　　址：http://press.xtu.edu.cn/
印　　刷：长沙鸿发印务实业有限公司
经　　销：湖南省新华书店
开　　本：710 mm×1000 mm 1/16
印　　张：22
字　　数：265 千字
版　　次：2024 年 1 月第 1 版
印　　次：2024 年 1 月第 1 次印刷
书　　号：ISBN 978-7-5687-1276-7
定　　价：67.80 元